跨越海峡的来信——

闽台家书故事集

林镇才　李鸿耀　主编

东山县档案馆　编

海峡出版发行集团
THE STRAITS PUBLISHING & DISTRIBUTING GROUP
福建美术出版社

图书在版编目（CIP）数据

跨越海峡的来信：闽台家书故事集 / 林镇才，李鸿耀主编. -- 福州：福建美术出版社，2025. 3. -- ISBN 978-7-5393-4672-4

Ⅰ. I267.5

中国国家版本馆 CIP 数据核字第 2025FF6027 号

跨越海峡的来信——闽台家书故事集

林镇才　李鸿耀　主编　　东山县档案馆　编

出 版 人	黄伟岸
责任编辑	陈听涛　丁铃铃
出版发行	福建美术出版社
地　　址	福州市东水路 76 号 16 层
邮　　编	350001
网　　址	http://www.fjmscbs.cn
服务热线	0591-87526091（发行部）　87533718（总编办）
经　　销	福建新华发行（集团）有限责任公司
印　　刷	漳州市凯顺彩印有限公司
开　　本	787 毫米 ×1092 毫米　1/16
印　　张	20.25
版　　次	2025 年 3 月第 1 版
印　　次	2025 年 3 月第 1 次印刷
书　　号	ISBN 978-7-5393-4672-4
定　　价	135.00 元

若有印装问题，请联系我社发行部

公众号　艺品汇　天猫店　拼多多

编 委 会

序

林晓峰

东山是台湾同胞的重要祖籍地，台湾关帝文化的发祥地。东山与台湾有着深厚的历史渊源，血脉相连，亲情绵亘。明清以来，两地经济商贸、文化艺术、民间信仰，以及诸多领域之间联系，连绵不绝，紧密相联。闽台地缘、血缘、文缘、商缘、法缘五缘系心，是始终无法割断的根与魂。

史前时期，一道跨越海峡的“东山陆桥”，把大陆与台湾紧密连在一起，大陆先民们正是从这里进入台湾。之后，闽粤移民渡过黑水沟，在台湾耕植拓垦，繁衍成族，形成一个个聚落。这是大陆延承至台湾的血脉、文化“脐带”，也是闽台根脉的渊源纽带。历史上，东山曾有6次大规模迁台记载。1949年前后，东山县因国民党军的抓壮丁行动，有4700多人被掠走到台湾。这一事件使东山成了大陆去台人员最多的县份之一，“寡妇村”正是这段悲欢离合的历史见证。

自2018年以来，东山县启动“迁台记忆”档案抢救工作，在福建省闽南文化研究会副会长、漳州市闽南文化研究会会长涂志伟先生等人的大力支持下，东山县档案馆同志走遍了全县61个建制村，探访两岸民间百余位迁台历史见证者；从400多封两岸家书中挖掘故事线索；查阅各种文史资料，搜集整理诸多文字、影音口述、史料典藏等史料，勾勒出东山迁台历史的清晰脉络；建成全国首个县级“迁台记忆”专题展览馆，构建“一封信、一本书、一个展馆”的“迁台记忆”档案体系，成为闽台“以根系情，以情促融”的重要载体。这也是海峡两岸同宗同源、血浓于水的史料佐证，必将成为《中国档案文献遗产名录》的重要组成部分，彰显出人类文明进程的共同记忆。

东山“迁台记忆”档案是闽台长久往来的历史见证，真实反映了两岸数百年来在政治、经济、文化、社会、风土等各个方面的变迁和交流。这些直接形成的、具有保存价值的、不同形式和载体的历史档案文献，如今愈显弥足珍贵。遵照习近平总书记相关指示精神，东山县将涉台相关档案文献及时整理保护，编印成书，活化利用。

30年前，我曾在东山工作，目睹了东山人民与在台亲属的亲情交流情景。2018年，我作为省政协委员，向省政协递交了《关于在全省开展征集以“台批”为主的两岸家书等涉台文献资料工程的建议》。近几年先后组织了几场两岸家书的展览，以及学术研讨会和交流活动。我深为东山县高度重视此项工作而感动。

东山县档案馆编辑的《跨越海峡的来信——闽台家书故事集》反映了闽台同根同源、血脉相连的历史脉动，记述闽台同胞割舍不断的生命印记，对增进两岸同胞的心灵契合，守护共同记忆，促进两岸融合有着积极的意义。

“胡马依北风，越鸟巢南枝。”一封封泛黄的信件、一帧帧黑白老照片、一件件实物展品，带着同胞血泪与历史沧桑，与你隔着时空对话。它们的背后，都诉说着一段段鲜为人知的两岸亲情故事，承载着血肉同胞被迫分隔两岸的历史记忆，演绎着一幕幕人世间的悲喜剧。一封封家书中的真实记录，更是两岸一家亲的明证，体现了祖国统一大业势不可挡的历史潮流。

值此《跨越海峡的来信——闽台家书故事集》付梓出版之际，是为序。

2024年6月

（作序者：福建省闽南文化研究会会长。曾任福建省政协教科卫体委副主任、闽南师范大学党委书记、漳州市委常委、宣传部部长）

目　录
CONTENTS

骨肉情深

闽台姻缘

家风家训

附　　录

1 骨肉情深

静 水 深 流

沈惠勇 / 文

一

1950年3月的一个下午，铜山古城澳雅头外，海水静静流淌，各式船只在海上来回穿梭。船经过时，不时溅起朵朵浪花，使得原本平静的海面荡漾开来。码头上挤满了形形色色的人群，桨橹声、吆喝声、叫卖声和呼喊声交织成一片，在岸边与海上的船影相映成趣。此时，踌躇满志的爷爷正值风华正茂，他与许多既迷惘又怀揣梦想的人一样来到码头。

海水静静地流淌着

他带着对未来的期待，以及对外部世界美好的向往而来。英俊倜傥、才华横溢的爷爷计划乘坐停靠在澳雅头外的一艘船，穿越海峡前往台湾求学。经过反复思量和权衡后，爷爷仍然无法下定决心：究竟是像他的五弟一样去台湾求学，还是留在家乡？毕竟他已为人夫。在一家人的商议之后，他们决定将爷爷的选择和命运托付给关帝老爷。

当日上午，奶奶陪同爷爷到关帝庙卜了一支签。解签师父告诉他们："去也可以，不去也可以；去也好，不去也好。"话音刚落，两位新人互相抬眼，却又低下头默不作声。在这风雨飘摇之际，这人生的重要抉择中，此刻言语显得格外苍白无力，他们内心却波涛汹涌！两人默默从关帝庙返回，一路沉默如石，时间仿佛凝固了脚步。"凤娇！"终于打破沉寂的是爷爷，"关帝老爷都说去了就好，我还是决定去吧，也许不久就能回来。"听罢这些话，奶奶泪水夺眶而出，她迈开双腿沿着顶街哭着离去了。

二

澳雅头码头上挤满了许许多多等船的人，有些人要前往南洋寻亲，有些则奔赴香港、广州经商，还有一些希望前往台湾求学。码头外各类船只频繁进出，而下面的海水依旧安详地流淌。

自天未亮至今已陆续有十多艘船启航，上千人在此踏上远赴他乡追梦之旅。而当最近的一艘船即将靠岸时，从远处八尺门传来了阵阵枪响。这使得码头上的人们迅速四散逃

夕阳下的海湾

离，而爷爷亦随即拔腿逃离，只能不甘地回望那已经靠岸的船只以及那宁静流淌的大海。

在局势极其混乱且信息模糊不清之际，为确保安全，他赶到澳雅街一个开棺材店的熟人处，将衣物迅速换成便装，还戴上一顶黑色高帽以掩饰身份，然后惊魂未定地等到夜幕降临后匆忙返回家中。岁月如流水般逝去，那段动荡岁月中的过往宛如烟云消散。世事沧桑，人生命运犹如棋局。

三

爷爷的五弟于一年前搭乘同村青年所开的轮船驶向台岛。在那个烽火连天、动荡不断时期，偶然的选择常常注定其后的命运走向。1949年的五叔公尚是热血沸腾、充满理想抱负的一名19岁青年，没有家庭牵挂。他结伴同行的是来自同村另一位志存高远者，共同从东南沿海亲营码头出发。端午节前夕，一脸意气风发的五叔公抵达亲营码头，此处停泊着众多舰艇，而岸边则聚集了不少生死别离的人们。有些人在甲板上徘徊，又转身走下，与送行亲友紧紧相拥痛哭失声。甲板之外，则是狂风怒号、潮水翻滚，大自然似乎预示着某种不可逆转的不幸。

无人送别让年少轻狂且无知无畏的五叔公并不知道，这世间所有暂别，如果碰上乱世，就是永诀！龙应台曾言：“所有颠沛流离，都有大江归入大海；所有生离死别，都发生于某个特定港口。”然而，对于五叔公而言，上了那条轮船，即意味着一种宿命！

四

没有人知道轮船是否在黑水途中遭遇风浪翻覆，也没人知晓它到底航行多久才抵达台湾，更无人了解后来生活中的五叔公究竟是生是死。直到1974年收到来自新加坡转寄来的一封家书，其中夹带了一张“台批”，25年来首次获得关于他的消息。据信件透露：他进入大学学习，后来成为新北市铁路部门的一员，并最终组建家庭、生儿育女。截至1974年，其长子俊德已经大学毕业并赴港工作。在临行之前，五叔公叮嘱俊德务必通过新加坡给大陆写封家书，以告知近况。我彼时仅3岁，对信件内容毫无印象，只记得母亲偷偷放入我书包里的萝卜干，以及每天清晨与四哥一起读书备考那些青葱岁月。不禁让我想象起1949年端午节前后的匆匆分别，那次再见便是一辈子的遗憾——再也无法见到白发苍苍慈爱的母亲。6年后，自大陆寄出的家书传递的信息却变成噩耗——我的五叔公英年早逝，再度归于梦里寻找自己的爹娘。而如今，那湾深邃幽蓝的大海道路依旧缓缓流淌，它承载着光阴故事，同时改变着谁？滔滔波涛东逝水，无数浪花淘尽历史尘埃，他们在那里，我们却只能遥望彼方……

（作者简介：沈惠勇，中共东山县委常委、政法委书记）

泪洒银滩

孙用川 / 文

“寡妇村”展览馆外观

我们在对南门湾畔“义勇祠”进行实景调查的过程中，又引出了60多年前一段泪洒银滩的悲剧。1950年5月东山解放前夕，国民党残部在即将败退台湾时，为了补充兵力，疯狂地从东山各地先后抓捕近4000名壮丁，分批集中在真君宫和义勇祠，押解登上登陆舰，运到台湾、金门。

国民党抓壮丁造成铜砵“寡妇村”催人泪下的悲欢离合故事，文史界、作家多有书写，媒体五六十年来不断报道，乃至电影电视曾有多部作品表现这一题材，各级政府有关部门也十分关注。铜砵“寡妇村”展览馆里的两幅浮雕、大量图片、实物和管理人员的介绍，向我们展示了一桩桩妻离子散、骨肉分离、几十年望海欲穿等待家人回归的很多悲恸往事。由东山县人民政府台湾事务办公室主持编纂，孙用奇、许九等主编的《寡妇村》和《海峡桥》两本书对此做过详尽的记载。

本文要叙说的，是永远铭刻在乡人记忆里的，壮丁们被掳到铜陵南门湾登船、亲人泪洒银滩的那一幕幕无法抹去的情景。

接受我们访问的吴九秋（现年84岁）、吴丽君（现年77岁）兄妹几辈人就住在南门湾畔的义勇祠边，义勇祠毗邻真君宫，规模不亚于真君宫。直至20世纪四五十年代，这里还有七八家私家经营造船的作坊，叫做“船寮”，他们家长辈也开了一家“船寮”。

他们回忆说，在那个恐怖的5月里，他们目睹，几天几夜，海里停着两艘国民党的登陆舰，登陆舰的后门开着，就像张开的虎口，等着吞噬我们的乡亲。壮丁们分批被押到南门湾，每一批壮丁都有好几百人，集中在真君宫和义勇祠，由国民党保安团和国民党整编58师的士兵看守。

58师又称再生部队，是由国民党溃败退入东山时的军官团扩编而成，师长洪伟达，负责东山防务。

“寡妇村”展览馆内展厅浮雕

壮丁们或被理成光头，或在头上被扎着一条白毛巾，作为标志，密密麻麻像蚂蚁般挤满了庙宇和沙滩。吴九秋老人感叹说：“国民党在庙里看守的士兵只有两三个，有时还握着木枪，而壮丁们没人敢反抗。要是大家齐心反抗，或许是可以逃脱的。”

“寡妇村”展览馆展厅

连续几个昼夜，壮丁们被一批一批强拽着押上登陆舰，若壮丁们回首再望一眼故园，偶有顿足拖延的，立即遭到士兵枪托撞打。这时，银滩上挤满了壮丁的父母、妻子、兄弟、孩子，也有爷爷奶奶。所有人都哭天喊地，哭喊声合着咆哮的涛声，在海疆震荡；凄惨的泪水洒满了沙滩，多愁善感的南门湾无奈地接受流淌成河的泪水，海浪漫过，泪水与海水融在一起，永远渗入这悠悠的海峡。吴九秋、吴丽君一谈起这些情景，至今还感到心里发怵。

“寡妇村”展览馆的管理人员告诉笔者，那天国民党兵包围铜砵村抓人之前，声称凡是17岁到50岁的男子，必须一律到台湾“服役”，这个只有289户的村子就被抓壮丁147

名，事情只发生在一夜之间！甚至有一两位壮丁才15岁。

有一位年轻的妇女，无法忍受与新婚丈夫离别的惨痛，一直跟着被掳去的丈夫，扯着他的衣襟不放，根本不顾双脚已经淌入海里，被国民党兵强拉上岸。

一位老者望着远去的登陆舰，在沙滩上长跪，久久不起，求苍天救助。

痛别的人群中有一位十五六岁的少年谢添聪，右手食指用白布包扎着，他来送他的哥哥。

添聪的哥哥逃不脱厄运，被抓了。父母亲心惊胆战，惶惶不可终日，担心弟弟也被抓走。当时添聪已经15岁，长得健壮，看起来就是一个小后生。添聪毅然跑进厨房，抓起菜刀，砍下了自己右手食指的一节。

国民党残兵见到这位用鲜血创造未能扣扳机而“免于服役”条件的可敬少年，油然顿生恻隐之心，掉下了几滴眼泪，只好放过。

添聪少了一节手指，多了一个“九指

“寡妇村”展览馆展厅

半”的绰号。后来我和他成为中学同班同学，在一个班里亲密无间地相处6年，他始终担任班长。我们都钦佩这位硬汉班长。直至年老，我们始终不忍心谈及这段不堪回首的往事，生怕揭痛他的伤疤。

吴丽君老人还告诉我们，有几位被抓来的人，趁着慌乱，偷跑到附近的树底下，有的甚至逃到附近的南门大池，潜入水中，躲过了士兵的视线，终于幸免被抓上船。

林丛、林水树兄弟俩已经被关押在真君宫里，那天夜里，他们的母亲匆匆赶来，手里捧着变卖她仅有的几件银钗、手镯所得的十几块银圆，偷偷塞给看守的士兵，才趁着慌乱把人赎回。

吴丽君老人说，国民党残兵在掳掠壮丁的同时，还从城里、村里抢来了很多大米、蔬菜、生猪、白银，搬上登陆舰。

铜山城里的“福成”楼，那时被强占作为58师师部，洪伟达就是在这座楼发布抓壮丁命令的。现年79岁的“福成”后代李德仪曾告诉笔者他少年时亲眼所见的情景：他曾见到国民党军队到处搜刮民脂民膏，士兵把抢夺来的大量白银堆放在福成楼，然后一封一封地打包运往南门海边船上。这印证了吴丽君老人的诉说。

国民党残兵仓皇逃走时，抢来的物资来不及全部带走，岸上还遗留有不少生猪等物资，家住澳雅头的乡人“瘫手淮”赶忙跑来南门湾，认出自己的生猪，请吴丽君帮忙扛回去。

当时还有少数本地的青壮年充当“卖兵”的行当，替人从军，客观上搭救了好多人。他们赚得几十块、几百块银元后，运用他们的“专业”诀窍，想尽一切办法逃回，又再次“卖”给第二家……国民党兵则浑水摸鱼，从中敲诈被指定为壮丁的人家。那时国民党军队的乱象由此可见一斑。

南门湾是上苍对铜陵的惠赐。她不仅以风情万种的身姿，奉献其无比壮美的奇观，古今滋润着乡人的心脾，又象征淳朴好客的铜陵人，摊开双手欢迎世人的青睐；而且以百折不挠的坚韧，守护着滨海一角，承受过风浪的千百年袭击；沙滩里深蕴着抗倭壮士的热血，沙滩里也洒过辛酸的泪水。

南门湾就如一位饱经风霜的老者，见证着这方热土的沧桑，如今我们漫步南门湾，似乎还可以听到这位永葆青春的老人的絮语。

（作者简介：孙用川，福建省诗词学会、楹联学会会员、东山县政协文史员，曾任铜山古城文化发展促进会会长）

澎湖籍黄友恭老人与台胞书信寻根的故事

黄辉全　文/图

2014年5月，第23届海峡两岸（福建东山）关帝文化旅游节暨第4届“三岛论坛”举行的前些天，黄友恭老人特别地忙活，他时常接到来自澎湖的信件，信中多是拜托他帮忙寻亲查找祖源，有的提前了解一些东山的风土人情和旅游景观……原来这是应邀参加关帝文化旅游节活动的澎湖东山同乡会乡亲。

黄友恭伏案整理联缘台胞族谱资料

黄友恭老人，1938年出生于澎湖，11岁那年他随从东山走船往澎湖的舅舅回东山老家而留居，直至2022年7月去世，在东山生活了73年。他几十年如一日，默默坚持做着一件事，那就是为在澎湖、在台湾的东山籍乡亲查寻祖宗族源，帮助他们找到在东山的根。

金门“名记贡糖”的根找到了

“我‘名记贡糖’世家在金门开枝散叶几十年，我知道我的祖先是东山人，但具体在东山哪里？这些年来我费了很大的力却一直没找到，这次多亏黄先生的帮助，才了结我多年的寻根之苦。”金门陈金福先生紧握黄友恭老人的手，感激之情溢于言表。

原来，东山县政府决定在今年第4届东、金、澎“三岛论坛”前，拍摄一部反映三岛亲缘和东山籍在台名人的《海峡三岛情》电视专题片。5月中旬，黄友恭将应邀与摄制组人员一道赴金门、澎湖恳亲，协助联系拍摄工作。作为《海峡三岛情》主人公之一的金门“名记贡糖”传人陈金福得知这一消息后，非常高兴，寻根的希望又一次来到了，他立即通过电话拜托乡亲黄友恭先生，请求帮助寻找在东山的根。

金门那边的陈金福也为自己无厘头的寻亲要求感到茫然和不安时，而电话那头的东山黄友恭先生则不停地安慰道：“这种情况没奇怪，通常接到委托的几乎都是这样，甚至仅凭一句话、一封陈年书信便来委托我代找都有。”

澎湖林金爽先生（左一）与黄友恭（中）对接族谱世系叙亲情

黄友恭老人放下电话，翻开日历，哟！距去澎湖还不到半个月的时间了，真是时不我待呀。

约过一周的时间，黄友恭老人又接到金门陈金福寄来的挂号信，信中仍只是简单介绍他父亲生前的只言片语和一些简单的世系，然而这却是陈金福唯一能够提供的寻根线索。

老人不顾年事已高，立即行动，先是查阅地方文史资料、相关的族谱，耐心走访一个个相关知情人。功夫不负有心人，黄友恭老人找到铜陵镇码头街衙顶“茂德堂”张氏族人提供了族谱线索资料。经反复比对后发现，金门贡糖世家“名记贡糖”第一老店创始人陈命，在东山原名叫“张命”，是铜陵镇下田池张氏“茂德堂”世系第九世玄孙。

话说张命的叔父张泽，清光绪年间在铜山开设“泰利发”糕饼店，“泰利发”的“贡糖”闻名闽南、粤东一带。张命随叔父学得一手制作贡糖的好手艺后到漳浦杜浔开店，后到厦门“伍芳”糕饼行当师傅，由于他制作的贡糖因香、酥、松、脆而大为利市，一时享誉一方。后又独立创办“名记”糕饼店。抗战期间，张命被征调去金门修建机场后辗转落居金门，后入赘金门金沙镇斗门陈氏为子并改名为“陈世命”，他重操旧业，重新创办了金门“名记”糕饼店的史实过程。陈金福就是金门贡糖创始人陈世命先生的第四子，这与陈金福提供的世系“陈命”之名相吻合。

黄友恭老人据此整理成《张命先生祖籍考》资料，又从东山“茂德堂”索取数本《张氏家谱》，在前往金门时，他亲自登门拜访了陈金福先生，并将查寻情况进行了亲缘对接。2014年6月14日，陈金福先生首度踏上故土东山岛，应邀参加第4届东金澎“三岛论坛”，返乡会亲谒祖。

澎湖湖西林氏梦圆东山

2014年6月15日上午，参加第4届东金澎“三岛论坛”的林金爽先生冒着“海贝思”热带风暴带来的大雨，早早来到顶岱南林氏宗祠“思成堂”祭祖认亲。

半年前，年逾古稀的林金爽先生随澎湖东山同乡会恳亲团再次踏上故土，这次他终于找到世代旅居澎湖湖西乡南寮村林氏在东山的根，拜了祖宗、认了亲，终于圆了多年来的夙愿。

这是黄友恭老人成功帮助澎湖台胞查找祖源的又一个典型的故事。

2009年夏季的一天，澎湖东山籍后裔林金爽先生第一次到东山寻根，得知黄友恭先生是澎湖籍乡亲时格外亲切。林金爽述说他的高祖是“铜山五都西埔约距七里路之埭南徙居澎湖定居开祖的”，我唯一的要求便是请求这位在东山岛的老乡，帮助他寻根归祖。

听完林先生的述说后，黄友恭根据方位做了初步的分析，认为此地名应是现在的东山县前楼镇岱南村。

翌日，黄友恭老人立马联系时任东山县台联会会长洪镇钦，一同陪林金爽先生专程前往岱南村实地走访。初访毫无收获，离别时林先生带着遗憾，拜托黄友恭继续代为查探祖源。

2013年5月份，第3届东金澎“三岛论坛”在澎湖举行，林金爽先生没想到在澎湖会遇到黄友恭，故土重逢格外亲，一阵寒暄之后，他再度委托老朋友想方设法继续寻找。

思亲之情越发强烈的林金爽先生，食不甘夜难寐。他漏夜伏案奋笔疾书，浓烈的寻根谒祖愿望溢于笔端，“先高祖父林复出生于清道光二十年（1840年）前后，曾祖父林祥生于清咸丰十年（1860年），到澎湖开基者是他的高祖林复之先人……”

接到林金爽先生的来信，黄友恭老人深受感动，也深感责任重大。为了澎湖乡亲的嘱托，他不辞辛苦，不厌其烦，多次来到20多千米远的前楼镇岱南村，与村里多位林氏宗亲座谈拉家常，希望能从中获得一点线索，一连多天的努力，还是劳无所获。

“由于历史变革和时代变迁所造成的种种原因，使得很多可供查证的史料都湮灭了。”黄友恭老人不灰心，更为此常常牵挂于怀。

一次次耐心细致的探访，思路渐渐清晰起来。黄友恭老人重新梳理思路，将这些零碎的信息进行过滤、比对，发现清代时期的岱南属于诏安县所辖之“五都”，原是海滩沼泽地，且位于水埭之南，故称“埭南”。过去岱南要到“五都”（今西埔）须经海埭绕行经圩仔村、山后村才能到达，故需行走七里（3.5千米）路。这与林金爽先生所述地名、距离对得上号，而岱南村又有“顶岱南”与“下岱南”之分。这次的探访中，92岁的林龙和忆述其先人所说：“其曾祖父当年曾往澎湖探寻其兄，兄弟相聚甚欢，返回时得到其兄斗银资助。回来时铭记于心，尚向族人炫耀此事。”以此辈分推算，林龙和老先生的曾祖父即是岱南林氏第十五代祖。佐证了岱南林氏第十五世即顶岱南“思成堂”之第四世孙徙居澎湖拓展的事实存在。他终有所获，得到了顶岱南“思成堂”林氏先辈有人迁徙台湾澎湖拓展的信息后，兴奋不已。

黄友恭老人又根据林金爽先生提供的其高祖出生年代和徙居澎湖的时段分析，与顶岱南“思成堂”林氏十三世、十四世、十五世的所载资料和神主牌所载年代和迁澎的时段是相吻合的，至今在澎湖繁衍子孙应该是第八代了。

寻根认祖是件马虎不得的事。他再次实地走访了“思成堂”祖祠，根据顶岱南林氏宗亲所提供的“思成堂”祖先迁居澎湖的人名讳和朝代线索，逐一对照家庙的神主牌和实地考证祖墓后，可以确认澎湖湖西定居的林氏开基祖就是东山县岱南村“思成堂”林氏第十五世祖。遂即连夜整理成《澎湖湖西林氏渊源资料》通报林金爽先生，并帮助实现了无缝对接。

爱与思念，穿越世纪与海峡。11月10日，林金爽先生率族亲一行回祖家顶岱南村谒祖。一进祖祠顿见主堂早已布置一新，神龛前燃着红烛，香烟缭绕，供桌上摆满了三牲、供果等祭品。随着司仪“祭祖开始，放长炮！”，宗祠内顿时形成了万炮齐鸣、乐声震天的场景，经久不息。林金爽先生一行点上高香，在580多年的“思成堂”林氏大祖祠先祖灵前行一叩首、再叩首、三叩首……他热泪盈眶读着：“永锡尔极子子孙孙上下相承三宗盛；思源乃昌继继绳绳本支递行世泽长”这副祖祠楹联，激动万分地说：“这就是我们澎湖湖西林氏宗亲的根啊！”

架桥梁帮联缘不亦乐乎

明清时期铜山先民迁移澎湖最多，情况比较特殊，主要是因班兵戍澎、因旱灾赴澎开垦度荒、随郑军征台留垦台湾、因海禁解除而迁澎、因经商贸易等移居澎湖，时间跨度三四百年，又是分散过澎湖，且大多不识字。由于他们多系明清时期移民澎湖的东山人后裔，对家乡的印象仅靠一代传一代的口口相传。这就是为何两岸往来这么多年，至今还有许多澎湖台胞找不到根的原因。

2013年11月中旬，澎湖东山同乡会会长谢宗辉先生率澎湖东山同乡会恳亲团踏上了寻根问祖之路，回到大陆，回到东山。谢先生临离别时，也只凭其先人一句“家在铜山东又东”的诗句请求黄友恭帮他查寻族源。

黄友恭老人在联络东、澎两岸亲情交谊时，澎湖马公武圣庙主任委员王镜芳先生告诉他：“我也是东山人，祖辈曾说以前曾在铜山城开过‘合成号’米行。现在东山还有族亲，因时代久远而失联，希望能代为寻访东山亲族。”如此事例，已是不胜枚举。

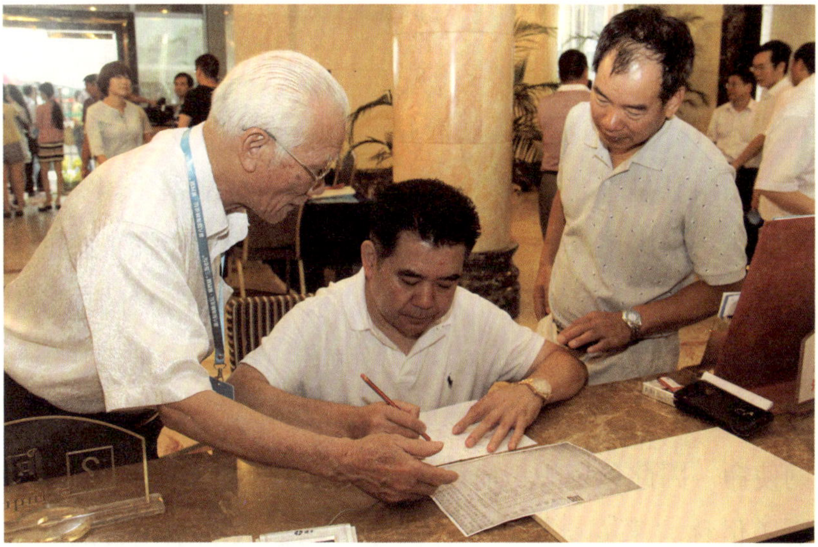

黄友恭（左）协助金门陈金福（中）整理世系简谱

鸿雁传家书，两岸寄深情。几十年来，为了帮助寻亲，黄友恭不仅在漳州各地奔走，他的足迹更遍布全台各地，除了出入宗祠查找族谱，还要去各地户籍事务所调阅资料等。虽然寻亲的细节十分繁琐，但每次能够帮忙找到亲人或是对接上族谱，黄友恭都和当事人一样开心。黄友恭老人乐此不疲，为两岸亲情联缘架起了一座座桥梁，在两岸交流中被传为美谈……

（作者简介：黄辉全，福建省作家协会会员、漳州市政协文史员、《石斋故里》侨刊特约编辑、东山县档案馆《跨越海峡的来信——闽台家书故事》编委会成员）

尺素天涯传亲情

沈舜友／文

东山县是著名侨乡。中华人民共和国成立前，国家积贫积弱，东山民不聊生，许多人被迫出洋，冒着生命危险前往东南亚及其他国家谋生。据统计，东山华侨在海外有3万多人，约90%居于新加坡。这些出外的华侨，大多是青壮年，属家中顶梁柱，出国打拼，除自己谋生外，更负有赡家养亲的使命。因此急切想把血汗钱寄回家乡，也想给亲人报个平安（俗称“平安批”），作为华侨与家人联系纽带的“水客”“客头”便相继产生。华侨把在海外积攒的钱、平安信（“批”）托交“水客”或“客头”带给家乡亲属。随着华侨增多，寄信汇款逐年增加，“水客”“客头”已不能适应华侨的需要，有的“水客”或“客头”华丽转身，开设民信局，经营侨批，更方便华侨和家乡亲人信息互通。

侨批又称“银信”“番批”，是海外华侨通过海内外民间机构汇寄至国内的汇款暨家书，是一种信、汇合一的特殊邮传载体。

据《漳州华侨志》记载，东山最早的民信局是1919年成立的，民信局店号名称叫“隆盛”。

《东山文史》二十三辑《侨汇与侨批业》有个表格录

于下：

漳属各地的侨批局有：

成立时间	店号	住址	外埠经营地点	资本
清光绪或宣统	广盛	诏安东里镇	汕头、厦门	三千元
清光绪或宣统	源顺盛	诏安东里镇	汕头、厦门	四千元
1919年	隆盛	东山西埔		二千元
1920年	水茂	东山西埔	新加坡	一万元
1921年	何茂芳	东山前何	新加坡	二千元
1922年	添盛	东山西埔	新加坡	四千元
1925年	林源利	东山康美	新加坡	
1926年	林后成	东山后林	新加坡	八千元
1926年	瑞记	东山东沈	新加坡	一万元
1926年	和安	云霄陈岱	新加坡	一万元[①]

这里纠正一处错误：表中的“隆盛”属“添盛”之误。添盛侨批局成立时间是1919年，在新加坡的店号确确实实称“添盛侨批局”，在东山西埔的店号才称“隆盛侨批局”，也就是说，新加坡添盛侨批局在东山的相应店号称隆盛侨批局，两家侨批局其实是一家。后来“隆盛”改称“顺发”。所以，东山最早的侨批局店号名称“添盛”，它的地址在新加坡而不在“东山西埔”，先有在新加坡设立信局，然后才在东山设立对应信局，本末不能倒置。

笔者在《东山岛侨批忆旧》表述过如下内容：

新加坡的添盛信局设立在东山岛的相应信局是顺发信局。

新加坡新顺昌信局设立在东山岛的相应信局仍叫新顺昌信局。

新加坡进成信局设立在东山岛的相应信局是南成信局。

新加坡福春信局设立在东山岛的相应信局仍叫福春信局。

新加坡合安信局设立在东山岛的相应信局是福通信局，后改名长安信局。②

东山人唐文保在新加坡设立的瑞记信局在东山仍称瑞记信局。

以上新加坡信局设在东山的信局地址均在西埔。西埔位于东山中心地带，到银行取款、寄回信方便且容易。

漳州在新加坡设立的侨批局最著名的是天一信局（旧址仍在）。

漳南华侨设立在新加坡侨批局属东山最多。据统计，到1950年，东山岛登记在册的就有10家，而诏安、云霄各仅有1家。

侨批局是私营企业，一般是家族式经营，中华人民共和国成立后国家允许存在，主要是为积极争取外汇。因为当时以美国为首的资本主义国家对我国实行经济封锁，国家缺少外汇，极其需要华侨汇来的外汇。

1970年8月，国家取消私营侨批业和侨批局，侨汇由人民银行直接办理。侨汇原来是通过侨批寄来的，随着侨批业的消失，侨批也成了“世界记忆名录”，侨批局也完成了自己使命（新加坡的一部分批局后来经营旅行社业务）。侨批局基本上是“二代”而止。

侨批局，使华侨与祖国有了一座联系的桥梁，让今人记得起历史沧桑，留得住侨批文化根脉，还让侨批的“前世传奇”和“今生故事”建立起血脉的连接，让海外华侨摸到历史的脉搏。今人忆起，会感到中华民族还有如此温馨的人文奇观。

侨批先后经历了水客递送、侨批局承办、国家银行统管三个阶段。

下面再说说台批。

所谓台批，就是宝岛台湾的同胞与大陆亲人之间往来的信函，但没有像侨批那样“银信合一”“信汇合一”，是和普通家书一样。

无独有偶，台批先后也经历三个阶段：1949年中华人民共和国成立之前为第一阶段，这一阶段台批与大陆之间自由递送，即“直接通邮”；中华人民共和国成立之后至1987年11月2日台湾红十字会开始办理台湾同胞赴大陆探亲手续之前为第二阶段，在长达38年的时间里，台批只能通过第三地递送，即“转口通邮”；1987年台湾当局开放台湾同胞赴大陆探亲至今为第三阶段，在中国共产党和平统一政策的推动下，经过两岸人民的共同努力，海峡两岸持续了数十年的隔绝状态终于被一步步打破，台批逐步实现“直接通邮”。

据历史记载，唐宋时期，大陆沿海许多百姓因灾荒、战祸纷纷东渡至澎湖、台湾。特别是明清以后，许多漳、泉百姓不断迁台定居台湾，他们便通过信函跟大陆亲人沟通信息，保持联系，台批便由此而生。

在东山铜陵演武亭边有座“戍台班兵墓”，就是明清时驻守铜山官兵奉命出戍台、澎的班兵殉难后，其尸骸火化后骨灰装于“金斗瓮”运返铜山安葬于此。那时，戍台官兵实行“班兵制”，几年一换。不少铜山兵出戍台、澎，有的班兵退役后就定居台、澎，有的阵亡或病亡就“叶落归根”。定居的不忘自己的根在铜山，他们没有数典忘祖，来往的批信没有间断过，批信就是“血脉情缘似海深”啊！

如今，东山台胞已达30万人，东山县现有人口22.29万人，东山台胞人口已超过祖居地。一段时间大量台批来往于海峡两岸，台胞在东山亲人一接到台批，就奔走相告，很是热闹。通信发达了，现在很少有人靠写信来交流感情，一个手机，一个电话，几句简单的话语，方便了大家的交流，但很多人还在怀念那个年代呢！

台批和侨批，本来是风马牛不相及，井水不犯河水，你寄你的侨批，我寄我的台批，各司其职，就像两根永不交错的轨道一样，各自伸向远方，互不打扰，互不干涉，各有各的方向。或者像两条平行线那样，互不影响，互不交集。但在台批第二阶段中却因机缘巧合，两者同频共振，携起手来突破台湾当局严禁通邮重围，与大陆“通邮”！后人曾说：台批与大陆“通邮”迈出了一小步，造就了以后台湾民众回家探亲的一大步。台批不经意间承担大陆和台湾之间的信和人员来往的功能，也让后人唏嘘长叹。

在台批第二阶段时，由于台湾当局严禁与大陆“三通”，海峡两岸人为隔绝，不能正常通邮。长期两岸的政治对峙状态，重重的刀光剑影压抑着两岸民众的身心。但是，有一些人目睹台湾同胞因与大陆亲人长期不能通信的惨状，一条海峡割断亲情的悲剧，站出来冒险为两岸亲人充当信使。这时，台批转为以隐蔽的方式递送，其中不少是通过第三地侨批局或侨胞辗转交到台胞家乡亲人手里。所以台批在这一特殊阶段发挥了维系海峡两岸同胞亲情的重要作用。

新加坡合安信局董事长陈晋昌、添盛信局董事长沈舜明就充当信使。那个阶段，陈晋昌、沈舜明曾亲自到中国台湾，通过台北、高雄等地同乡会与需要与大陆亲人写信的去台人员联系，将信写好后交由他们夹带出岛到新加坡，信局根据台湾同胞在大陆亲人的地址寄回家乡。当然，更多的是台胞将信寄到新加坡信局，再由信局重新填写信封，转邮到大陆来，家乡亲人收信后，写好回信寄到新加坡信局，信局再转送台湾。于是，一份份思念，一份份牵挂，一份份亲情，在两地之间飞转传递！铜砵村黄镇国长期为台胞亲人写回信，大多寄到新加坡添盛信局转送中国台湾，他曾对笔者说，没有侨批局转送，你邮资贴上10000万美元也邮寄不到中国台湾。而且添盛信局老“头家”沈招贵是铜砵村的女婿，老乡对老乡更富有同情心，服务更周到，每封台批都能准确送达，为不少台胞圆了思亲梦。

除了新加坡信局义无反顾为台胞传递信件外，也有台胞是通过香港这条渠道与大陆亲人通信的。据诏安政协文史员黄家祥说，在台胞传颂着这样一个故事：一位姓魏的去台老兵，凭着“荣军证”乘飞机闯香港，找到开“榕记批局”的亲戚，询问家乡情况，并写了“双亲大人，我还活着”的纸条，托批局寄往揭阳老家，父母接悉喜出望外，并通过批局回了信。其他老兵暗中得知消息，纷纷托其代转平安家书，姓魏的老兵乐于助人，以做生意为由，多次往来于香港收寄批款。③

第二阶段的台批虽然只是一封封两岸民众的家书，写的是两岸隔绝时期的悲欢离别故事，实际是在写两岸的血脉联系，写“血浓于水”的骨肉情，在两岸隔绝时期搭起了两地之间的桥梁，千里亲情，全靠台批一线相牵，将一条感情之河从台湾引流到大陆，使乡情、亲情绵延不绝。那时的台批，是血与泪凝聚而成的，也是泪水的倾诉，而每一滴眼泪都是叮咛，每一句叮咛都是使命：好好活着，昂首前行，活着等待到相会的那一天！台批的温暖，使台胞失去了阳光的心，没有了活气被冻僵的心，重新在暖融融的氛围中复苏。啊，那家书，名叫台批，是两岸一家亲代名词，真是“尺素天涯传亲情”啊！

一封台湾信，多少辛酸事；两岸一家人，尽在台批中。

台批第二阶段大多产生于东山，是一种地域文化，但其所包含的内容和蕴涵的意义绝不是地域性，它是台湾自古以来就是中国不可分割领土的佐证，是两岸一家亲的历史见证！

注释：

①《东山文史》二十三辑《侨汇与侨批业》，第85页。表格内容来自《漳州华侨志》。

②《东山文史》二十五辑《东山岛侨批业忆旧》，第215页。

③黄家祥：《漳南侨批特色》，《侨批文化》第十三期。

参考文献：

《台批，值得发掘的一项档案文献遗产》，作者王炜中。

《海峡两岸通邮史话》，作者黄家祥。

（作者简介：沈舜友，东山县政协文史员、漳州市文艺家协会会员、东山县档案馆《跨越海峡的来信——闽台家书故事》编委会成员）

墨宝情缘

黄喜祖／文

这是一幅书法条屏。

这还是一幅出自书法名家的墨宝，流传有序四代人。

这也是一幅承载着跨越两个世纪之久，饱含着一份海峡两岸血肉情缘的“墨宝”。

这段“墨宝情缘”，在后来被人们称之为“台批”的海峡两岸民众信件往来之中，有着那些看似寻常的亲情，却又在岁月的迁延中，演绎着一段曲折且深含父子间思念缘由的故事。

一

“墨宝情缘”，还得从因由讲起。

一场新旧社会制度博弈的暴风骤雨，正在席卷中华大地；红旗漫卷，这场将由普通劳苦大众当家做主人的人民解放战争，由北向南，犹如秋风扫落叶，将曾经拥有几百万大军之众的国民党，被打成了残兵败将，赶至台湾，偏安一隅。

闽南海岛——东山县，即将诞生一个由广大劳苦百姓当家做主的全新政权——中国共产党领导下的人民政府。

于是，便产生出了之后有关名家书法“传手尾”，这一故事。

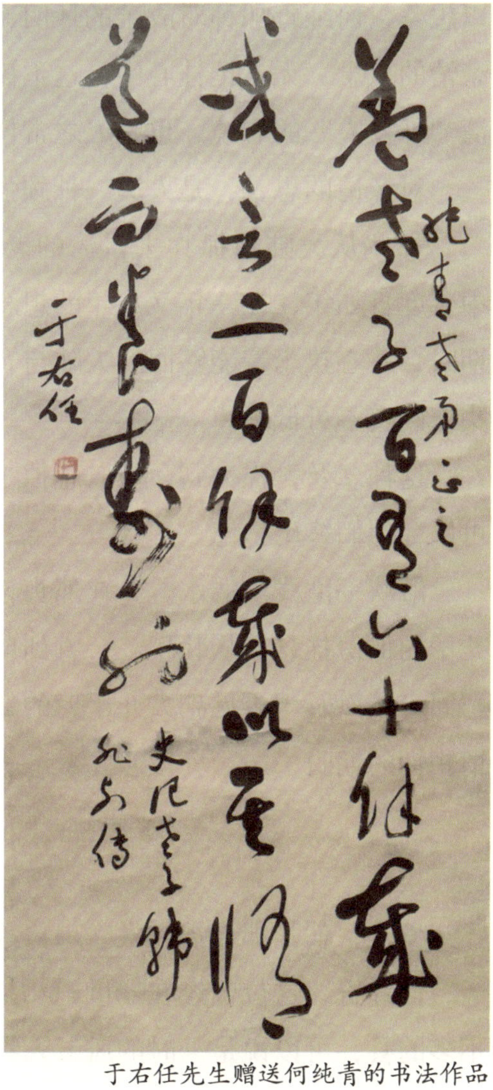

于右任先生赠送何纯青的书法作品

据何纯青第4代后辈家人陈述，虽然之后，何纯青曾经有过接其大儿子去台湾的事情经过，但终究未能如愿。为此，一起嫡系亲人与家人就此离散的悲情故事，由此埋下伏笔……

亲情，是一笔梦牵云绕、牵肠挂肚，永远难以割舍得了的亲情债。

也许，何家在大陆的后辈们，不一定知晓其曾祖父当时当下对大儿子的思念之切、期盼团圆之情和那种一生一世亏欠的念及，但作为人父，何纯青岂能忘却呢？

在思虑中，看着潮起潮落；在期盼中，度过日日夜夜；在落寞中，眼观时局风起云涌；在煎熬中，走向垂暮……可以想象，何纯青那种对故土的怀旧，对失落血脉的念想；对亲情的执念，无不记挂心中，这不仅符合他当时作为流落台湾“外乡人”的心境，也是人之常情。

对亲情的思及，是人类一种顽强且凄美的情感音记。

那些从大陆被抓兵去台湾的老兵，不就是在这种思念中，度日如年，在一年又一年的想念中，怀抱着一团热切的期盼，一心执念着能够回到大陆与亲人团聚。这种人类的念头，确实不可低估。

这种念及，强大到，可以忘掉一切，而亲情的呼唤，却可以令他们终生抱憾。

海峡一湾浅浅的水，人在那头，家在这头。何纯青对大儿子的那份挂念，从壮年，一直到暮年；但他始终未能如愿“回家”以及“再见到大儿子”的那份殷殷之家乡故土与亲情相拥的期盼……

二

岁月，就是那么捉弄人。

何纯青，这位曾经在20世纪40年代的东山岛这个人口并不多的县，可以说是一时的风云人物，他绝然想不到，历史风云的变幻，会给他带来了与大儿子的离散，并无法再度团圆的那种亲情间之终生抱憾。

在寓居台湾的那些岁月里，他也只能在辗转多地之后，时隔几个月甚至更长时间，才能从收到的“台批”之中，获知他的大儿子一家人信息的一鳞半爪。

但是，在何纯青长存于脑中的那份眷念中，也许一直固守着“传手尾”，这一闽南人固有的传统理念，而正是这份亲情间的执着，才不断牵挂着“在海一方”的大儿子，才念念不忘地把他认为“有价值”的于右任赠予他的书法作品，作为他对大儿子的一种心理上的补偿，更重要的是传达出父子间的那份亲情。

等不到有朝一日能与大儿子见面的那一刻，何纯青在思念中于台湾故去，而他那份期盼对儿子有所补偿的于右任书法，由此被他的第三个儿子暂时替代，等待着有朝一日，能够交到大陆老家的老大手中。

歌词曰：天青色等烟雨，而我在等你。80年代，大陆与台湾，终于迎来了两岸坚冰解冻的那一天。

20世纪90年代，埕英村的埕下自然村何纯青老家，迎来了一桩喜事。在台湾的何纯青三儿子何秉志，回到大陆他的大哥家省亲。

三弟回了家，大哥却已经走完了他那人生之路，弟弟见到的只是大哥的未亡人——何家大嫂。

眼前，物是人非，让大家都唏嘘不已：时光不老，人却老矣。

何秉志双手将那幅饱含着父亲一番心血的于右任书法条幅，交到他的大嫂孙彩娇的手中之时，是翻江倒海的思念，还是悔不当初的忆及，抑或是……谁都难以猜想得到，因为当时当下，哭声一片，泪如泉涌，往事不堪回首。

何秉志牵着大嫂落座，他亲切道来，大嫂珍重身体。这是父亲特别的嘱咐，是他心中对大哥的一份为人父的牵肠挂肚与情意绵绵，请大嫂珍藏，珍惜。

何秉志说话中，依然噙着泪眼，依然还沉浸在那无尽的哀伤之中。他知晓，此时任何对大嫂一家的劝慰言语，都显得苍白，一切的一切，都已经淹没在过往的云烟之中，唯有把父亲这份遗愿与亲情传达，才是对大哥的在天之灵的一份告慰，才是对大哥一家人的最好安慰。

接过这薄薄的一张纸，却蕴含着一代人万千情怀且重如泰山的书法作品，作为大嫂的，一下子百感交集，涌上心头，一时间也不知从何说起，只能是垂泪以对。

有人言：谁的前世，染指了微凉；谁的今生，执捻了落花；谁的泪珠，溅落于信笺。这装入“台批”之中的书法条幅，终于如愿以偿归于该给予者的手中。但从何家这几代人手中流转的书法条幅，可以看到，中华民族农耕社会生生不息的那种眷念，是何等的执着。

三

埕英村何纯青的后人，得到“一幅书法大师于右任书法作品”的消息，在这个海岛不胫而走。

这可是鼎鼎有名的“民国四大书法家”之一于右任的书法真迹，诸多书法爱好者，慕名而来，先睹为快。

无奈，这为私人收藏，爱好者在观看后，不得不遗憾打道回府。何家后人不愿意出售这幅来之不易的墨宝。因为这是上辈人对下一代人的馈赠，是一种念想，是闽南人一贯看得很重的“传手尾”。

可是，这书法，其中承载着的故事，也将湮没于这时光的迁延，再过一段时间，它可能讲述的是另一段故事。

时光荏苒，光阴蹁跹。进入21世纪，何家人在大陆与台湾亲人之间，继续着亲情的往来，演绎着思念的书信，往返于海峡之间，述说着下一代的骨肉亲缘：修祖屋、问候家、寻访故、关乎暖……人世间的那份亲情缘，继续在光阴中传延。

而今，这幅于右任的书法，流传到了何家的大儿子何秉文的孙子何坤和手中，于是，这些故事，也是何坤和记忆中断断续续且片段性的回顾。

从他拿给我们观看的于右任书法条幅，只见裱褙的时间已经久远，整张画面显得泛黄，而且有点褶皱，显得皱巴巴的。

因此，那些想要购买的那些买家便有些踌躇，但是何坤和也没有动出售的念头。因为，在何坤和的眼中，这书法作品，虽然说是“很值钱”，但是这毕竟是曾祖父留给祖父的一份亲情，一种念想，一个代际间的传承。于是，出手书法作品售卖此事，就不了了之。

经年后，何坤和的父亲，不幸患了恶病。这种病，就是富贵人家，治疗花费也难以承受得起，何况一个仅靠打工维持一家生计的寻常农家呢?

此时，那些惦记着这幅名家书法的“爱好者”，就再次登门，向何坤和一谈再谈，关键在于如何把价格压到“最合适”的幅度之内。

之后，这幅从台湾流传回来，作为“传手尾”的书法故事，却是以一个不得已而为之的结局，作为尾声。因为，攥着这幅书法条幅的“新主人”何坤和，不愿意说。我们也只能就此打住，不方便刨根问底，再询问其因由。

古人言：逝者长已矣，故事永流传。也许，这个墨宝情缘之故事，本身就没有主角，如果强说有的话，那就是这幅不会自己说话的书法作品。

（作者简介：黄喜祖，福建省作协会员、中国散文学会会员、《中国纪检监察报》特约撰稿人、东山县档案馆《跨越海峡的来信——闽台家书故事》编委会成员）

黄隆坤的家乡情结

沈舜友 / 文

和其他被抓到台湾的壮丁不同，黄隆坤是“自愿”到台湾当壮丁的。

国民党强迫拉夫逼良民当兵一事是一个时代的悲剧。1946年，国民党发动内战后兵败如山倒，大量军队被解放军消灭，急需兵源补充，就四处抓壮丁充当炮灰，偏僻的东山岛也难逃厄运。初期，国民党抓壮丁还“文明”些，叫“两丁抽一”，无关人员没有五花大绑抓走（但抓丁拉夫，动不动就捆人打人还是常事），当时严酷政策是不“抽一”，家长就得坐牢，房产就得充公，而“丁”还得抓走，就得家破人亡。谁都知道，壮丁是去充当炮灰，一去无回的。东山县礁头村民黄宝华家有兄弟二人，那就“两丁抽一”了，必须走一个。

黄宝华兄弟二人，年龄相差很大，那年宝华40多岁，弟弟还不到20岁，当然是弟弟去当炮灰。俗语说，长兄如父，宝华疼爱弟弟，怎舍得幼弟被“抽丁”走呢？要不然只能是自己去当炮灰，而他是家中的顶梁柱，一走，家像塌了天陷了地，就要分崩离析。

那时黄宝华还收养了一个儿子叫谢隆坤，汕头人。

1937年，万恶的日本帝国主义发动全面侵华战争。1939年，日本侵略战火烧到潮汕地区，地面上鬼子烧杀掠夺，天空上敌机狂轰滥炸，造成无辜平民大量伤亡。谢隆坤一家为了逃避日寇屠刀，四处逃难，俗称“走反”“走日本”。由于头上有日机轰炸，地面上日寇追杀，谢隆坤不久就和家人离散，随同其他逃难人群来到东山岛，因为他们听说日寇在东山军民抗击下，无法侵入东山岛，东山成了战争的“净土”，也就成了逃难的潮汕百姓向往之地。谢隆坤经过长途跋涉，一路讨乞进入东山岛。由于饥饿和亲人失散的过度悲伤，勉强走到一个叫礁头村的村旁，又饿又悲昏死过去。

等他醒来时，发现自己躺在一家农舍里。原来是黄宝华一早到村外干农活，发现田地上躺着一个人，一摸还有气息，就把他背回家救活。黄宝华见他可怜，又无路可走，就收留了他，那年谢隆坤18岁。为报答救命之恩，就认黄宝华为父亲，按潮汕地区习俗叫他“阿爹”。从此谢隆坤就在礁头村住下来，把姓改为黄。到黄隆坤谈婚论嫁的时候，黄宝华拿出家中多年积蓄，为他完婚，不久又有了儿子，真正“成家”了。成了家的黄隆坤对养父母十分孝敬，对小叔父也十分友爱，一家相处融洽，他虽然识字不多，但懂得“滴水之恩，当涌泉相报”古训，何况是救命之恩，没有养父母，自己早已是泉下之鬼。

礁头村，是他第二个家乡。

1945年抗战胜利后，社会趋于稳定。谁料天有不测风云，黄家就遭到“两丁抽一”悲剧。怎么办？正当黄宝华一筹莫展时，黄隆坤平静地对他说：阿爹，我当壮丁去！

黄隆坤为什么“自愿”要去当壮丁？他朴素的意识是：黄家大难来临，自己不能袖手旁观。黄家救了他，自己没有给养父母带来荣华富贵和如意吉祥，如今家中有难，自己不站出来，其心怎安？为了报答黄家大恩，自己必须替小叔父去当壮丁。他劝说妻子：小叔父年小尚未成家，而我们已有了儿子，我走了以后，儿子会照顾你的。人家去当兵，三年五载就回来，你等我三年五载，老天保佑，我会平安回来的。他还有一句话没有说，当年汕头亲老爹就对他说过：大丈夫四海为家，有志气的人，就要到外面闯一闯！他幼稚地想，闯过去，也许前面又是一片天，那将是一片格外广阔的天空，一片充满希望的天空。

就这样，黄隆坤离开第二个家乡，“志愿”和其他壮丁一起来到台湾，原先以为待个三年五载就可退役回家团聚，谁料一到台湾，就宣布军纪：不能写信，不能回家，否则以“通匪”论处！

回家像肥皂泡般破灭！黄隆坤叫天不应，叫地不灵，欲哭无泪，心境被当时沉闷的时局挤压得如西风残照，留下落寂而又孤独的背影。家乡成了故乡，他成了故乡的游子。有人说，皮肉之苦，不是真正的疼痛，有些疼痛，远超皮肉之感。譬如，人生的生离死别，便是一次撕心裂肺的疼痛。他正是这样的疼痛啊！和别人不同的是，他有两个家乡，一个是青少年时期的家，一个是成家立业后的家。一菜一饭，是烟火，是家；一碗一筷，是笑语，是情。这些都没有了，而归乡之途，山隔海阻。那时，全是沮丧、彷徨、失意、悲苦！进亦难，退亦难；有痛苦，亦有悲伤，疼痛中所受的折磨难以言喻。但纵然身处他乡，两个家乡却一直在他的心中，从未远离……

本来心存大志，到外面去闯一闯！谁知生错了时代，马被关进牢门，难展四蹄，空有一腔闯世界的热血，黄隆坤只能在现实夹缝中仰天长叹！

恍惚之间，便是8年，他退役了。几缕白发，随同沉淀了岁月的苦楚长出来了。游子长期离家，对家人与家乡的思念无日不萦绕于心头。思念已极，只能以远望来排解，但是，远望永远不能“当归”，引起的是更多的苦痛。思乡泪已流尽，几声感叹：家在梦中千里外啊！

现在退役了，摆在面前的问题是何去何从？家不能回，唯一一条路就是安居在台湾，把这里当成第三个家乡。时黄隆坤正值壮年，同到台湾的乡友劝他找个老婆过日子。他谢绝了，他当然是希望有一天能与妻子团聚，当初“自愿”当壮丁已经是十分对不起妻子，再讨一个老婆，良心怎过得去！套用古书《水浒传》里的说法，“天可怜见我”跨越海峡、千里迢迢来到这个陌生的“家乡”，能绝地求生，早日和亲人团聚。

为了这个未来，要顽强地活下去。他选择了第三个家乡定居点——基隆。基隆，有他名字中一字，大概是缘分，或是老天的安排吧？据说，过去基隆叫“鸡笼”，就在这个“鸡笼”度过后半生吧。落难的人也不要伤心，鸡笼里的公鸡肯定会鸣叫，一鸣叫，天就亮了，我等着天亮的那一天回家团聚。从此，基隆是他一个“陌生又熟悉的朋友”。说陌生，因为他平生第一次踏上的土地；说熟悉，因为从他与它“相识”至离开，足足30多年！

居住点定下来，以什么方式谋生？他在家是农民，有田地耕作，在基隆市，无地可耕，进工厂打工，没有技术，年纪又大，工厂不会招他做工。左思右想，猛想起自己少年时当过学徒，学过厨师手艺，懂得做几味潮汕菜；城市中除了纷杂的南腔北调普通话，仍能听到潮汕的阿爹阿奶和闽南五都大伯叔公市民们的乡音。其实，在第三个家乡的闽南人，潮汕人居多，他们口味相同，同是离乡背井的人，远离了家乡，却能将家乡菜的味道记在心中，肯定会来捧场。城市车水马龙，引车卖浆之辈，求衣谋食之辈……熙来攘往，挤成一块，无人不累不饿，也会歇下脚来吃碗饭。有一句话说：家乡的古老，就在一道道潮汕美食，与一杯杯热茶里，于是他决定开个饭店。

那时台湾第三产业兴旺，一楼的店租很贵，也一店难求，市中心店租更是天价，不敢问津，他申请在一处较偏僻的地皮上临时搭盖，开了一间简陋的饭店，贴上招牌“潮汕风味”，正式开张了。

俗话说，离乡不离腔。黄隆坤18岁离开家乡汕头，但一口潮汕话仍然很浓。在礁头村居住过一段时间，东山话也讲得很地道。开张以后，一听客人是潮汕口音，他笑脸相迎：“阿兄，胶弟人（自己人），尝尝我的潮州菜手艺。”潮汕菜也合东山人口味，来了东山人，他笑容可掬："胶弟人，吃什么潮州菜？"潮汕话与东山话（闽南话）本来就相通的啊。

一茶一饭为人们筑起乡愁，食客络绎不绝，他无比忙碌，不断翻炒着各色菜肴。乡亲们三三两两坐在小店品工夫茶，点上几道特色佳肴，除了啤酒，鸭母捻、腐乳饼、乒乓粿、笋粿，靖海豆辑、西天巷蚝烙、老妈宫粽球（粽子）、炒糕粿……这些潮汕地方风味菜肴酥而不腻，满口盈香，别有一番好滋味；"秋刀鱼饭"是一道平常的潮州菜，潮汕人、东山人都爱吃，特别香、特别够味，有一股魔力，人间烟火味，最抚游子心，这临时搭盖的饭菜，比起星级酒店佳肴，"强"多了，真是人间美味啊！

有时来了抽烟聊天的老乡，他也笑脸相迎，坐、坐、坐，"食茶"，一种亲近感油然而生……

潮汕（包括东山）有句话"茶三酒四"，不管人多人少，茶杯一般配三只，工夫茶杯都小巧，白瓷薄壁，一盖瓯刚好冲三杯，而"食茶"之人很自然地轮着喝，从不会因为人的多与少而为难。许多潮汕人、东山人也喜欢来"食茶"，"食"着"食"着，乡音萦绕，家乡多少事，都在茶水中；在岁月中来，也在岁月中去。但想到家乡，奈何，奈何！个个满是沧桑和无奈之感，人人黯然神伤。

那些日子，岁月中的乡情、亲情、友情给予他心灵的滋养和精神慰藉，使他不至于在苦难中沉沦。有时候他还庆贺自己有两个家乡，这是优势，老乡多，食客也多，虽然忙点，但生意好，自己也不会寂寞。即使素不相识，萍水相逢，一听口音，一点接地气的家乡风俗，一点家常，一点亲切，彼此的心就会靠近一些。

慢慢地，黑发变成了银丝，属于老井的那个时代渐行渐远，许多人和事已化为烟云随风而去，但留下了难以磨灭的印记，根还在，魂还在，凝结在他身上的乡愁永远不会消失。

风云突变，台北许多老兵竟然上街游行，打出大幅标语：我要回家！抗议当局泯灭人性，实行无人道无人性反人权的政策，一执行就是38年！许多老乡齐聚到小店，高兴得眉飞色舞，我们也要上街游行！一呼百应，在基隆的大陆人团结一致，上街游行，抗议当局反动透顶的政策！连续几天在热闹的街上游行抗议。许多人衣服背后写有“我要回家”醒目标语，特别引人注目。不少市民也加入游行队伍，声援大陆老兵正义的要求！走得再远都不能忘记来时的路，“我要回家”在那个时候是非常神圣的语言，家的观念在每个人心中都是牢牢地缠结。

不久，台湾当局不得不开放大陆老兵探亲之路。盼到这一天了，“鸡笼”里公鸡鸣叫，天亮了！黄隆坤喜极而泣，心情久久不能平静，思绪纷飞，心里像打翻了五味瓶，百味杂陈，百感交集，感慨万千。静下来思考，38年，养父母还在吗？我是外乡人，黄家会不会早已把我忘记了？妻子还会等他吗？他没有给儿子父爱，儿子会不会认他这个不称职的阿爹？汕头老家，离别40多年，不知道那里的亲人怎样……思考的问题太多了，理不出一个头绪。他虽然想家，但不想这样就莽撞地回去，“知道家中对我怎样的态度再回去。”他真恨当局，为什么要在同胞之间实行如此残酷的政策，为什么在中国土地上连想家也是罪行？他也庆贺自己能活到回家这一天。他又很难过，又有多少常来小店“食茶”聊天吃饭的老乡，没能熬到今天就已经悲戚地离去，基隆街道中游荡着多少无法安息的亡灵！

有一天，老乡林炳生（下湖村人），高兴地跑来告诉黄隆坤，他已经办好探亲手续，就要离开台湾回家探亲了。

老林是他至交朋友，同是到台湾的壮丁，都为性情中人，有空时两人一壶清茶，一盘葱姜蒸鱼嘴，一盘尖椒拼酿豆腐，一份上汤苋菜，外加一瓶美酒，可以聊到半夜。今天老友告知要回老家探亲，黄隆坤替老友高兴。老林也问他，你家里有妻室，怎么没有回家的打算？黄隆坤那段时间一直在压抑自己，这一次经老林一说，便把压抑久了的话统统倒了出来。讲起自己的经历，讲到家乡的生活。苦笑说：“老朋友，不瞒你说，我是潮汕人，还想回老家寻亲呢。”接着把自己打算说出来，知道家中怎么样再回去。

老林说，那好办，你写一封家书托我带回去，我带到你家，也可以看个明白，我再回台湾时告诉你。黄隆坤觉得有理，提笔写上几句：阿爹，我还活着，身体还好。家里还好吗？不孝男黄隆坤。

想问妻子，又不敢问，心想，妻子就算改嫁，也不会怪她。

提起手中的笔，蘸上墨，热血沸腾，亲情滚滚；放下笔，眼眶润红。近40年，才能询问亲人的消息，而我有几个40年？！

他把家书郑重地交给老林。一纸轻飘飘的书信，情义万千也力量磅礴，两行沉甸甸的字，凝结着38年的沉重思念。

可他不知道，这一封薄薄的家书，对家乡亲人来说，数行家书抵千金，字里行间荡漾的却是见字如见人的暖暖寸心。

几个月后，老林返回台湾，第一时间赶到黄隆坤家（小店），小心翼翼掏出回信递给他。他颤抖着手，打开还带着家乡亲人温暖的信。黄隆坤万万没有想到，信竟然是孙子写来的——38年的风和雨，却不知自己有了孙子，“我竟有这样的福气！”这么多年，天伦之乐却被人偷走了，他感慨万千！孙子的信最后这样说：阿公，快回家，我们好想见到您！

阅读家人寄来的家书，一个一个字都是活生生的，痛苦的字在哭泣，开心的字在微笑。时光匆匆，脚步匆匆，没留意间自己已近70岁，时光不动声色一抬手，一下子把他推进到老年。白须萧散满霜风，岁月的风霜染白了头发，不知不觉中已经成了祖父辈的人！

他非常感谢养父母，替他抚养儿子，儿子成家后，又替他照顾一对孙子（儿子育有一男一女）。他心头忽然一酸——父爱无言啊！不幸的是，妻子已于1986年去世，熬不到夫妻团聚的那一天。养母也先走了，她们连最后一面也没得见，已是阴阳相隔！

黄隆坤悲喜交集，痛定思痛，不要有更多的打算；雨过天晴，要有更多的向往；梦想实现之后，要有更多的理想。

现在的理想就是回家！

一想到要回家，他还舍不得这居住了38年的“家”，在外漂泊多年后归家，依然心潮难平。如一棵树般，根须已深深扎进这片热土，台湾显然已成为他的另一个意义上的精神家乡。他对老林说，我真有福气，有三个家乡：汕头、东山、基隆。想不到在基隆住得最久，一住近40年！每天的朝夕相处，让我与这座城市产生了千丝万缕的联结。按理说，住得最久感情最深，但我对三个家乡感情都一样刻骨铭心的爱恋。“三地”都是我的家，即使我回到东山，只要我能走，思亲念友、眷恋故土，今后还会回来“探家”；东山、潮汕有一句话：亲戚越走越亲，走走亲戚，也是老年人一大乐趣！

春去春回，花开花落，亲情不能等，因为岁月不饶人。一道隐隐的亮光正吸引着他，他像一支待发的箭，默默蓄势。黄隆坤变卖在基隆的产业，又把当年退役时当局分给的“公田”低价出让。走过多少泥泞、多少坎坷，一起见证黑发渐渐长出白发；来时一人，回去一人，这里有着痛苦、悲伤、乡愁，重温一颗破碎的心过着意志消沉气馁沮丧的日子，一旦离开，便有些伤感，第三个家乡的魅力已流进血液里。因为壮丁这根绳子拴住了他，他典当了亲情；因为这根绳子，他押上了整个人生。他心里对亲阿爹说，对不起，儿子在外面闯不出一条路，还妻离子散，是该死的“鸡笼”将我困了，这“鸡笼”就是当局！

阔别家乡38年的黄隆坤，终于得以回家！回大陆后，他践行自己的诺言——台湾、汕头、东山来回“自驾游”，他不知老之将至，以80多岁高龄老人三次在三个家乡来回“探家”，直到1999年，没有精力再来回“探家”，才办理定居东山手续。这时他才真正懂得：住在台湾38年，它联结着历史、当下与未来，连接两岸一家亲的历史事实！

（作者简介：沈舜友，东山县政协文史员、漳州市文艺家协会会员、东山县档案馆《跨越海峡的来信——闽台家书故事》编委会成员）

石斋故里是吾家

沈舜友／文

萧笠云先生题字

在东山县迁台人员中，最不该忘记的重量级人物，就是箫笠云先生。“石斋故里是吾家”是他为新加坡东山同乡会成立40周年（1978年）纪念特刊上亲笔题词。

他的家乡，就是明朝大儒、抗清英雄黄道周（石斋）“故里”！

题词时，萧先生还困于台湾，所以对家的思念更为强烈，虽然那时处于连想家也是罪名的白色恐怖中，“人言落日是天涯，望极天涯不见家”，故乡难返，他黯然神伤，萧先生还是发出了“石斋故里是吾家”怒吼，他要冲破黎明前的黑暗！海峡的惊涛骇浪、滔滔海水阻挡不了他对家乡的思念，没有乡愁、乡恋，就没有他的生命价值，故乡在他眼里，是独一无二的存在和生命的依托。

笔者采访萧笠云先生侄儿萧征敏先生（右）

去年国庆节期间，笔者采访了萧先生的侄儿——中国农业银行东山支行退休员工萧征敏先生。

萧先生兄弟四人：焕章（即萧笠云）、炳章、灿章、炯章。萧征敏是萧炯章第三儿子，称萧笠云为伯父。一经我问起萧笠云先生，他很高兴，立即从家中找出珍藏于阁楼上有关伯父的一些资料相片，一边介绍一边说，伯父不幸于1984年逝世。很遗憾，我从来没有见过伯父一面。他的一些事迹都是听家父、家母生前讲的，后来，是伯父的孙子也是我的堂侄萧志光，回东山探亲闲聊时告诉我的一鳞半爪。

萧征敏珍藏保存伯父一首诗，他说，这是伯父的亲笔，值得我们萧家永远保存。伯父对农村劳动妇女真挚同情，写下这首《插秧女》点赞她们。她们不顾烈日炎炎，不顾风雨淋洒，辛勤插秧，还顾不上给孩子喂乳。在深沉的慨叹中说，我们碗中的米饭含着她们的血汗！

接着，萧征敏打开记忆的匣子，许多记忆，也被唤醒和

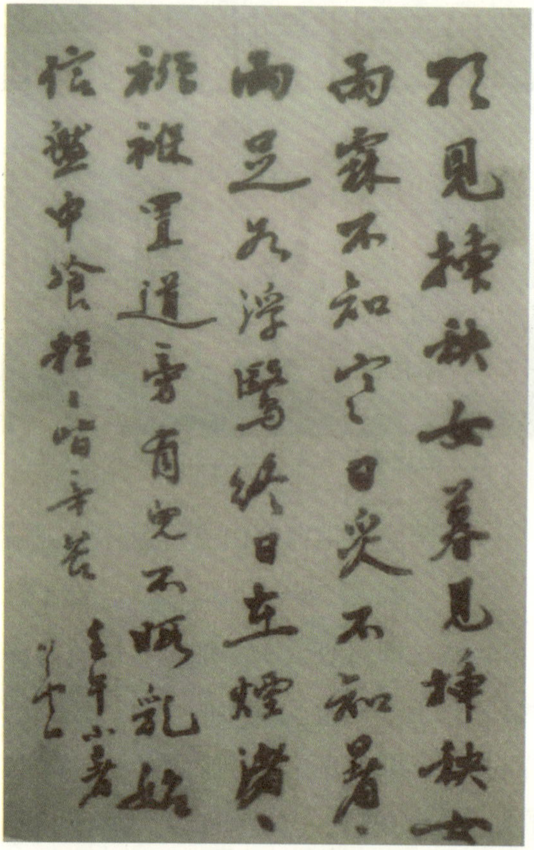

萧笠云先生的诗（亲笔迹）：朝见插秧女，暮见插秧女。雨霖不知寒，日炎不知暑。两足为浮翳，终日在烟渚。褓褓置道旁，有儿不暇乳。始信盘中餐，粒粒皆辛苦。

激活，对所知道的萧笠云事迹娓娓而谈，犹如翻开一本贴满回忆的旧相册，背后每段故事都令人感慨。

萧笠云先生（1897—1984）生于书香之家，他的家族，按封建时代说法，是个望族，先祖曾获得清朝廷赏识，特授诏安县正堂苏为特制匾“德高齿年”（意为德行高尚，高龄也拥有美德）赠之。

父亲萧伯荣（萧森），是清末秀才。萧笠云先生少年就读于东升两等小学堂（现实验小学）。高小毕业后，受聘于养正初等小学堂教员（以小学毕业生教小学，可见萧先生的学识）。当然，萧先生的学历不止于小学毕业，经过一番努力拼搏，于1915年考上汀漳龙师范学校本科，1919年毕业。此时，适逢吴稚晖①、李石曾②创设“留法勤工俭学会”，萧先生经县考试，以优异成绩被选送到法国留学（是东山县第一个出国留学生），并得李石曾推荐，攻读纺织专科。

法国勤工俭学期间是萧先生的高光时刻，他有幸和在法国勤工俭学的周恩来、邓小平、聂荣臻等一批共产党员结识，并朝夕相处，曾在巴黎合影留念，在这些共产党人身上学到爱国强国思想。毕业回国后，还曾被派往北伐军前敌总指挥政治部工作。

1924年中国社会主义青年团旅欧支部部分成员在巴黎合影。中间红圈为萧笠云，后排右三为邓小平，前排左四为周恩来。本像片较杂，经郑以诺先生整理。

毕业前，又得校长介绍到纱厂实习一年，且代理厂机师及监工4个月。后转入法国N·S·C纺织机器制造厂任见习工程师一年半，从自绘蓝图开始，进而参加炼钢、翻砂、制模、配件、磨制、工作床制造以及各种机器修理工艺，都得到熟练掌握，取得丰富的实践经验。因此，萧先生荣获“纺”和“织”一等文凭及银质奖章。

1926年回国，参加北伐战争。北伐战争失败后，在上海找不到能发挥专长的工作，转回漳州母校汀漳龙师范学校（已改名为省立第二师范，简称“二师”）执教，从此和教育结下不解之缘，先后在漳州、厦门、南平、福州等地职中、中学任教务主任或校长。1941年，福州沦陷，他带着满腔悲愤回到家乡。

回家乡后又是他一个高光时刻。当时的县长楼胜利正倡办东山初级中学，急需一个众望所归、德高望重的校长。萧先生身上带有典型的中国士大夫儒家色彩，又留过洋，接受西方教育思想。东山各界乃公推萧先生任校长，以孚众望。当时正处于抗日战争中期，日寇多次入侵东山，战火纷飞，敌机轮番轰炸。但在东山军民同仇敌忾的抗击下，日寇未能登岛半步。抗战时，经费大部分投入抗战，投入教育经费十分有限。萧先生受任于战火纷飞之际，奉命于危难之间，明知山有虎，偏向虎山行，慨然赴任。

萧先生任校长时立下的第一功是保护铜山的许多名胜古迹。

学校原校址设在铜陵关帝庙两侧，以宝智寺、文昌宫、名宦祠、城隍公庙等地方作为校舍。为什么校址选择在庙宇寺院呢？这原是校长萧笠云的一片苦心。1941年，县长楼胜利在全县掀起大破迷信的风暴，眼看关帝庙、宝智寺、城隍公庙等古建筑文物即将被毁，令人焦急万分。萧先生反复考虑家乡文物古迹甚多，不能因受破除迷信而将历史悠久的关帝庙、宝智寺、文昌宫、名宦祠、城隍公庙等文物古迹损毁，于是通过婉转的办法，向当局申请，将这些古建筑物稍加维修，因陋就简，作为校舍，以便保护。时楼胜利也拿不出钱建设校舍，只好答应。创办学校，不经意间保存下这几座庙宇的完整建筑，不至于像其他地方的庙宇全部被毁。县立东山初级中学未曾立校，便为东山人民立下一大功劳，当然这也是萧笠云先生的功劳。

虽然利用寺庙建筑群作为教室、学生宿舍、教师办公室，省下大量经费，但学校经费仍然捉襟见肘，怎么办？他感到经费投入抗战十分必要，不能给政府施加压力，但办学总要钱啊！为此，他另辟蹊径，以自己人格力量，为教育经费多方奔跑，向各界及海外侨胞筹募得1万元作为学校开办经费。他知道教师的重要性，多方聘请学识渊博、富有教学经验的学者来校担任教师。经过近3个月的筹办，终于在1941年8月7日进行新生入学考试，录取新生120名，编为2个班，9月20日开学，10月1日正式上课。至1946年冬，先生退任校长时，学校已发展至6个班，学生338名，教职员工21名。

萧先生于1946年离任，翌年2月，到上海任国民党中央政府经济部属下的上海中纺公司技术处长，后任工程师，专司视察、督导所属各工厂。同年被提名为国大代表候选人。落选后，于1949年夏，离开上海取道香港进入台湾。

想不到这一去，命运在此拐了个弯，是漫漫难挨的思乡路，萧先生望穿云海，再也不能回到家乡！真的是“风萧萧兮易水寒，壮士一去兮不复还”。

萧先生客居台湾，曾任台湾当局“教育事务主管部门”督学。但是这些高官爵位却阻止不了他对家乡深切的思念，谁人不对家乡怀有终生的眷恋呢！在新加坡东山同乡会成立40周年纪念特刊上亲笔题“石斋故里是吾家”，并以诗叙怀，写出《忆桃花源》：“桃花源上锁深烟，蹊径未通千百年。渔子问津今绝迹，骚人买棹早无缘。柳暗花明犹在望，山回路转未能前。世外桃源何处是，空余惆怅在人间。”家乡是人们永远的根系所在，乡愁不仅是对家乡由衷的爱，也是对家人切割不断地牵念。他或者有泪，有愤懑，有宣泄，书生意气里是家国天下的胸怀，也是恬淡桃源的诗意。

亲情是世界上最灿烂的阳光，无论我们走出多远、飞得多高，家乡父老乡亲的目光都在我们的背后。中秋节是去台人员最思念一家团圆的时候，1976年中秋，萧先生写下《丙辰中秋月夜乡居有感》：“不堪回首话神州，客地平添几许愁。佳节频临难遗此，举头明月又中秋。”阿里山的风吹褶了他脸上的皱纹，日月潭的湖水漂白了他的鬓发。但是，山风吹不走他的思绪，湖水流不尽他的乡愁。海峡虽近，心却远，海虽深，乡缘却浅……作为旧式读书人，萧先生满腹才华，没能出将入相，却只能在历史的夹缝中仰中秋月长叹，为后人留下几帧落寂而又孤独的背影。

萧笠云先生去台湾前，在康美乡城垵村祖坟处留两个墓穴地（俗称“生居”墓），准备百岁后埋葬于此，实现叶落归根的夙愿。由于那时台湾当局实行严酷政策，未能“三通”，直到萧先生1984年逝世，也未能如愿。1992年，定居台北的萧笠云儿子萧忠、定居于台湾的兄弟萧灿章、定居广州的兄弟萧炳章，定居于东山的萧炯章，通过时任政协副主席陈汉波向县委台办转告萧笠云生前重修祖坟和萧笠云墓地的要求，在县委台办支持下，妥善地解决萧笠云墓地和祖坟的修复和搬迁。在东山的萧炯章（即萧征敏的父亲）率领萧氏家族子孙辈完成萧先生的心愿。嗣后，萧炳章、萧忠回乡探亲，见此深感慰藉。现在，萧笠云祖坟是“东山县县级文物保护单位”。

萧先生在外漂泊时有一段婚姻，和原配夫人萧氏幼蓉在外地结婚并将夫人带回家乡后，不幸病故。萧先生强忍失妻之痛，奔波于工作，以减免心中伤痛。他相信相遇随缘，归去有约，不久续弦，并同到台湾，但他对原配念念不忘，曾嘱咐家人：“吾生不能回家，愿死后骨灰能得回归故里与原配夫人同穴。”1984年，他呼吸完人世间的最后一口空气，病逝于台湾，遗愿不能实现，但其遗愿今天还在人们耳际萦绕。每一个离家的孩子，都是在风中漂泊的风筝，无论飞多高，走多远，无论外面的世界多精彩，多光鲜，都永远无法忘怀家乡的缠结。只可惜萧先生逝世太早，死后骨灰未能回家，这是一个时代的大悲剧，留给我们太多的痛惜，太多的遗憾，太多的念想！一如于右任《国殇》诗：葬我于高山之上兮，望我大陆。大陆不可见兮，只有痛哭！葬我于高山之上兮，望我故乡。故乡不可见兮，永不能忘。

确实“国有殇”啊！

萧先生一生处于乱世中，经历近现代中国所有的苦难。以致他空有一腔忠烈却难施为。即使他创办的县立初级中学，也诞生于炮火纷飞的抗日战争中期，国难当头，时局维艰，其艰难困苦可想而知。“国破山河在，城春草木深。”（唐·杜甫《春望》）既悲又壮，无限感慨，正是先生彼时的心情。客居台湾晚年，万千乡愁，他望断海峡泪长流，有家不能回，徒洒一腔思乡泪。乡愁是羁旅中对温暖的渴望，乡愁是对根的依恋！乡愁是怎样的苦涩，乡愁又是怎样的亲切、感动，唯先生心知。他忘不了亲人，忘不了故乡，忘不了回家的路！“一寸丹心唯报国，两行清泪为思亲。”（明·于谦《立春日感怀》）先生晚年心情，正如此诗句。先生未能活到台湾当局开禁台湾民众回大陆探亲之日，“空余惆怅在人间”，含恨九泉。

（本文经萧笠云先生兄弟萧炯章的儿子萧征恭、萧征宽、萧征敏三兄弟审阅。图片由萧征敏先生提供。）

注：

①吴稚晖（1865—1953），江苏武进人。

②李石曾（1881—1973），原名李煜瀛，字石僧，河北高阳县人。

（作者简介：沈舜友，东山县政协文史员、漳州市文艺家协会会员、东山县档案馆《跨越海峡的来信——闽台家书故事》编委会成员）

奔　向　故　乡

林进结 / 文

1982年5月的一天，南海。一位老人站在船头，向着北方翘首远望。

广州，船靠码头，这位老人随着人流，下了轮船。他出了码头，随即招来一辆出租车，一路向北、向北。从广州的码头直奔福建省东山县坑北村。他很疲劳，也很激动。他透过车窗贪婪地看着路边一晃而过的景色。

坑北村，是他的老家，他的妻儿都在这里。没有人知道他来，一切都是悄悄地，悄悄地……从台北到新加坡，从新加坡到广州，从广州到福建东山岛，一切，静悄悄的。

这个老人叫王国柱，土名王笼仔，坑北村人，1950年5月11日被国民党抓了壮丁，抛下了妻儿。四个儿子，最大的八岁，最小的才八个月。他和“壮丁”们经历了海上的颠簸，被带到台湾。

他的大哥也被一起抓了壮丁。王国柱的大哥在被抓丁前是一个小学的校长，真没想到，校长也被抓壮丁！王国柱是个幸运者，兵舰到基隆港靠岸时，他趁乱脱离了“壮丁”队伍，一溜烟跑了。那时，整个台湾岛乱哄哄的，他跑到乡下，被老乡收留。他在基隆乡下出苦力、帮短工。后来养起了鸡，渐渐办起鸡场，慢慢地积累了资金。基隆乡下的邻居们见他勤劳能干，鸡养得很出色，便给他介绍对象，好几次，王国柱都婉转拒绝了。邻居以为那些姑娘们王国柱看不上眼，又物色了个既年轻又漂亮的台湾姑娘介绍给他认识。这台湾姑娘也看上了他，多次来到鸡场。但王国柱明确地告诉她，自己不会和他结婚。在他的心里，回家，一定要回家。他是家里的顶梁柱，家里的妻儿们在等着他，他们需要他。他无法想象大陆这头，孤儿寡母要怎样生活！

王国柱到家的时候，已是黄昏。他在村口下车，径直往家里走，回家的路没有什么改变，依然十分清晰。他的妻子在门口扫地，见到一个人直往家门口走，心里有些诧异，便叫道："同志，你找谁？""这是林赛春的家吗？"他说着妻子的名字。林赛春一愣，心想，这不是我吗？仔细瞧瞧，身形似乎很熟悉，再看看，不禁叫了出来："天啊，是你！笼仔啊……你终于回来了？"

32年了！当年的青壮，现在已经满脸沧桑，成了一个老头了。32年了，儿子们都已经成家立业了，最小的儿子也结婚了，孙子一大群了。王国柱感慨万千，终于，回到故乡了。

在台湾的时候，他一直默默地寻找回家的机会。没有人知道王国柱为了返回故乡付出的艰辛努力，没有人知道他为了这个机会做了多少准备。王国柱养鸡多年，逐渐有了积蓄。赴台的第二年，他就有资金资助兄长，并通过一些渠道寄钱回大陆老家。在台湾，他不结婚，不购置房产，不把钱花在吃喝上。他要现金，要美元。在几十年的生活中，他有意结交一些有身份的人，因而朋友多多，这是他谋划回家准备的一部分。

1982年，他长期交往的一个好朋友担任台湾当局驻新加坡外事部门负责人，这位朋友给他发了邀请，请他到新加坡游玩。王国柱兴奋异常，他认为回家的机会到了，于是，他准备先赶往新加坡，再找机会。但是在当时，台湾当局的戒严还没有解除，大陆去台壮丁受到严密的监视，特别是那些没有在台湾结婚的人更是监督的重点，离开不是那么容易。好在王国柱不是什么公职人员，与政府没什么身份关联。好在王国柱积攒了很多资金，这个时候派上用场了。他毫不吝惜地花钱，把各个关口打通，终于顺利飞达新加坡。

到新加坡玩了几天后，王国柱偷偷地用护照购买了从新加坡到广州的客轮船票。朋友了解王国柱要回大陆的心愿，很同情，便假装不知情，任由王国柱离开新加坡前往广州。客轮在海上行驶，王国柱始终不敢松一口气，他觉得身后似乎有特务的影子在飘来飘去，心里只有一个字“快，快……”

船到黄埔，踏上大陆的土地，他才如释重负。亲爱的祖国，亲爱的故乡，我回来了。

王国柱在台湾也算是个小富翁。回到大陆时，王国柱从一个小富翁变成了普普通通的“台湾客”，他所有的钱，鸡场、屋舍都卖了，加上原有的积蓄，几十万元人民币（台币换算以后）一路打通关节，到广州只剩下5万元。要知道。1982年，在大陆，“万元户”凤毛麟角！

大陆当地政府热忱地欢迎王国柱的到来，村、镇、县的相关领导看望了王国柱。乡亲们为王国柱矢志奔向故乡的精神所感动，妻儿们为一家人团圆而流泪。

王国柱是改革开放后，第一个回到东山原籍的去台人员。第二年，即1983年6月，王国柱作为回乡台胞代表应邀参加了全国政协有关会议，受到党和国家领导人的接见。此后，他连续三届当选为县政协委员。从此，60多岁的王国柱成为县委统战部、台联“编外”工作人员。他每天早上都到台联“坐班”，为台联的工作提供咨询，积极为两岸的交流沟通，国家的统一大业贡献光与热。

四乡八里的人来打听消息，很多人通过王国柱的渠道联系到了失联几十年的亲人。王国柱为坑北村的乡亲们写信，为全县各个村的台属写信。信从大陆辗转中国香港、新加坡，最终送到台湾亲人手中。王国柱写出的信笺就像是往返于大陆和台湾的信鸽，为两岸望眼欲穿的亲人传递“福音”。此后陆续有些老兵回到大陆。那时两岸虽然尚未开放往来，一些老兵通过各种渠道回到大陆，台湾当局也知人心压抑不住，对这种“违规”行为采取睁一只眼闭一只眼的态度。当王国柱看到陆陆续续有人从台湾返回家乡，他十分开心。1987年10月，台湾当局允许老兵回大陆探亲。1988年夏天，王国柱因病逝世，终年68岁。

王国柱奔回故里，落叶归根，不幸之中万幸，当可瞑目！

（作者简介：林进结，中学语文高级教师，中国散文学会会员、福建省作家协会会员。东山县档案馆《跨越海峡的来信——闽台家书故事》编委会成员）

根永远在大陆

——104岁台胞携儿孙回故乡认祖的故事

林镇才　谢汉杰　文/图

“我爷爷104岁那一年，不辞劳苦，带着儿孙第一次回故乡认祖、过重阳节，全家团圆乐融融。虽然转眼已过去好多年了，但他回家团圆的情景至今不时浮现在我的眼前。”2024年5月20日，在东山县前楼镇岱南村，现年51岁的林阿强深情地说。

说来话长。2016年10月9日（农历九月初九），笔者听说上百岁的台胞林才贵特地带子孙回故乡岱南村认祖，立即驱车赶去岱南村，经村民热情指路，很快就找到林阿强的家。

这是一幢漂亮宽敞的新楼房，林阿强和母亲吴如兰、妻子林水丹正忙着宰鸡杀鱼洗菜，准备丰盛的晚餐。一见客人来访，林阿强立即放下手中活，招呼在楼上的爷爷、叔叔、妹妹下来客厅里坐。“来，林老爷爷先喝杯茶！”坐定后，笔者交谈的话题，从他携儿孙回乡认祖归宗的心路历程说起。

“这次我带56岁的儿子林茂盛、孙女林小华第一次回故乡认祖、过重阳节，非常高兴！我要让子孙后代永远记住他们的故乡在东山岛，根在大陆。”台胞林才贵乐呵呵地说，他出生于1912年4月，听说是东山县去台人员中，年龄最大的男性。见他虽然年已104岁，可从外表看，他比实际年龄年轻，脸色红润、精神颇好，除耳朵有点背外，语言表达清晰。

“苦，莫过于分离”

“苦，莫过于分离。” 提起往事，林才贵感叹地说。1950年5月10日，东山岛解放前夕，年已38岁的林才贵被抓壮丁去了台湾。那时，家里有年迈的父母、年轻的妻子、年

104岁台胞林才贵（前排中）、儿子林茂盛（前排左三）、台湾孙女林小华（后排左一）与媳妇吴如兰（前排左二）、孙儿林阿强（后排左三）等家乡亲人合影

幼的子女。在台湾退伍后，林才贵定居南投县名间乡东湖村务农。由于彼时两岸一道人为藩蓠隔绝，家乡亲人杳无音信，45岁的林才贵在台湾再婚，生下2个儿子、1个女儿。虽然在台湾成了家，但林才贵日夜思念家乡的亲人，常常借酒浇愁，在思念、忧虑、痛苦中度过下半生。

飞鸟恋旧巢，游子思故乡。1987年11月，海峡两岸开放台胞探亲，可一直买不到飞机票。直到1988年9月，才托人买到机票，林才贵怀着愧疚、报恩的心情，迫不及待地赶回东山县前楼镇岱南村家中。一见面，他与分别近40年的儿子林国平和三个女儿紧紧地拥抱在一起，泪流满面。但不幸的是，他的父母、妻子早已先后去世。

不过，家乡岱南村发生了翻天覆地的变化让林才贵很欣慰，这里不再是贫苦的农村，儿女们也早已成家，安居乐业，家庭幸福。儿子林国平还是小学教师，媳妇吴如兰勤劳又贤惠，孙儿孙女们健康成长。此后的20年间，他怀着“父母生前不能尽孝心，今日返乡扫墓慰亡灵”的愧疚心情，几乎每个清明节都从台湾返乡扫墓祭祖尽孝，寄托对故人的无限哀思。

在台湾的林才贵由于2010年至2015年间，身体患病一直没有再回故乡。其间，曾有几次买好了机票，却因身体和腿脚不便只好取消行程。两地亲人只能靠写书信或打电话联系。林才贵的台湾大儿子林茂盛说，“以前由于种种原因，台湾的儿女们一直无法随父亲一同返乡祭祖，父亲最大的心愿就是趁他还健在时，带台湾儿孙返乡认祖”。

“乐，莫过于团圆”

这次为了实现父亲多年的愿望，林茂盛特地向公司请了长假，与侄女林小华一起陪老人回乡祭祖。2016年10月7日，刚踏入岱南村家里，家中亲人按照家乡风俗，端来3盆清水，水中各放入一根松枝和一条新毛巾，用家乡的水让三位台湾亲人洗去风尘，洗去烦恼，洗来平安吉祥、好运连连。

村里的乡亲闻讯，纷纷赶来看望三位台湾亲人。林才贵在大陆的大女儿林清花、二女儿林瑞桃、三女儿林香花等人，有的端来熟线面，表祝贺长寿之意；有的拎来猪蹄，寄常来常往之情；有的送来鸡蛋，盼欢聚团圆之愿。林才贵则带着儿子孙女到下岱南村林氏大祖祠拜谒祖先，村里长辈从一口古井打上来一杯清淡的泉水，端给他们三人喝，寓意“喝了家乡水，永远不忘根”。

2016年10月9日是农历九月初九重阳节，林才贵心情格外好，五代人同堂欢聚，沉浸在“庆团圆，喜洋洋”的气氛中。吃晚饭时，全家人像众星捧月一样，轮流向林才贵敬酒。“爸，这是本地海鱼很新鲜，肉质细嫩，多吃点！”

“爷爷，这是家乡的特产芦笋，加上猪排骨煮汤很鲜美，您多尝尝！”饭桌上，大家争着为老人夹菜，林才贵乐得合不拢嘴。

在家乡8天时间，孙儿林阿强、孙媳林水丹陪同爷爷走访村内外亲戚，并前往铜陵镇东山关帝庙朝圣关帝，游览了国家4A级风动石、马銮湾等景区。

“乐，莫过于团圆。”首次回来认祖的林茂盛、林小华情不自禁地说，人情最好是故乡。临别时，林才贵动情地说，他多年的愿望实现了，今后有机会，他还会带更多的台湾子孙回乡认祖。

“可惜，2018年9月，106岁的爷爷在台湾病逝了。”林阿强伤心地说。

（注：2015年林才贵儿子林国平已病逝）

（作者简介：林镇才，东山县委办公室室务会成员、县档案局局长、县档案馆馆长，东山县档案馆《跨越海峡的来信——闽台家书故事》编委会成员。谢汉杰，原东山县委报道组组长）

一管洞箫传奇

林长华　文/图

蓝天碧海，春风微拂。1983年8月的一天，从香港来的“鼓浪屿”号客轮缓缓地靠上了厦门码头。在熙熙攘攘的接客人群中，有一个名叫沈加添的中年人，匆匆地走到海关登记处。

“来客是谁？”海关人员问。“我父亲，沈加添。”中年人答道，他随即掏出一张接客介绍信。“天底下竟有父子同姓同名的？”海关人员既狐疑又惊奇。正在这时，走下客轮的旅客中，有一位戴着宽边眼镜，步履蹒跚的老人，听到他们对话，上前拉住中年人的手，叫一声：“这不是加添嘛？我的儿呀！”父子俩相拥而泣，悲喜交集，泪涕双流。

原来，这位老人本名沈木花，老家在东山岛前梧自然村。沈木花早年丧妻，与独子沈加添相依为命，他本来将承继香火的大事寄托在独子身上。岂料1950年5月东山岛解放前夕，驻金门17军军长杨维翰率51师2700多名官兵增防东山岛，与驻岛“国军”洪伟达58师争相扩充兵员，兵灾劫难在东山岛不断加剧。这年，沈木花刚满19岁的儿子被国民党军抽中壮丁，他如遭晴天霹雳！儿子一走，如何是好？情急之下，沈木花突然从花木兰替父从军的故事中得到启发。他急

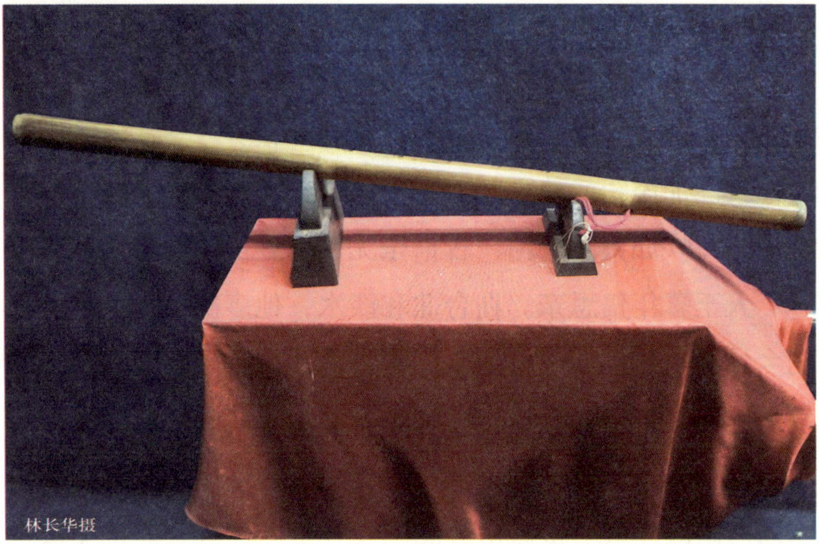

东山县“寡妇村”展览馆展出的洞箫

中生智，想出了一个两全妙策：冒充儿子的名字“沈加添”当壮丁！

在台湾，沈木花举目无亲。退役后，他孑然一身，无依无靠，先后飘零到新竹、花莲和台北谋了个清洁工的“饭碗”，终日与大街，与扫帚为伴，赚钱糊口，苦度余生。扫帚伴着沈木花扫过一条条街道，扫过了一个个春秋。生活上的困苦他能忍受，但是对独生子的牵挂与日俱增。有一天，他发现扫帚虽坏，扫帚竹柄仍很精致，舍不得丢弃，就用扫帚柄制作成洞箫。每天扫完街道后，就用自制的洞箫吹奏乐曲，排解思乡想子之苦。每逢佳节倍思亲，他独自来到海边，面朝海峡西岸的东山岛，吹奏早年熟悉的传统乐曲《苏武牧羊》：“苏武牧羊北海边，雪地又冰天，羁留十九年。

渴饮雪，饥吞毡，野幕夜孤。……历尽难中难，心如铁石坚。”一曲终了，他仰天感叹：“天啊！苏武牧羊也只19年，而我沈木花苦离家乡竟然比他多一倍！”每次听到老友唤他“沈加添”，他不禁五内抽搐，勾起思儿怀乡之情。怎奈浩渺海峡如人间天河，音信全无，两处茫茫谁人知。

人至暮年倍思亲。在台北和淡水，他多次参加了东山岛同乡的葬礼，在那肃穆的氛围中更使他感到回忆的沉重，萌发“叶落归根”的念头。几年前，沈木花收到了一封辗转海外的家书、一包金枣和一盒闽南乌龙茶。信中告知：“家中的旧房已改建成二楼砖房，您的长孙日前已成亲。按照家乡习俗，孙儿结婚要请祖父吃金枣茶，祝福健康长寿。特意捎寄一包，聊表敬意，诚请父亲大人笑纳……”

绵绵的思乡情，浓郁的金枣茶，令沈木花彻夜难眠。他终于下了决心，于1983年8月，带着伴随他苦中作乐的洞箫，在台湾当局未正式开放台湾民众赴大陆探亲时，冒着被监禁的危险，辗转香港，踏上故土。

码头上，喜团圆。多么动人的情景，多么感人的一幕。沈木花老人抹去眼角的泪水，用颤抖的手在口袋里摸出一方30多年前替子从军时，儿子偷偷塞给他的“沈加添”的私章。似悲似喜地对儿子说：“儿呀，阿爸用了你30多年的名字，今天起该交还给你了。”儿子“扑通”一声双膝跪下，双手捧接，两眼泪涟涟，道不尽悠悠离别苦，殷殷骨肉情，此时无声胜有声。

沈木花回乡后，安居于东山岛前梧自然村，受到当地政府热情关心照顾，过着含饴弄孙的温馨生活。每天，他与几位喜欢操弦抚琴的老友们一起娱乐。他不时用台湾随身带来的洞箫，吹奏《春明月》《喜团圆》等乐曲，用这支洞箫诉说人生的悲喜之情。

1993年老人逝世后，这支台湾洞箫被收藏到东山县“寡妇村”展览馆，成为那段海峡悲歌的历史见证。展览馆原馆长黄镇国听了沈木花的传奇故事后，动起才情填写了一首词《山花子·扫帚传奇》：“替儿从军客异乡，江湖浪迹梦凄凉。鸿雁难翔穿海峡，暗悲伤！扫路赚钱填饿肚，刻箫吹气诉衷肠。泣血悲歌凭帚柄，不荒唐！”

沈木花与亲友相聚时，用他自制的洞箫吹奏《喜团圆》乐曲　许永森 摄

（作者简介：林长华，福建省作家协会会员、漳州市政协文史研究员、东山县作家协会顾问。东山县档案馆《跨越海峡的来信——闽台家书故事》编委会成员）

家山梦里泪千行

黄喜祖 / 文

这是一沓厚厚的家书——闽南人称之为“台批”。再端详这些已经泛黄的书信封面，依稀可以看到一圈圈泪水滴落所晕染开来的痕迹。

这看似轻飘飘的一封封书信，却承载着海峡两岸重如千钧的骨肉情深。家书里面一个个含着泪、裹着血的故事，却能够穿越时空的隧道，将我们带进了闽南东山岛还不算太遥远的20世纪40年代末，那个因为人祸而骨肉不幸分离的一幕幕人间悲剧……

一

那是1949年一个闷热异常的夏天傍晚。

闽南东山县城关（铜陵镇，下同）桥雅街一户人家的父母、兄弟、妹妹，正在焦急地等待着一边上学，一边在还在店铺里打小工，能够带些钱回来改善一下生活境遇的这一家长兄。可是，直至那盏忽明忽暗的“土油灯火”即将燃尽之时，依然未见回返，也未见任何音信。

“唉，估计又忙着店铺里的活了，不等了，吃饭吧……”作为一家之主的父亲，只能不得已，招呼已经是饥肠辘辘的一家人，只好将那原本就少得可怜的饭菜留下些许给大儿子，在期待中匆忙把晚餐填进肚子。

“三婶子哦，阿波是不是昨晚一夜未归？”隔壁的本家堂媳妇，颤巍巍地移动着那双小脚，刚迈进门槛便急匆匆问道。

“是喽，你家阿西呢？”

“哎哟，阿西昨晚也没有回家，也不曾给过口信。眼下这兵荒马乱的，他俩不会有啥事情吧……”这位沈家人所牵挂故事中的主角，名叫沈振波，家里人称“阿波”，是这一大家子中的长子。

这两家人，在期盼中熬到了第3天，一个不好的消息传来——阿波和阿西被国民党残部抓兵去了台湾！

这不啻是一个惊天的旱雷炸响。只见这沈家人一下子大眼瞪小眼——此刻时间犹如凝固了一样的静默。

“阿波，你怎么连跟‘阿惹’（东山岛铜陵古城地方方言，称娘亲，下同）说一声都没有呢……”随着一声凄厉的哭喊声，打破了这短暂的寂静，只见沈家母亲颠着那双小脚，三步一趔趄，五步一哭泣，一路奔向“南门沙丸”（当地人俗称的如今南门湾）那曾经是商船与渔船扬帆出海的地方。这一家子，相互搀扶，尾随着母亲，跌跌撞撞来到“南门沙丸”。只见母亲跪倒在沙滩上，向着苍茫的大海声嘶力竭地呼喊着。但翻滚着波浪的沧海，阴沉着脸的苍天，此时也爱莫能助，只能回应他们的是一声声浪涛发出来的呜咽，掠过海浪的海鸥“咿呀咿呀”鸣叫……

就此，这沈家“目纱”（当地人称过厅，下同）的门槛之上，一位“盼儿归”的母亲，一有空闲就一直端坐在此，由壮年直至老妪；她那用袖子擦干了又不由自主顺腮而下的眼泪，是期盼，是思念，是痛苦？还是三者的混合体？

那时，东山岛还处于国民党“控制区”。那些被势如破竹的解放军打散的残兵败将，被重新拼凑，组成“再生部队”，就驻扎在此地。抓兵、抽丁、强掳，时常发生，不仅闹得人心惶惶，而且是鸡犬不宁。据相关资料统计，从1949年到1950年的5月11日，东山岛被抓兵去台竟然达到了4000多人，而当时全岛总人口才不足8.6万人。这就是当年国民党从大陆败退之时，给东山岛广大百姓，留下一次血泪灾难且影响至今未消的“人祸”！

海峡滔滔水，亲情割不断。这家位于闽南海滨小镇的沈家，自从其大哥被抓兵去了台湾，就如断了线的风筝，音信杳然。失去了一家尚可维持生计的壮劳力，对在这个无地可耕作、父母并无其他谋生手段、弟弟妹妹幼小的小城镇里普通市民来说，其日常生活境遇可想而知。

“自从大哥被抓兵去了台湾，当年才十来岁的我，差点也辍学了。一家人也从此陷进了无尽的思念之中，数十年如此，阴霾笼罩其中。”人的记忆真的功能强大。就在农历癸卯年二月中旬，我们“编委会”几位成员对沈家老二沈振伟的采访中，已经年近九旬高龄的沈老先生，回忆起当年大哥被抓去台时，泪眼婆娑，却依然历历在目。

我想，这就是“打断骨头连着筋”的血肉之情吧。

二

1950年5月12日东山岛解放了，百姓开始当家做主。这沈家与芸芸众生一样，日落日出，春夏秋冬；几十年，尽管日夜思念“在海一方”的亲人，无奈这湾海峡两岸虽然同照一轮月，但依然被台湾当局人为“冰冻”，让那些“兵灾家属”郁结于心，而相当一部分在台老兵，在年复一年的期盼中魂飘他乡。

“你是阿伟吗，我是你大哥阿波啊……”1998年的一个初夏清晨，走进改革开放“春天里”，当年已是东山县西埔学区教导主任的沈振伟刚刚起床洗漱，突然有人来喊他接电话；刚拿起电话，一个既熟悉又陌生的声音，从话筒的那端传了过来。

“啊，是大哥啊，您，您，现在在哪里，在台湾吗？”有点不相信自己耳朵的沈振伟，就这样既惊又喜地问道。

我现在就在“桥仔头”咱家附近的邻居家……”那端的话筒再次说。

“好啊，大哥！你稍等一会儿，我马上到。”迫不及待的沈振伟，跨上自行车，风驰电掣地从十多千米开外的西埔直奔城关。

“大哥啊，您几十年啦，咱家人都一直……”

“是啊是啊，我回来啦，终于回到家啦……”

刚一见面，兄弟俩相拥而泣又喜不自禁。在场的邻居，一下子围拢了过来，大家伙都为这种场面而纷纷流下了悲与喜之泪。

“大哥，咱回家，回家。”紧紧拉着阿哥的手，沈振伟一边擦着满脸的泪水，一边与乡亲挥手以示道别。

“阿爸，阿波从台湾回来啦！”一踏进久违的家门，眼见已经悬挂在厅堂上方父亲的遗像，沈振波一声悲天呼喊，涕泪纵横，双腿跪落尘埃，长拜不起……骨肉亲情，此时此刻已经凝固在一个黑白的相框里。

“阿惹呢？”当族亲，暂时回过，一碗红糖鸡蛋面线粥，是东山岛约定俗成迎接远方亲人回家的盛情。这一碗代表着亲情、盛满了欢心、预示吉祥的鸡蛋面一吃，回过神的“台湾客”沈振波询问二弟沈振伟道。

“阿惹，因年事已高接到澳角由您弟媳侍奉，待会儿马上就去。三弟和小妹等你到澳角再通知，这样可以吗？”沈振伟回应道。

“去澳角后，还是把阿惹接回来老屋居住，让弟妹一起来吧。”沈振波如此吩咐老二沈振伟。

车子，在清晨的土路上扬起灰尘，一路五味杂陈。此时，这位回到家里还不到3个小时的沈振波，心中最最期盼的就是见到“阿惹”，看到他思念数十年的娘亲。

“阿惹啊，你的大儿子回来啦！”一路风尘仆仆，一路思娘心切，当终于见到日思夜想的母亲之际，沈振波一下子上前搀着刚刚要站起来的亲娘，千言万语，不知从何说起，便双膝跪地，伏在娘亲的怀里，那止不住的眼泪，倾注而下。

"阿波啊，阿波，是你吗？你坐下，让娘好好看看，不哭不哭，回来就好，回来就好啊。"

家山梦里今得归，哀哀慈母泪千行。"娘，您坐，您先坐。"……此时此刻，母亲对儿子数十年如一日的思念"泪飞化作倾盆雨"，看不够、摸不够、问不停，就如此相拥垂泪。这时候，人世间的时间似乎凝固，凝固在阿波十几岁的那一刻，因为那一刻，作为娘亲的她，心如刀绞，却无能为力。

三

歌词唱道：一个人在苍茫的大地飘来飘去，一个人在无尽的祈愿里承受风雨……沈振波，因为眷念海峡这边亲人是否安好的那份执念，日复一日，奈何当时的国民党当局还是"关山"重重，不得不将所有的思亲之情，就在北风里寄存，尽管长歌当哭，风干了泪水。

不得不，他等候，等候春风迎来了蓝天，吹红了鲜花，吹开这些期盼"回家"去台老兵的笑脸。

现在，虽然暮年将至，终于如愿以偿，回到了故乡，见到了亲人，但已经是物是人非。父亲的故去，母亲年已垂暮，令他不无伤感的是，几十年来，对父母未尽到人子之孝；对弟妹，也未有丝毫提携与帮衬，一想起这些，他都无法释怀，不无涕泪满衣裳。

当年，这些被抓兵去了台湾的大陆人，你知道有多苦吗？一天夜里，几杯家乡的铁观音茶下肚，沈振波一声长叹，说起了他刚到台湾之初的一幕幕。沈振伟向我们说起了当年他们兄弟之间的一次长谈。

刚到台湾，这些新来的兵集训后，马上被派到金门、马祖一带修坑道、挖地洞、筑工事。那可是三班倒的苦活、累活、死人活儿。为啥呢？打通隧道，用炸药，一崩塌，人就被埋在乱石堆里；一遇顶棚漏水，塌方是常有的事；那些当官的，可是不管不顾，他们并不进洞干活，而是使用强光探照灯，死死盯着，一看到哪位有怠慢的，即刻赶了过来，一通呵斥还不过瘾，一顿皮鞭与枪托。一看到因塌方或漏水导致死人，就命令其他士兵用一张草席裹着，抬出洞外，草草掩埋。国民党军官对待士兵使出的招数，众所周知。当时，多少从大陆被抓来的士兵，就如此成了异地他乡的孤魂野鬼。多少大陆去台老兵何尝不是如此艰辛度日？他们在有生之年，能够活着回到大陆与老家的亲人团聚，已经是经历了无数的炼狱之火，才得以生存下来，而他们之所以生存的坚强精神支柱，不就是那“亲人在那头”的那份萦绕于心的炽热期盼吗？

“好在我的大哥当时还算年轻力壮，总算熬过那段悲惨的‘洞里’苦力岁月，换防来到台湾。之后，在他的拼搏与发奋下，在国民党的军队里，还得到提升当上了军官，娶了妻子建立了家庭。”回忆起当年大哥沈振波的叙说，沈振伟如此告诉我们。

一个时代的去台老兵，因一道“浅浅的海峡”，使其“回家”之路，“走”了数十年，在期盼之中只能将心中的家山寄托在梦里。古人曰：烽火连三月，家书抵万金。虽然有了家室与儿女，沈振波一直挂怀的还是大陆这边的亲人，每到夜深人静，他总是默默流泪。

当一得知两岸可以不受阻碍，自由来往的信息后，沈振波大喜过望，婉言谢过那些好心规劝他“还是多看看风声如何”的好心人，毅然决然迫不及待地回到老家。

“大哥回来的那些日子，我们兄弟姐妹大家伙，欢聚一堂；祭祖先，扫先父陵墓，一切大哥想到的，能做到的，都在那些日子里，尽力而为，母亲更是高兴异常。大哥将要启程回台湾时，母亲一再叮嘱，下次要把媳妇、儿女，都全部带回家来认祖，知道根在东山。”沈振伟回忆起大哥回来的那些日子，感慨万千。

这真是：家山梦里泪千行，苍生为念愁难消……

（作者简介：黄喜祖，福建省作协会员、中国散文学会会员、《中国纪检监察报》特约撰稿人、东山县档案馆《跨越海峡的来信——闽台家书故事》编委会成员）

行行无别语　只道早还乡

杨文桂 / 文

1950年5月10日，国民党军从东山败退时，只有200余户的铜砵村就有147名青壮男子被抓走。当时最年轻的只有17岁，最老的有55岁，其中91人已经结婚。一夜之间，这个偏僻的海边小山村留下了91名守寡妇女。

也就是这一天深夜，一位年轻的妇女，从村头寻着呼天唤地的哭泣声，奔向海边，透过浓浓的夜幕，望着渐渐远去的国民党军舰，此时欲哭无泪，久久伫立在海边树下，脚下只有沉默无语的沙滩和哽咽的海浪涛声。

这位年轻妇女就是去台人员黄建忠的母亲，黄建忠是铜砵村被抓去台湾的壮丁，当年刚满17岁，是家中独子。自从儿子被抓之后，黄母整日以泪洗面，苦苦等待了将近30年，直至病故都没能等到儿子回家。黄母生前按照传统习惯收养了一个童养媳，一来缓解孤独之苦，二来家里多个帮手，也可为今后回来的儿子迎娶成家，黄母在20世纪70年代后期有两次托人书信联系儿子，告知家中情况，并告诉儿子早日回家成亲。其间，黄建忠也寄来一张个人照片，还在背面写上“顾影自怜”四个字。黄母看到时过境迁人依在，很是宽慰，也总在遐想儿子出现的那一天。

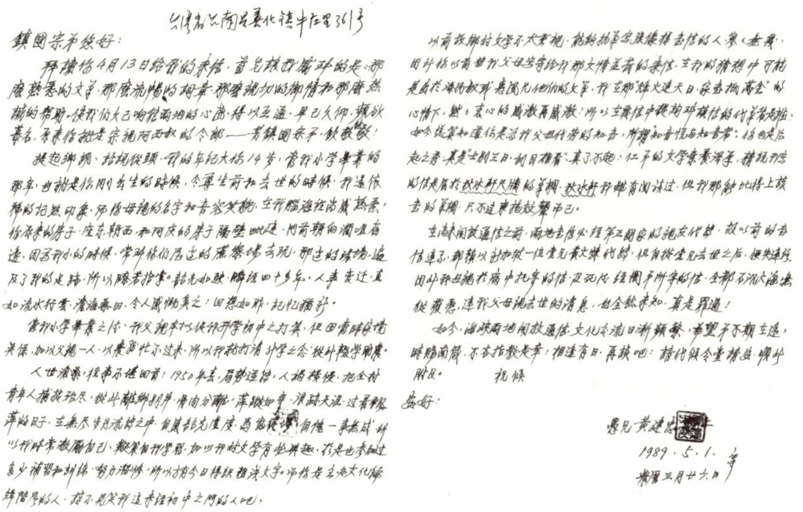

台湾省台南县善化镇牛庄里36号

镇国宗弟您好：

拜读你4月13日给我的来信，首先使我感动的是：那么熟悉的文笔，那么流畅的词章，那么亲切的乡情和那么热诚的帮助，使我们久已向往两地的心扉，得以互通。早已久仰，频欣慕名，原来你就是宗亲阿西叔的令郎——贵镇国宗弟，钦敬钦敬！

提起乡亲，话说从头，我的年纪大你14岁，当我小学毕业的那年，也就是你刚出生的时候，令尊生前和去世的时候，我还依稀的记忆印象，而你母亲的名字和音容笑貌，在我脑海里尚感熟悉，你原来的房子，座东朝西，和阿庆的房子隔壁毗连，门前朝向潮咀在远，因为我小的时候，常到你们屋边的芦蔡场去玩，那边的球场，遍及了我的足迹，所以瞭若指掌。韶光如驶，瞬经四十多年，人事变迁，真如流水行云，沧海桑田，令人感慨系之！回想如昨，记忆犹新。

当我小学毕业之后，我父亲本想让我升学初中之打算，但因当时家境关系，加以父亲一人，以农务忙不过来，所以我就打消升学之念，从此辍学助农。

人世沧桑，往事不堪回首！1950年去，局势逆转，人祸横便，把全村青年人捕捉殆尽，从此离乡别井，骨肉分离，萍踪如寄，浪迹天涯，过着飘萍的日子。在无尽岁月流转之中，自感韶光虚度，马齿徒增，自惭一事无成。所以我时常激励自己，鞭策自我学习，加以我对文学有些兴趣，于是也参加过多少补习和训练，努力进修，所以才有今日得以粗浅文字，而你是当地文化领导阶层的人，该不见笑我这未经初中之门的人吧。

以前故乡对文学不太重视，能够执笔写张像样书信的人，寥寥无几。因此你以前替我父母写寄给我那文情并茂的来信，在我的猜想中可能是出于咏汉叔或"慧闻兄"他们的文笔，我在那"烽火连天日，家书抵万金"的心情下，默默衷心的感激再感激！所以在来信中提询那么好信的代笔者是谁？如今才知道你就是为我父母代劳的知音，所谓知音悦而知音者？你也是后起之秀，真是"士别三日，刮目相看"，真了不起！仁弟的文学素养深厚，替我们的信是属于秋水轩尺牍的笔调，秋水轩我虽有阅读过，但我那能比得上该书的笔调，只不过东施效颦而已。

在两岸开放通信之前，两地书信必经第三国家的亲友代转，故以前的书信来往，都赖以新加坡一位堂兄黄火炼代转，但自从堂兄去世之后，便失连系，因此你母亲于病中托写的信，及现在经阁下所写的信，全都石沉大海，无从获悉，连我父母亲去世的消息，也全然未知，真是罪过！

如今，海峡两地开放通信，文化交流日渐频繁，希望于不久期在远，时赐南鸿，不吝指教是幸！相逢有日，再谈吧！请代候令堂请安，顺此附及。

祝候

安好！

愚兄 黄建忠 手

1989.5.1.

农历三月廿六日

台胞黄建忠寄给黄镇国先生的信

然而，希望迟迟不来，苦死了等待的人。黄母思绪万千，彻夜难眠，为了不忍心让童养媳无限期等待，于是给童养媳找了个入赘女婿，由此，黄家的童养媳就变成了黄建忠的妹妹。不久，黄母身患重病，觉得生命将走到终点，便把本村族人黄镇国叫了过去，帮她给儿子写了一封信，在信中款款叮嘱："儿，我等你几十年了，这次病重，也许你还没能收到我的去信，我已经死了，但我死不瞑目，别忘了太平日子带妻儿回家，到坟前给我点香烧纸，让我看看你们。"不久之后，黄母病故，而这封寻亲家信也如石沉大海，杳无音信。

一段时间，代笔人黄镇国多方打听，由于当时新加坡的转信人过世，这封信件在运输途中不幸遗失，造成对方一直没有收到，于是家书变成了遗书。

在黄母去世后，为了感恩养母的养育之恩，了却母亲生前的思念，妹妹也一直挂念在台的哥哥黄建忠，她来到黄镇国家中，倾诉思念哥哥的痛苦心情，并请老黄再次为他们家代笔写信，进一步打听哥哥下落，还特别交代把“哥哥，如果还活着，欢迎回家，我在家里迎候着。”这句话写上。黄镇国深受感动，此时他双眉紧蹙、泪水汪汪，陷入苦苦的思索中，紧接着毅然提笔，娓娓细叙黄家家中变故，以及家中亲人历年来的思念情状。与此同时，在为其他乡亲代笔写信时，总记得顺便搭上这样一句话：“可否帮忙打听黄建忠的下落？”

时间来到1987年11月，台湾当局开放老兵回大陆探亲。当初被抓的男人回来了。有一天，有8位老人同时回到村里，跟他们一起回来的，还有他们在台湾的妻子，于是乎，全村人奔走相告，激动万分。亲属见面，喜极而泣，接着按照习俗，放鞭炮、放电影、祭拜祖先、敬拜天公等活动，好不热闹。此后，健在的大部分大陆在台老兵也陆续回乡探亲。

老兵探亲的政策放开了，寻亲的渠道更多了，经过多方了解，黄镇国终于与黄建忠取得了联系，但之后还是未见黄建忠回乡的消息。

原来，这些大陆去台老兵，久居台湾，因政治形势的原因，看到回家希望渺茫，很多人选择在当地重新成家。这次回到家乡，看到家乡的妻子一直守护着家庭，内心十分煎熬，觉得很无奈，又觉得总对不起家乡的贤妻。在与黄镇国的交谈中，我们体会到两岸“剪不断、理还乱”这样一种亲情，缠绵又繁杂。

黄镇国先生是铜砵村人，生于1950年，他的堂哥黄亚丁也被抓去当壮丁。从20世纪60年代他开始给堂嫂代笔写信，同时也热心为村里“守寡”的妇女和失去儿子的母亲代笔写信，并通过各种中转通道把信件传递到台湾亲人手中。如此历经多年，风雨无阻，甘当海峡两岸的“鸿雁”，赢得村民称赞。然而黄镇国还略带惭愧地说，在我代笔生涯中，未寻找到黄建忠一直是我难以割舍的心痛。

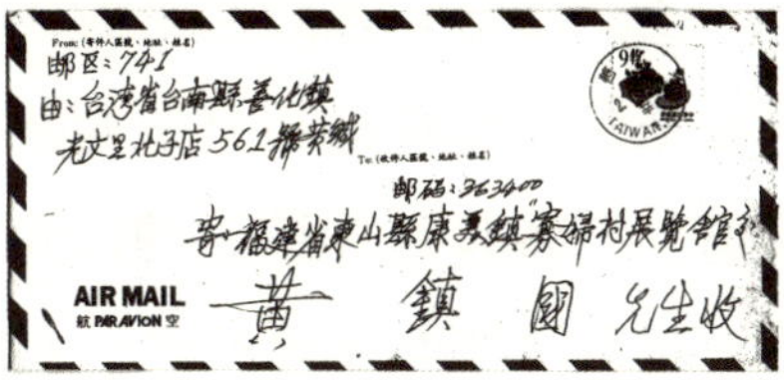

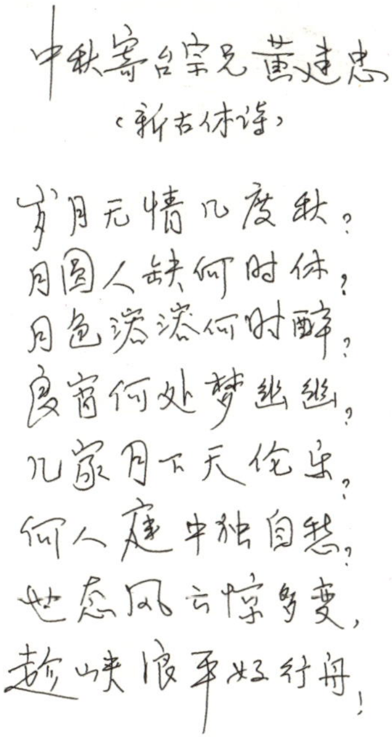
中秋寄台宗兄黄建忠
（新古体诗）

岁月无情几度秋？
月圆人缺何时休？
月色溶溶何时醉？
良宵何处梦悠悠？
几家月下天伦乐？
何人庭中独自愁？
世态风云惊多变，
趁峡浪平好行舟！

台胞黄建忠寄给黄镇国先生的信

常言道，该来的总是会来。1998年中秋节前夕，在台的黄建忠终于给黄镇国来信了，信中引用宋代苏东坡“但愿人长久，千里共婵娟”诗句，引起黄镇国注意，黄建国及时回信，并附上一首新古体诗《中秋寄台宗兄》，诗中写到：

“岁月无情几度秋，月圆人缺何时休；月色溶溶何时醉，良宵何处梦悠悠；几家天下天伦乐，何人庭中独自愁；世态风云惊多变，趁峡浪平好行舟。”

不久之后，黄建忠从台湾回到了铜砵村，他与妹妹、妹夫一道祭拜家母，后又一起拜访黄镇国，见面的第一句话就说道："我是被你信中的诗句叫了回来的。"接着黄建忠感慨万千："当初离乡别井，被抓去当壮丁，本就够悲伤了，何况又与家乡音信隔绝，彼此未卜存亡，何等愁苦。时局动荡，未能实现母亲意愿，在台湾自立家庭，又是何等纠结。"黄镇国深情地望着他，也大为感叹，这正是古人所言"近乡情更怯，不敢问来人"，但终归"月是故乡明"。

写到这里，笔者从黄镇国代笔写信的寻亲故事，不禁想起明代诗人袁凯的一首诗："江水三千里，家书十五行，行行无别语，只道早还乡"。放眼历史，浓厚的大一统的家国情怀，何尝不是中华民族的传统美德！

（作者简介：杨文桂，东山县档案馆四级调研员、东山县档案馆《跨越海峡的来信——闽台家书故事》编委会成员）

少 年 壮 丁

李鸿耀　文/图

东山县解放前后被“抓壮丁”到台湾服兵役共4700多人，在之前的历史档案中，记录年龄最大55岁，最小17岁。此次，东山县《跨越海峡的来信——闽台家书故事》编委会，经过进村入户采访、查阅当地户籍、田野调查、比对历史资料等，从中发现在1950年那一场“兵灾”中，东山县被“抓壮丁”的最小年龄只有14岁。他的名字叫李登坤，东山县城垵村人，现年87岁，仍然健在，定居在台南市，改写了东山历史资料记载，最小年龄17岁的误差，刷新了人们对历史的认知，故事就从这位“少年壮丁”命运多舛讲起……

——**题记**

城垵村位于东山县康美镇东北部，由城垵、前佘两个自然村组成。村庄背靠后山，左边有龙潭山等拱卫，右边有鹰仔山环护，村后有深水良港——官港，地理位置十分优越。这个依山傍海的宁静山村，1937年7月7日降生了一个男婴，取名李登坤，俗名“恶卜”。

这一天，正好发生卢沟桥事变，日本扬言3个月拿下中国，抗日战争全面爆发，中华民族陷入苦难深重的烽火岁月。

李登坤先生（左一）回乡与兄嫂一起“答谢天恩”

不知是生不逢时，或是这个婴儿不愿意此时降生，他的母亲林锦在坐月子时，这个男婴经常哭闹不停，他的父亲李顺清到关帝庙朝拜，叩问关帝君，并为孩子抽了一支下下签：《邓伯道无儿》，签诗曰：“门衰户冷苦伶仃，可叹祈求不一灵，幸有祖宗阴骘在，香火未断续螟蛉。”父亲半信半疑，而后，又去请一位算卦先生算了一卦，先生告诉说，这个孩子生性顽劣，命比较硬，长大后命运多舛，前途未卜，因此就给他起了个俗名“恶卜”。

虽说“恶卜”在苦难中成长，但不论如何，对于每一个人的童年，都是美好的，也是难忘的。李登坤在城垵村度过了他的快乐童年，经常和小伙伴们玩水钓鱼、骑牛赛跑，到康美村上小学时要走几“里”路，遇到刮风下雨，常常指使大孩子背着走，如今，城垵村上了年纪的老人，还经常在传说着这个孩子童年的故事。

1950年初夏的一天，这个宁静的山村突然响起了阵阵的敲门声，整个村庄鸡飞狗跳，哭喊声连着零星的枪炮声不绝于耳。溃退东山岛的国民党军，在逃往台湾之前，实施了扩充兵源的“抓壮丁”军事行动，一夜之间，这个山海间的山村，被掳走青壮年52人，其中有一位少年年仅14岁，他的名字叫李登坤，是我的亲叔叔，也是这个海岛被抓最年轻的“少年壮丁”。

据李登坤先生后来回忆，当时他家中有兄弟两人和一个姐姐，因为家境贫困，姐姐李亚香早年到新加坡“过番”去了，哥哥李登福（我的父亲）比他大6岁，正值青年，是抓壮丁的重点对象。哥哥为了逃避抓丁，与堂兄李振发两人逃到后山坡，从海边的沙滩上找到了一条小船，连夜逃到只有一水之隔的云霄县去了（当时云霄县已经解放）。他自己是躲在家中的一个神龛上被抓的，壮丁们分批被押到南门海湾，集中关在一间庙宇里。当时海面上停着两艘国民党军队的登陆舰，登陆舰的后门一直敞开着，从岸堤到军舰横着几块跳板，随时等候把壮丁押送上舰。在等待中，时间好像凝固似的，等了许久，母亲终于赶到现场，哭天喊地央求国民党军放过这位少年。一位军官模样的大头兵，举着带刺刀的枪，对他母亲说，你的儿子是焦营长看中的，以后要留在长官身边当通信员呢！母亲

堂伯林浓富（中）专程从新加坡前往台湾探望叔叔李登坤一家

眼看求人无门，只好塞给他两块银圆、一把小小的手电筒，还有一个装“平安符”的小香袋，难分难舍地与儿子匆匆作别，谁知道这一别竟成了永诀！那生离死别的场景，永刻脑海，至今李登坤先生记忆犹新，但生怕再重新提起。

由于海峡两岸长期对峙，叔叔李登坤被抓壮丁后，杳无音信，很久一段时间也不知道他的死活。我的父亲冒着很大的风险，四处打听他的消息，都一无所获。从此，我们家每年多了两个习俗：一是冬至做汤圆时，祖母总会在水磨上磨了一桶的糯米浆，从中拿出一部分到屋顶上晒干，然后用一块蒸米粿的“炊巾”包起来，留着明年冬至当“酵母”。这在闽南人的风俗习惯中，意味着家中尚有亲人外出未回来团圆；二是春节在我们家吃团圆饭的桌上，祖母总是多放一副碗筷和一把汤勺，禁止小孩子们乱动。只见祖母每次都默默地掉眼泪，有时也失声痛哭过。小时候，我一直弄不明白这是啥意思？大年三十，一家人团聚，应该高高兴兴吃年夜饭才对呀！长大后，终于慢慢明白了，直到有一天，祖母走了，母亲接过这个班，一年又一年，如此反复，终成习俗。

20世纪七八十年代，我的祖父李顺清、祖母林锦，时隔十来年，相继去世。他们是带着遗憾离开这个世界的，我的祖母临终前还一直呼唤着我叔叔的名字，吩咐我的父亲有生之年，一定要想方设法找到我的叔叔。

同许多被“抓壮丁”的人一样，我的叔叔李登坤先是在金门军训，两三年后，被转移到台湾本岛继续当兵。在军营前后服役20多年，直到有一次在军训中受伤了，才退伍到台

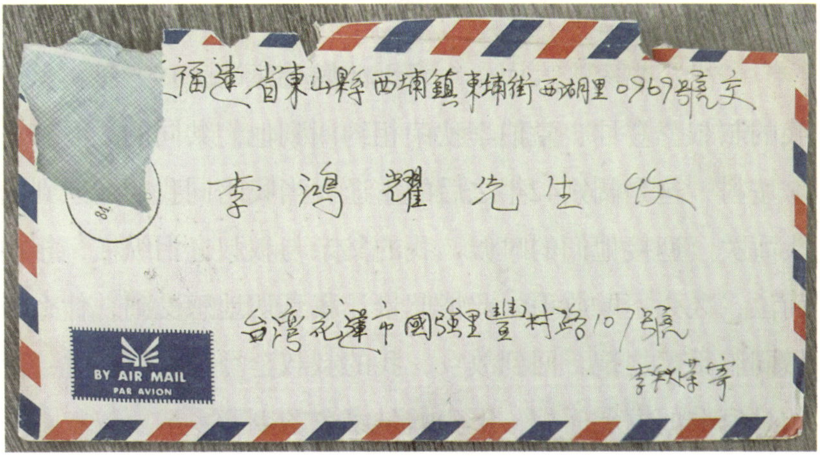

堂伯李秋荣先生寄给本文作者李鸿耀先生的信

南市电信局当技术员。

1987年，两岸开放台湾老兵回大陆探亲后不久，我的父亲收到从台湾寄回的一封“家书”。信是我的堂伯李秋荣先生寄的，信中告诉我的父亲，叔叔李登坤还活着，并介绍在台湾的一些生活情况。他47岁那年在台湾娶妻生子，婚后育有一男一女，我的父亲喜出望外，激动得几天几夜都睡不好觉，父亲迅速回批，告诉兄嫂及家中子女在大陆的一些基本情况。后来堂伯李秋荣还写信给我，告诉说，每个台湾老兵都有三苦：一是当兵之苦，每天在军营要承受强体力的训练，有时候还要受长官和其他老兵的欺凌；二是思乡之苦，自己独自一人背井离乡，思念父母、老婆孩子、兄弟姐妹，既不能会面又不能联络，这种日子是常人难以理解的；三是生活之苦，异地生存，举目无亲，好不容易要建立一个家庭，维持生计，养育子女，跟人比拼，勉人耻笑，其心理压力有多大，可想而知。

“少小离家老大回，乡音无改鬓毛衰”。1992年初秋，我的叔叔李登坤、堂伯李秋荣相约回到他们共同的故乡——城垵村，这是阔别42年之后的重逢。当我陪同我的父亲到汕头海关，迎接他们的时候，我的父亲与叔叔老泪纵横，相拥而泣，久久不敢放手，此情此景让我真切地感受到，什么叫做同胞手足之情。回到故乡，我的叔叔李登坤深深感觉：变的是家乡的发展面貌，不变的是家乡的乡音乡情。叔叔刚下车起身，就被一群族亲团团围住，大家齐声呼唤他的小名，欢呼道：“恶卜”回来啦！叔叔回乡期间，我们家像过节一样，村中长辈、四里八乡的亲戚、邻里族亲、儿时的伙伴等都前来探望、叙旧，共同回忆童年趣事以及大陆和台湾两地的家长里短……

我的叔叔李登坤回到家中，还重点办了三件事：一是按照家乡的风俗习惯，杀猪宰羊，答谢天恩；二是在城垵村“李氏家庙”宴请所有族亲，感谢他们对家庭的照顾；三是上我们家的祖坟去祭拜父母双亲。那一天，我们全家老小一起陪同他上山，只见叔叔李登坤跪在父母双亲的坟前，失声痛哭，久久不愿起身。他声音沙哑地说：“父母双亲大大，不孝的儿子从台湾回来看你们啦！愿你们安息！”离开时，又从父母双亲的坟头上，各抓了一抔泥土，用红绸缎包好，并且从父母双亲神龛的香炉里，带走一小包香火。叔叔对我说，他要带回台湾去祭拜。正如诗人余光中，在《乡愁》里写的：“后来啊，乡愁是一方矮矮的坟墓，我在外头，母亲在里头。”

“潮平两岸阔，风正一帆悬”。2009年金秋十月，我有幸随漳州市经贸交流考察团首度踏上台湾岛。工作闲暇之余，专程到台南市拜访我的叔叔李登坤先生，受到叔、婶一家的热烈欢迎。我们叔侄俩彻夜促膝谈心，畅叙家事。同时我们还应邀参加台南市东山同乡会举办的欢迎晚宴，只见同乡会的台湾退伍老兵西装革履，着装整齐，站立在酒店的门口列队欢迎，不论认识与不认识，见了面，嘘寒问暖，总有说不完的话，叙不完的乡情。等宴会快要结束，也就是上最后一两道菜时，他们又迅速的撤回到酒店门口，列队欢送客人，依依不舍，挥泪惜别。这一幕，不仅令人十分感动，更让我深深理解每一个游子离乡漂泊，种种人生际遇的酸楚。他们渴望海峡两岸共享盛世太平，人间岁月静好……

（作者简介：李鸿耀，中国散文家协会理事、福建省作家协会会员、东山县档案馆《跨越海峡的来信——闽台家书故事》编委会成员）

鸿雁，从海峡彼岸飞来

黄辉全　文/图

那是一个不堪回首的夜，突然一阵狂吠声和凌乱的跑步声，由远及近。漆黑的夜，寂静的铜砵小村庄，忽然手电筒光狂挥乱舞，村口国民党保安团的武装部队在架起了机枪，四面八方蜂拥而来一群群黑压压的荷枪实弹的兵，这场面着实让人心有余悸，毛骨悚然。

嘭嘭嘭……一阵阵的敲门声，惊醒了梦中的村民，惊慌地打开门欲看看到底发生了什么事。啊！站在他们面前的是一个个杀气腾腾的国民党兵。

“查户口，全都出来！快！”不容分说，国民党军以查户口为名，挨家挨户地搜寻，把16岁以上的青壮年男子全部集中起来。铜砵黄氏家庙一下子挤满了全村的男人。屋内人头攒动，个个筛糠发抖，脸色蜡黄，唯恐凶多吉少。不一会儿，惊叫声、啕哭声……此起彼伏，整个村庄都在悲泣声中颤抖。

一位国民党军官，站在祠堂香案上，拿起村里的花名册，把全村147名壮男子一一清点出来，准备押送到金门、马祖及台湾各地补充兵源。

这个不堪回首的黑暗日子，定格在1950年5月10日的深夜。

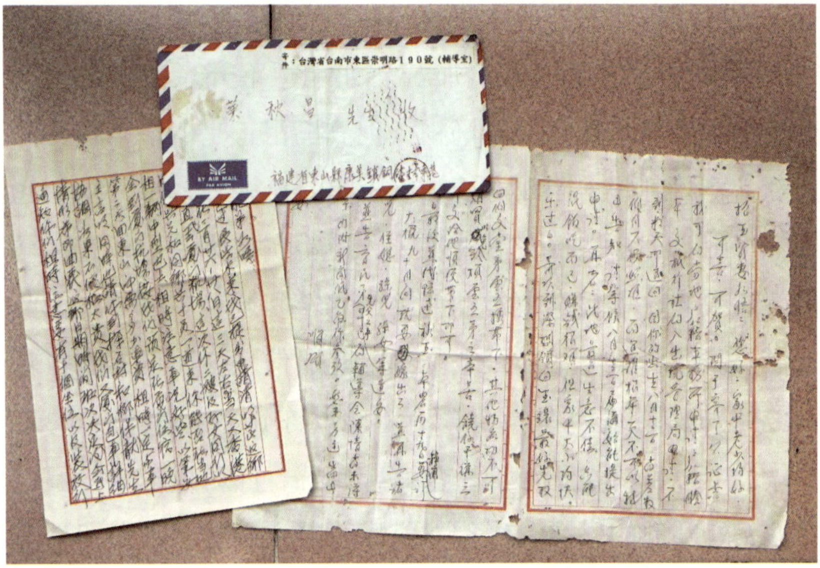

去台人员蔡秋昌寄来的“家书”

一夜之间，全村147名青壮年全被挟裹下船，东去台湾。村里，91位妇女被迫与丈夫离散。她们中，有的才新婚燕尔，有的正怀孕在身，有的是拖儿携女，有的病弱的双亲等待儿子的照料……一夜之间，故园惊变，骨肉离分，悲天恸地。谁料海峡竟成隔绝，从此与家乡一别音容两渺茫。这场灾难让原本安静的铜砵村3日不见一缕炊烟，失去了丈夫的女人们、失去儿子的父母们，从此开始了漫长的守望。铜砵村也因此多了一个饱含酸辛的名字“寡妇村”。

蔡秋昌便是147名壮丁中的一位，当年41岁的他，在枪口下被迫抛下34岁的妻子、2个女儿和9岁的儿子。海边，一片父母老幼的凄惨啼哭呻吟，送别他们别离家乡，船上的每个人如山垮在压心头，连哭泣都不敢出声。就这样，蔡秋昌等人不知不觉离家别乡到金门，受了严格训练和做工事，没有一天可休息。如果身体差点，真是受不了，常且初离家想家中父母妻子，更加苦上加苦。如果想不开者，自杀也不少。在当年11月初，又到马祖，但到马祖正是冬季来临，每天都是冷风刺骨，因没有棉被晚上更是难入眠，每天早上起床，每山头都是白棉花满片霜雪，冷得实在难受。他先在马祖部队中当炊事兵，也常在南竿、北竿间调动。军中严格要求保密防谍，不但不能跟老家的妻儿通信息，而且不能跟新加坡的姊姊联络。在马祖，有不少从东山被抓去当兵的老乡，个个思乡情切。漂泊，没有归属感，面对战争的冷漠，那种无处遁逃的恐惧和绝望，充斥着男人们看似刚强却是脆弱的心。

1955年，已在台湾军队待了5年的蔡秋昌，时年已是46岁，在国民党军整编更新中，他因年纪大，被劝退伍自谋生活。脱下两尺半军装，囊中羞涩且身无一技之长的蔡秋昌，有家归不得，无处问死生，只能住在眷村的篱笆房，好在他体力还可以，靠力气四处打工，先后漂泊于花莲、台东、高雄等地，也在石门水库建设中当过搬运工。随着时间的推移，笨重的搬运活让蔡秋昌渐渐地吃不消了，他便改行来到台东开一间杂货店，一个人的生活勉强过得去。然而竟因同乡标会的牵连被搞垮，多年辛苦积蓄折腾掉一大部分，他深感年纪已大，再创业已力不从心。

家是亲情的载体，是心灵的归宿，是游子的希望。蔡秋昌和众多去台老兵一样，为了得到大陆亲人的信息，煞费苦心四处打听。可在这几十年的岁月里，台湾当局对大陆的消息全面封锁，对在台的老兵严苛禁制，他们只能把思乡之情埋在心中，待到午夜梦回时，任由泪水浸湿枕头。很多老兵都终生未婚，有数不清的人等不及再回到大陆见亲人一面，便孤身葬于台湾。

“妻在海峡西，夫在海峡东，日日盼夫不见夫，共望海峡水。”这曲曾经在东山民间流传一时的歌谣，述说了两岸几十年封锁隔绝中东山岛多少分离夫妻漫长的守望，充满悲凉与凄楚。

思乡的情绪就像压在心头的一座火山，稍纵即发，但却要极力压抑着自己。这是何等的苦与痛！1978年，古稀之年的蔡秋昌先生为了摆脱独居异乡的凄苦，为了忘却与故乡亲人的离愁别恨，他无奈地来到台南柳营乡土林村的佛山观音岩，投靠佛门，祈求寻求心灵上的指引和帮助，寻找内心的归宿，让心灵得以安宁。然而，清净的佛门，依旧无法抹去他那思乡怀亲之情。每当明月升起，蔡先生心中就更加的惆怅，他恨不得化作天上白云，飘回养育他长大成人的祖地

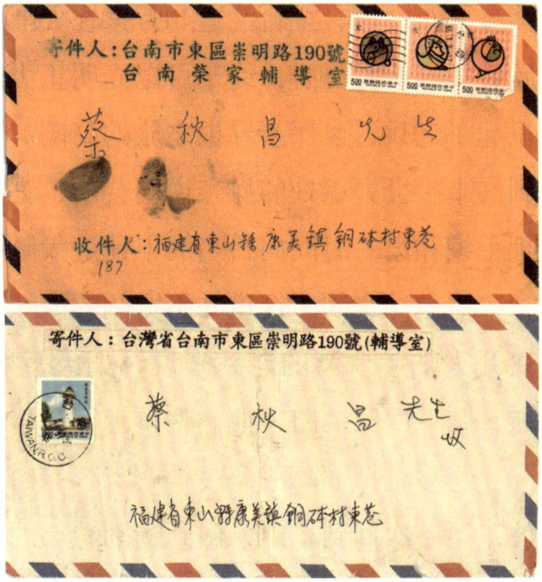

去台人员蔡秋昌寄来的“信封”

故土，飘到亲人的身旁，于是，他下定决心跳出空门，跨海归宗。

“离开家乡几十年，我不知道家里的亲人是否都还活着，我想知道家里的信儿，又怕听到家里的消息，我怕心中原有的那些希望都被打碎。”蔡秋昌老人千方百计通过各种渠道想要跟家里联系，终于在马来西亚姐姐的帮助下，与东山老家的妻儿通上信。一石激起千层浪，去台老兵的亲属们纷纷试探着想给彼岸生死未卜的亲人写信联络。

“乡愁是一方矮矮的坟墓/我在外头/母亲在里头；乡愁是一湾浅浅的海峡/我在这头/大陆在那头……”37年来，蔡秋昌同千千万万个去台老兵一样，把刻骨铭心的想家思亲的念头压抑在内心最深处。

1987年11月2日台湾当局正式开放去台老兵回大陆探亲。消息发布之后，全台湾近40万家在大陆的老兵，心中无不欢欣鼓舞。千盼万盼，终于可以光明正大地回家了。台湾顿时掀起了老兵返乡探亲寻根之旅的高潮。蔡秋昌迫不及待的挤到红十字会办事处的探亲说明会中，为的是想弄明白如何办理手续和第一时间向台当局申请赴大陆探亲。

盈盈一水间，这道并不宽阔的海峡，对于那些1949年后离开大陆赴台湾的老兵来说，如天堑般难以逾越。跨过海峡，踏上回家的路，他们整整走了38年。

思乡心切的蔡秋昌，早在这一年的年初，就绕道新加坡，第一次回到东山，回到阔别37年的家与亲人团聚。分手时40来岁的夫妻，等到再聚时已是古稀之年了。林阿仙终于等到丈夫回家团圆吃年夜饭，这出人间团圆的悲喜剧，那一段段悲欢离合的故事，无不催人泪下。

1992年，蔡秋昌第三次回到故乡，同家中亲人在一起过上去台后的第一个中秋节，从此定居在生于斯长于斯的故乡——铜砵村，让此生不再漂泊流浪。

蔡先生泪水迷糊的眼中，他那71岁的老伴笑了，他的儿子、儿媳笑了，他的两个孙子也天真烂漫地笑了，邻居乡亲前来道喜也笑了。这样的团圆人赏团圆月，那才真正叫作赏心乐事。此情此景，蔡先生笑得更开心。谈笑间，村里一位喜弄文墨的乡亲特意为蔡先生撰写了一副对联："秋硕累累胜春景；昌运赫赫如锦华。"以此表达蔡先生喜归故土，欣逢丰年的喜悦心情。这副对联巧妙地把蔡先生的名字"秋昌"和他儿子的名字"景华"一一嵌入对联当中。蔡先生一看，不禁拍案叫绝："好呀，这横披就写上'秋昌堂'，我和儿子团团圆圆在一起，再也不分开了！"

（作者简介：黄辉全，福建省作家协会会员、漳州市政协文史员、《石斋故里》侨刊特约编辑、东山县档案馆《跨越海峡的来信——闽台家书故事》编委会成员）

人情最好是故乡

——台湾“中研院”院士林耕华回乡探亲记

谢汉杰　文/图

2006年4月26日上午，应邀到厦门大学作完学术报告的台湾“中研院”院士、台湾科技界最大奖——“潘文渊奖”第一届获得者、台湾“国际联合科技股份有限公司”董事长林耕华博士，当天下午偕68岁的妻子江天丽，首次回到故乡东山岛前楼镇岱南村探亲。

当他们夫妻在福建省科协、省委台办和漳州市、东山县科协、台办等有关部门负责人的陪同下，驱车沿着西前公路抵达岱南村口时，只见彩旗飘扬，鼓乐喧天，一片欢腾。林耕华夫妻缓慢步行，两位姑娘送给他两束鲜花，1200多名乡亲夹道欢迎。

家乡古井水　浓浓故乡情

据介绍，68岁的林耕华出生于东山岛岱南村，1946年他8岁时随父亲林贞祥和母亲去了台湾，在台北市从小学、中学念书至大学毕业，1961年到美国斯坦福大学读书，1967年在美国斯坦福大学电机研究所获博士学位。

刚走进岱南村里，林耕华被乡亲们团团围住，这个呼他大号，那个唤他乳名，一声声亲切的乡音，一句句贴耳的话语，使他心头发热，眼泪夺眶而出。乡亲们按家乡风俗，由族长叫人端上一盆清水，水中放着一根榕枝和一条新毛巾，并说用家乡的水洗去风尘，洗去了烦恼，洗得平安吉祥，好运连连。林耕华先生听了，心房一阵颤动：这骨肉情同胞心车能载？斗能量？

林耕华夫妻到林氏祖祠拜褐祖先

村里的长辈、儿时的伙伴，还有操着乡音的陌生青年，都来看望林先生夫妇，欢迎他携妻归来。他们有的端来熟线面，表祝贺长寿之情；有的拎来猪蹄，寄常来常往之意；有的送来鸡蛋，祝欢聚团圆之愿。在林氏大祖祠拜谒完祖先，村老年协会会长林细九叫人从一口古井打上来两杯清淡的井水，端给林先生夫妇喝。并说喝了家乡水，永远不忘根。林先生拜谢众乡邻时，情不自禁地说："人情最好是故乡。"

林先生夫妇还到林氏房族祖祠拜谒祖先，然后参观他儿时居住的祖屋、念小学的大庙、岱南村新部村、新小学，并与县、镇、村干部进行亲切的座谈，发表热情洋溢的讲话。林先生激动地说，家乡岱南村面貌变得一点也认不出来了，我一定要把这些喜讯和家乡亲人的深情厚意，带给在台湾的乡亲们，让他们也高兴高兴，有机会我还会回来的。

回忆孩儿事　两眼热泪流

当天下午5时许，天降大雨。林耕华夫妻冒雨赶到陈城镇陈城村，探望嫁到这里的胞妹林亦金。在村口刚下车，他便一眼就认出了在人群中的妹妹。啊！妹妹老了，头发白了，但依然是那样慈祥可亲。他回忆说，1946年10月，父母亲带他和小妹林亦金要去台湾，在岱南村外上了小客车时，赶来送行的年老祖父、祖母含泪说，“你们都去台湾了，我们两位老人怎么办？”祖母登上车，硬将年仅6岁的小妹林亦金从母亲怀里抱下车去。顿时，车上的林耕华与车下的妹妹痛哭，哥哥喊妹妹，妹妹叫哥哥，兄妹难分难舍，哭成了泪人。此后，海峡两岸分离40多年，兄妹各居一方。多少回，哥哥依稀梦见妹落泪；多少次，妹妹隔海高声唤爸、妈和哥哥。如今，兄妹相见两眼泪汪汪。据介绍，胞妹林亦金和年老的祖父、祖母相依为命，20岁那年出嫁本县陈城村，

林耕华夫妻喝一口家乡古井水，永远不忘根

林耕华夫妻在林耕华儿时居住的祖屋前留影

丈夫陈镇安是人民教师，共生育2男5女，早已成家立业。

“时间来不及了，不然我很想寻找小时的“哑巴”朋友叙叙旧。”林耕华回忆说，父亲林贞祥和母亲原来都是厦门集美中专学校毕业生，毕业后其父亲被安排在县政府工作（注：国民党党部秘书），其母亲在岱南村当小学教师。每逢节假日，母亲便带年仅五六岁的林耕华到县政府所在地铜陵镇，与父亲林贞祥团聚。县政府旁边有1户人家生育1个男孩，与林耕华同岁，可惜他是个“哑巴”，没有姓名，大家都叫他“哑巴”，家里非常穷，穿得破破烂烂，经常饿肚子。林耕华常常拿来水果、饼干等送给“哑巴”，两人便成了好朋友。8岁那年（1946年9月），他父亲林贞祥要带母亲及全家人去台湾，从铜陵镇西门兜码头下船，“哑巴”与母亲闻讯也赶到码头，挥泪道别，等船开出几百米，“哑巴”还站在码头上挥手，久久不愿离去。“不知道‘哑巴’是否健在？生活好吗？”县有关部门表示要帮他查找“哑巴”下落。

4月27日，林耕华夫妇还到一些重点台资企业和东山风动石景区等地参观游览，并与东山县委、县政府领导举行座谈。

推动两岸交流　促进科技合作

林耕华积极推进海峡两岸科技经贸合作，多次应邀赴北京、上海、福州、厦门等地做学术报告，广泛开展科技交流活动。这次，他是应省科协的邀请，到福建师范大学、厦门大学等地，做了多场的光电学术报告。他认为，祖国大陆在

林耕华发表感言，乡亲们报以热烈的掌声

科研方面的成果令人瞩目，两岸光电产业一定会携手并进。他说，现在就有很多台商在大陆发展，将来肯定会有更多台商来大陆寻求合作。他希望两岸科技学术合作能再开放一些。大陆在光电技术研究方面有很多先进成果，两岸携手的前景非常好。

据介绍，林耕华曾在美国从事光电科技研发25年，任IBM研究中心资深经理、工业技术研究光电工业研究所所长，1992年自美返台，担任台湾“光电工业研究所”所长，为台湾“中研院”院士、美国电子学会院士、美国光学学会院士。台湾岛内影碟机产业，在他规划及坚持下，逐步构建起产业技术研发基础、完成数项关键零部件生产技术、将技术移转至厂商投入生产，并开发光纤通信元件等产业，带动台湾光电产业迅速成长。由于林耕华对台湾科技产业的拓展有卓越贡献，2005年他成为台湾科技界最大奖——“潘文渊奖”的第一届获得者，获得奖金500万元新台币。他还曾获美国电机电子学会世纪奖章等。成为台湾学术界的重量级人物。

2023年10月30日，笔者特地赶到岱南村，找到林耕华的堂弟林福顺。林福顺说，林耕华10多年前退休移居美国，已多年没有联系，他在陈城村的小妹林亦金还健在。

（作者简介：谢汉杰，东山县委报道组原组长）

清明时节雨纷纷……

——去台老兵道不尽的乡愁

沈福山 / 文

“清明在即借甥女回家之便，顺托新台币五千元清明祭祀之用……”；

“岁月如流，转瞬间清明节已到，常多怀念，值逢乡亲回归故里，托带去台币五千元……”

“走路不便故清明节无法回来，爸妈扫墓仍由你代为祭拜，寄去台币12000元……”。

又是一年的清明节快到了，笔者在东山县档案馆收藏的两岸家书中，见到几封已泛黄的“闽台家书”，这是几位去台老兵，分别在清明节前寄回的家书中写道。

清明时节雨纷纷，湿坟纸（闽南语），似乎在诉说着……

时光倒回到1950年，国民党军败退台湾，临走时掠走了东山岛大批的青壮年，人为地演绎了一幕幕家破人亡、妻离子散的人间悲剧，留下了多少破碎的家。一夜之间，故园惊变，骨肉离分，悲天恸地。谁料海峡竟成隔绝，从此，东山与台湾之间，父母思子女、子女念双亲、妻子盼丈夫、兄弟

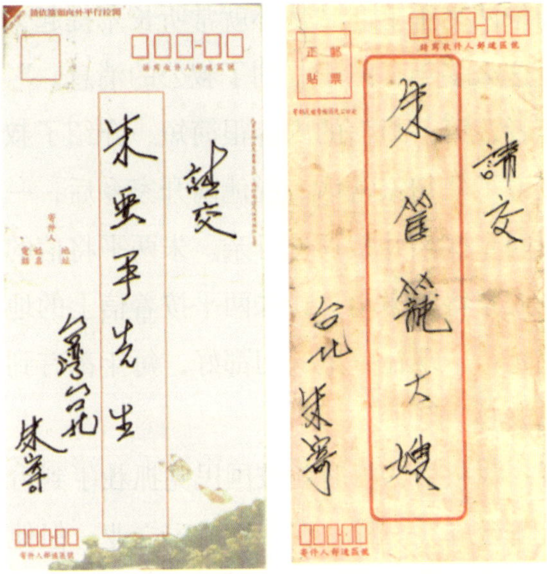

去台人员朱成光写给大陆亲人的家书

姐妹想亲人，思乡曲绵绵不绝。两岸阻隔长达半个世纪，去台人员连只言片语都无法直接传递到朝思暮想的亲人手中，“云中谁寄锦书来”思念家人的邮票只能变成是没有办法邮寄的空头“邮票”，返乡更是难于上青天。

在这一特殊的历史时期，海峡两岸的家书通过“秘密通道”来往的“台批”应运而生，去台人员或把信寄往新加坡、马来西亚、泰国和美国等国家，然后换个信封转寄祖国大陆；或通过停靠东山的台轮，捎带回“台批”，由台胞接待站转交亲人。同时，大陆亲人也通过这两个“秘密通道”把家书辗转寄往台湾。从此，书信牵连起两岸血脉亲情。

这几封带血家书，字里行间，写不尽的是去台老兵身处异地颠沛流离的辛酸，道不尽的是思念亲人、父母的肝肠寸断。如朱成光老先生，东山县西埔镇顶西村人，他的侄子朱两平回忆说，30多年前，一封书信从台湾寄到东山县，收信人一栏写着：刘箩筐。寄信人不知道的是，他牢牢记在心中的家的地址已经变了。幸运的是，一家人搬得不远。信被辗转送到刘箩筐的孙子朱两平手上。“从小就常听长辈提起，台湾有个叔公。盼了这么多年，终于收到了叔公的消息。”56岁的朱两平告诉记者，第一封信的内容很简短，介绍了叔公在台湾的住址，又说了几句家常话，说他离开家乡后，一直很挂念大家，很想回乡探亲并祭拜他母亲。朱两平将信的内容念给奶奶听，老人家特别激动，让朱两平按着信上的地址，回信给叔公朱成光：“现在家里一切都好，每年都有到长辈坟前祭扫，请他放心。”

朱两平告诉记者：我叔公19岁时就被国民党抓壮丁到台湾，后来也和大多数去台老兵一样，在台湾成家立业。但他一直挂念着家乡亲人，虽然年纪大了身体不好，无法回大陆探亲，但每逢清明时节，他都会寄钱回来，托我们代为祭祀父母，上山扫墓……

“岁月如流，转瞬间，清明节已到，常多怀念，这次值逢乡亲凤妹回归故里，托她带去台币5000元以备清明节之用……”“久未联络，甚念之！近来家中老幼都好吧……寄去台币5000元，以表心意，逢年过节请给我父母烧香祭拜……”从此，一封封书信牵连起两岸血脉亲情。

朱两平介绍说，叔公朱成光的来信中，透露着对家乡的思念。“叔公曾在信中提到，最大的遗憾是不能回到大陆，将父亲坟前的一抔黄土带回台湾供奉。”多年来，叔公从台湾寄回的书信，朱两平都一一细心保存。他没有辜负叔公的嘱托，每一年清明节都会带着家人来到长辈坟前，清扫杂草，烧香祭拜。

有的老兵像何耀魁老先生，东山县杏陈镇前何村人，生前几乎每年都有回来，而且多次带台湾妻子、儿女回来，据其侄子回忆有回来20几次之多，到后来已是风烛残年、腿脚行走不便，后已故台湾；还有已故台湾林坤荣老先生，他们都是不能亲自回来为父母双亲扫墓，未能亲自尽孝留下遗憾，只能是委托兄弟、姐妹代为祭祀。

雨纷纷、湿坟纸（闽南语）……

一封封家书都带着他们的体温，刻着他们最简朴的心印。它像一首老歌，像一杯酒，因为信，岁月的余温，蜿蜒曲折至今天，去台老兵的乡愁、乡情、乡恋，每个人都能写一本书，他们历尽沧桑、历经坎坷的一生，作为特定历史时期非常特殊的一群人，在中国历史上留下了凄婉悲怆的一笔。

“如今，东山县档案馆里收藏的一封封两岸家书已渐成历史，但通过家书中的这些亲情故事，可以让我们直观了解两岸同胞的日常生活状况和心境，更是两岸同根同源的见证。”笔者认为，两岸家书作为珍贵的迁台记忆档案文献资料，具有重要历史价值，希望更多的人能将档案文献捐赠至专业机构妥善保存，让埋藏在历史深处的两岸故事浮出水面。

（作者简介：沈福山，东山县档案馆副馆长、东山县档案馆《跨越海峡的来信——闽台家书故事》编委会成员）

我与去台养父谢安贵的故事

谢汉杰　文/图

东山岛解放前夕，被抓兵去台湾的养父谢安贵，回乡定居后第6年病逝。虽然离别已18个年头了，但我仍然珍藏着他的相片、家书、退役荣誉证等，每当我翻看这些东西时，难免触景生情，小时候祖父祖母经常讲的骨肉分离情景和我亲历的养父悲欢故事，一一浮现在我眼前。

祸从天降　养父喜事难圆

1927年，养父谢安贵出生在东山县后边自然村一个贫苦的农民家庭。在那兵荒马乱的年代，他父亲谢亚歪、母亲朱娥，先后生下大儿子谢安贵、二儿子谢安福和女儿谢赛梅、谢赛英。按照旧习俗，还先后抱来养女王赛来、林赛云，准备长大与两个儿子成婚。父母亲日夜操劳、含辛茹苦，好不容易将6个子女拉扯成人。那时候，尽管生活艰苦，但全家人平平安安在一起过日子，就是最大的幸福。排行老大的谢安贵、老二养女王赛来，为了减轻父母亲的负担，每天早出晚归，农田干农活、下海捕鱼虾。父母看在眼里，喜在心上。转眼谢安贵已24岁、养女21岁，该给他俩办婚事了，于是父母亲高兴地准备着简便的大木床、桌椅等，请人看好日子，定在1950年农历六月八日完婚。

谁料到，祸从天降。据现年91岁的谢安贵小弟谢安福（笔者叔叔）回忆，在临近东山岛解放的1950年5月10日（农历三月二十四日）凌晨2时许，17岁的谢安福和大哥谢安贵、房内亲谢志明、谢添成4个青少年，在村外700多米远的盐场看护盐堆，熟睡中突然被2个荷枪实弹的国民党兵踢醒，刺刀对准谢安贵的胸膛。并用普通话指名道姓说："谢安贵，你跟我们走，不然就打死你。"看到大哥双手被绳子捆绑着，推押着往东面海湾走去。谢安福等3人一路哭喊着急跑回村。"不好啦，安贵被人抓走了，快救人呀！"呼救声、狗吠声在寂静的夜空中回荡着。身强力壮、在村中武功有名的祖父谢亚歪手握一把铁山叉，心急如焚地招呼几个亲人，一路追赶到海湾渡口。可是慢了一步，眼睁睁地看着儿子谢安贵被押上小艇到了对岸，加上担心同去的青壮年被抓或受枪击，一时束手无策的父亲只好放弃。

天亮后，打听到被抓壮丁集中关押在冬古村海边，将用船运去台湾的消息，满脸泪水的母亲朱娥一路狂奔赶到冬古村，在海滩上见到儿子被押着正要走去上国民党军舰。听到母亲的哭喊声，谢安贵转头看了看她，无奈地向母亲招招手，示意她赶快回去。1950年5月12日，东山岛解放了。村中有人说，是岱南村林某某抽签抽到壮丁，通过花钱催人为国民党兵带路，到盐场专抓谢安贵去冒名顶替的。

骨肉分离，好梦难圆。当时，全家人感到像天塌下来一样，沉浸在万分悲痛之中，几天不见烟火味，度日如年。儿是母亲心头肉，儿子一别没了音信。4年后，父母只好让一直在家苦等谢安贵的大养女王赛来，出嫁到顶岱南村林水金家。母亲朱娥天天以泪洗脸，多少次走到海边，朝着云海深处的海峡东岸，烧香化纸洒酒，不知儿子是死是活，只能遥寄思念。她一声声呜咽唤儿归，却只闻涛声只见云。

命中有缘　我成谢家子孙

俗话说，有缘千里来相会。也许，命运注定我与谢家有缘，谢安贵去台湾音信全无、凶多吉少。后来，他父母商定留下大女儿谢赛梅在家中，招来本县山只村青年林顺章入赘。不久，二儿子谢安福也结婚生儿育女，到这个时候，在别人眼里，谢家骨肉分离的悲剧随着时间的推移，一定会慢慢地淡化。

可是，作为母亲的朱娥一直难解失去大儿子的心中之痛，一直把“抱养一个男孩子，为大儿子谢安贵传宗接代”的话挂在嘴边。这时候，我出现在他们眼前。

说来话长，我亲生父母是漳州芗城人，父亲吴兆国是个中医生、母亲陈梅云是小学老师，先后生下4个儿

新加坡二婶婆林梗仔给我的信，说她到台湾找不到谢安贵的事

子，我排行最小，身下还有2个妹妹。20世纪50年代初，父母亲调到东山县工作。1955年，母亲被分配到岱南小学任教，学校就设在后边村一座破旧的大庙内。在小学代课的谢安福（谢安贵胞弟）得知我一家的情况后，一心想要已满3岁的我给谢家当养子，还经常带我到谢家吃东西。父母亲见谢家虽然贫穷，可全家人对我疼爱，经不住多次恳求，只好同意了。从此，我与谢家人一起生活，后来叔叔谢安福、姑母谢赛梅分家独立生活，我与祖父祖母三人一家生活。记得我七八岁时，还经常看见祖母拿着一张相片在痛哭，一问才知道那张相片是养父谢安贵留在家中唯一的相片。

自从我到谢家，祖母心情变好许多，对我关心照顾。可她在春节、中秋节和在农历三月廿四日（儿子被抓去台湾的日子），都会暗自落泪，盼望月圆人团圆。由于祖母长期忧伤过度，身体消瘦，最后病倒在床上一年多，祖父虽然多方请医问药，但不见疗效，不幸于1964年2月病世，享年仅61岁。我当时11岁，记得临终前一天，祖母几次呻吟地叫着养父的名字："安贵儿，你在那里呀！活着咱母子不能团圆，你如果回来，一定要到我坟墓烧炷香，好让我瞑目啊！"我忍不住泪水往下掉。

一道人为的海峡藩篱阻隔，让东山岛千家万户去台人员家属饱受骨肉分离的折磨和思亲之苦。记得20世纪70年代，祖父多次寄信到新加坡，恳请早年离乡别井去新加坡谋生的二弟谢连花、二弟妇林梗仔、三弟谢连春等亲人，先后7次专程赶去台湾帮助查找谢安贵，但每次抱着希望等待，等来的却是新加坡亲人“大哥，真对不起，查找不到大侄儿”的回信。“也许，他真的已不在人世”。祖父常常哀声叹气。

记得1979年我调到东山县委报道组工作，曾多次撰写《寻人启事》《父亲谢亚歪写给去台湾儿子谢安贵的一封信》等稿件，通过中央人民广播电台《空中之友》《海峡之声》广播电台等对台广播节目播发，可如石沉大海。养父谢安贵后来回乡时，我提起这事。他说，我有听过广播，当时两岸不能通信往来，不知怎么办好！

喜从天降　养父回家团圆

春暖花开，养父来信。1987年11月，海峡两岸开放台湾老兵回大陆探亲。1988年3月一天傍晚，首次从台湾赶回顶岱南村探亲的老台胞林永发，走进后边自然村，一路打听谢亚歪有没有健在？家住哪里？乡亲引他到我家见祖父。他说，这是您儿子谢安贵给您的一封信。“我儿子安贵还活着？”“是啊！因申请回乡人太多了，这次他没有与我们成

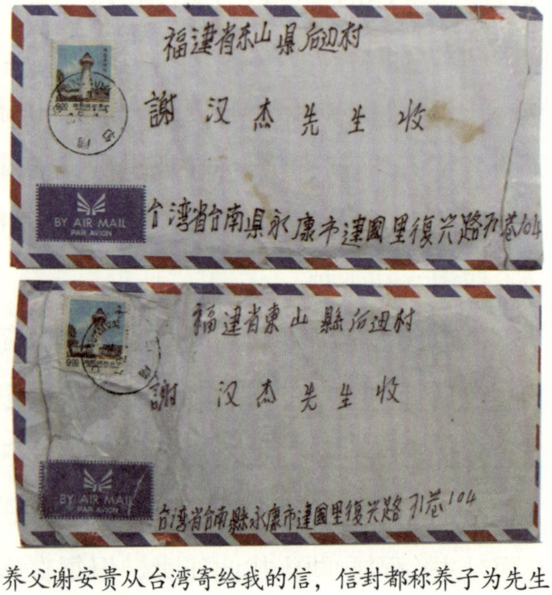

养父谢安贵从台湾寄给我的信，信封都称养子为先生

行，他下次就会回来。”“真的？好、好！”祖父惊喜若狂。这个消息一时在全村传开来。年已76岁的林永发告诉祖父，谢安贵去台湾至今孤身一人，与林永发住在台南县。祖父迫不及待地打开书信，看到在家没识几个字的大儿子写了简单的几句话：“爸、妈：我是谢安贵，我很想念您们和弟妹，争取尽快回家团圆。”当天，祖父叫我将这一喜讯告知各位亲戚。几天后，我代祖父写了一封家信，委托林永发带去台湾给养父。

破镜重圆，养父回家。1988年7月31日，养父谢安贵和30多位东山籍乡亲，从台湾经香港乘飞机到汕头机场，我提前在机场等候迎接。当天下午，养父终于回到阔别38年的故乡后边村，姑母谢赛梅让他站在门口，按照家乡习俗，让他先用“石榴花芯水”洗脸，再“跨火过”（走过点燃的稻草），寓意洗掉了风尘、洗去了烦恼、弃除了污秽、平安活百岁。回乡期间，养父与父亲、弟妹、养女等亲人团聚一堂。第三天，全家人陪同养父上山走到祖母坟墓前。“母亲大人，不孝儿安贵从台湾回来看您了。请您安息吧！”养父跪拜在祖母坟前哭泣，久久不愿起身，在场家人不禁潸然泪下。养父还到西埔镇双东村拜见母舅朱土等亲戚。

交谈中得知，当时养父被国民党残部抓走，上了军舰先到金门岛训练2个月，后转到台南陆军第十军团装输208团某连当通信兵，共服役28年，上士军衔。1978年1月退役后，他定居台南县永康乡建国里（村）复兴路71巷，与岱南村林永发、探石村林阳福、石埔村王猪仔等东山籍乡亲们住在

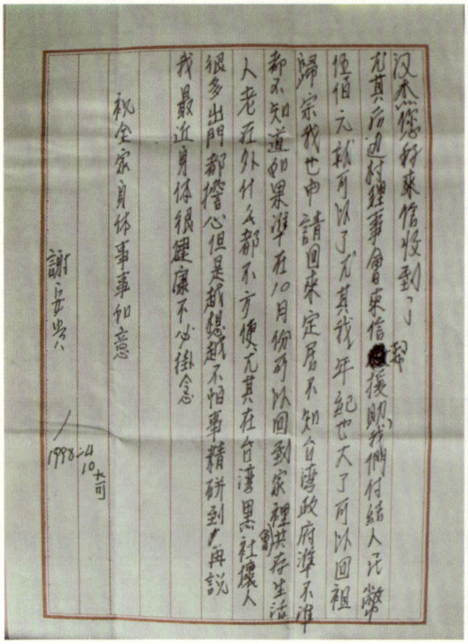
汉杰您好来信收到了
尤其后边村里事会来信帮援助我們付結人民幣
伍佰元就可以了尤其我年紀也大了可以回祖
歸宗我也申請回來定居不知台湾政府准不准
都不知道如果准在10月份可以回到家裡共存生活
人老在外什么都不方便尤其在台灣黑社懷人
很多出門都擔心但是我絕對不怕事精研到了再說
我最近身体很健康不必掛念
祝全家身体事事如意
謝安貴
1998-11-10

养父谢安贵1998年从台湾寄给我的信

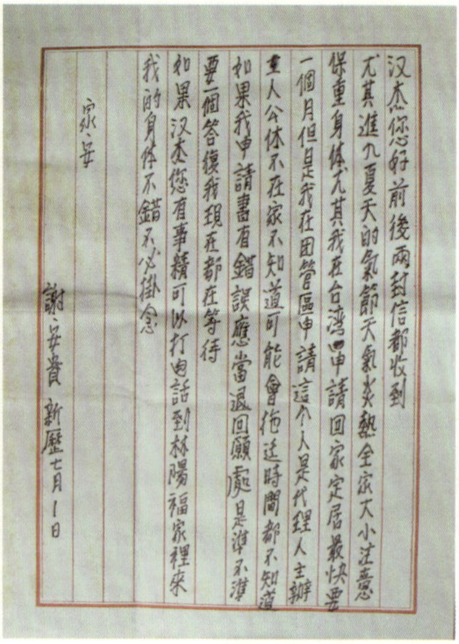
汉杰您好前後兩封信都收到
尤其進入夏天的氣節天氣炎熱全家大小注意
保重身体尤其我在台灣申請回家定居最快要
一個月但是我在團管區申請這个人是代理人主辦
主人公休不在家不知道可能會拖延時間都不知道
如果我申請書有錯誤應當退回願處是准不准
要一個答復我現在都在等待
如果汉杰您有事精可以打电話到林陽福家裡來
我的身体不錯不必掛念
家安
謝安貴 新曆七月1日

养父谢安贵1999年从台湾寄给我的信

一起，一直没有结婚成家。他文化程度低，在部队学写一些字，虽然写信有不少错别字，没有标点符号，但字迹清晰。

培养感情　养父落叶归根

初次见面，养父对站在面前的养子（我）有些不好意思，我对他也感到有点陌生，一直称他伯父。经祖父、叔谢安福、大姑母王赛来、二姑母（我岳母）谢赛梅等人，多次讲了抱养我的目的经过，他才开始默认。10多天后，养父结伴返回台湾，我送他到深圳口岸去香港。以后，他多次书信，可信封上都称我为谢汉杰先生。我想，他心中对我还是有点隔阂吧！

“您养父一生漂泊在外不容易，您父子刚见面，两人的感情靠今后慢慢培养。”在村里乐于助人、德高望重的祖父几次对我这样说。我记住祖父的话，在养父1989年2月18日第二次、1990年7月24日第三次返乡探亲期间，我和妻子谢惜珠热情地关心照顾他的日常生活，并在县城西埔宴请和他一起回故乡探亲的朋友们，还几次带他到风动石景区、关帝庙等地游玩，一家人合影留念。当他要返回台湾时，又买了他喜欢的高档烟、酒和片仔癀等礼品送给他，还送他到汕头机场或深圳口岸。1991年9月13日，我最敬重的祖父不幸病逝，享年91岁。因在台湾的养父家中没装电话，我只好挂电话到他的朋友林阳福家，请他将这个不幸的消息转达养父。养父一时无法申办手续赶回家为老父送终。1992年4月初，养父专程从台湾赶回来，在岱南村清明节（农历三月初七）这天早上，跟全家人上山到祖父坟墓前祭拜，尽了儿子的一点孝心。

从此，养父与我的感情比较融洽。他在台湾生活省吃俭用，回家探亲6次，每次都带一些金银器、美元、台币，分给我和他的弟弟、妹妹等亲朋戚友。1993年寄钱帮助我在家乡后边村建设一幢3层楼房。从1996年起，他在来信中，开始流露出返乡定居的愿望，我去信表示欢迎。1998年4月10日，养父来信中提到“很想回祖归宗，叶落归根，尽快回家共同生活”；“人老在外什么都不方便，因在台湾社会治安较差，独居一人不方便，出门担心”等言语。我回信劝他放心，一定会尽快为他办理有关手续。1999年7月1日养父在来信中说，“他已向台湾团管区申办回乡定居的有关手续，但最快要一个月。并问我向大陆申请回乡定居的事情能不能获批准，要给他一个答复”。第2天，我立即赶到设在东山台胞接待站的县委台办找熟人，询问台胞申办回乡定居的有关手续，知道要由县委台办报送市、省台办批准。刚好，福建省委台办一名处级干部叫张岩，在东山挂职担任县委副书记。当我向他提起台湾养父想申请回乡定居这件事。他笑说，过几天我要回福州，这件事交给我来办吧！果然不久，养父申请回乡定居获省委台办批准，并由省委台办发函给台湾有关部门。1999年10月，养父终于回到家乡定居，与我一家人生活在一起，幸福安度晚年。他还几次捐款助力家乡文化公益事业建设。

养父在台湾独居生活，性格孤僻，借酒浇愁，烟瘾很重。回乡定居后，每天三餐饭量较少，却喜欢喝白酒、抽烟，时常出现咳嗽。我几次送他上县医院看医生、检查身体，医生劝他少喝酒、抽烟，可他改不了老习惯。2005年4月他病倒了，送他去医院检查治疗，医生说肝肺受损严重，恐怕难以治愈。2005年6月2日，养父因病医治无效逝世，享年79岁。养父一生悲大于喜，最后叶落归根，魂归故里。作为养子，我尽了一点孝心，多少让人感到一些欣慰。每年他的忌日，我和家人都会祭拜他；清明节上龙凤山看望他，寄托对他的无限哀思和怀念。

（作者简介：谢汉杰，东山县委报道组原组长）

根脉所系是吾乡

——记66岁台胞终与亲人喜相逢

朱春燕 / 文

李吉安父亲李维仁（前排右一）（东山县委台港澳办供图）

“终于回到东山，终于见到亲人们了。”2023年10月20日，66岁台胞李吉安带着父亲的遗愿回到东山，终于和亲人们相认，虽然此前与亲人素未谋面，但血浓于水的亲情消融了陌生感，跨越两代人的寻亲，最终实现了团圆。

在此前，李吉安没有想到，土生土长在台湾的他竟然还能寻回自己的根。

李吉安对于寻回祖根的惊喜，源于父亲年少时就到了台湾。父亲祖籍在福建东山。祖父李定霖、祖母黄素真；父亲李旺、母亲林琴。先父是长男，下有二弟有存、三弟维煌、四弟维川与大妹贞华，世居东山打铁街，“老协利”是我们李家创建的。”这是李吉安了解的全部信息。除此以外，作为台湾生长后代的他对于大陆老家了解的并不多，通常就是在父亲思乡情起的时候自言自语又似在向李吉安述说关于那片故土。

李吉安的父亲李维仁，1932年出生，在1949年夏天前往台湾，探访时任新竹警局警官的五叔柳李成。谁都没想到这场远行竟是一段长达三四十年的分别。当时，李维仁在台湾探亲结束准备回大陆时却爆发金门战役，从此因两岸隔海分治。此后，遥远的家总在牵引着李维仁，家乡的山水草木，皆似温柔轻声的絮语，全如浑然天成的诗，浸透着他悠悠漫漫的乡愁。

原先他对回家还抱有希望，但残酷的现实击碎了他的返乡梦。李吉安回忆道：“在彼岸，父亲常托亲友转寄家书、照片与微薄金钱，表达思乡思亲与报平安的心意，更是思乡情感的寄托。”也始终不忘对孩子讲述关于家乡的点滴，每每他又陷入沉思。

李吉安的叔叔李维川（后排左一）（东山县委台港澳办供图）

乡愁漫上海峡，浸染了两岸的凝望。时间就在这一封封“纸短情长”中无情地流逝，李维仁却始终无法像一封封寄出的家书一样逾越海峡与故土相见。

“我的曾祖父、曾祖母、祖父过世，家父十分伤痛并请画师恭绘画像，每天仰望怀思。”李吉安清楚地记着这个场景，父亲每天望着画像，一看又是好一会儿。

海与岸的距离很远，海峡相望，山川相隔。海与岸的距离很近，血脉相连，星月同天。

1987年蒋经国宣布解除戒严，开放老兵可以返乡探亲，李维仁心中燃起希望，终于，他终于等到了这一天。

1988年夏秋交替之际，是归乡的年关，海燕期待着温巢，春风又绿了江南岸。李维仁带着爱人给的1000元美金作为盘缠，从桃园机场乘坐飞机至香港，然后经广州、漳州一路奔波，终回到东山。

街道小巷、一草一木、缕缕炊烟，李维仁感受到了实在的归属感。返乡探亲期间，他的兄弟姐妹们还在，母亲居住在妹妹李贞华、姑丈刘定赠家中，终能重温天伦亲情。数十载的骨肉分离的痛楚，内心终于在相见时得到了宣泄和寄托。

在李维仁返台后不久，他的母亲病逝了。来日不一定方长，再见也终无法再见了。“树欲静兮风不止，子欲养兮亲不待”，此后李维仁陷入了自责与悲伤的牢笼中。

随着年岁增长，体能、智能日渐退化，李维仁直到过世前，都没有再回东山。晚年时，他总希望儿子李吉安能够在卸下公职后，有空能回东山老家看看，“因为我们李家的根就在那里，不能忘本。”

2023年8月，李吉安在办完大儿子婚事后，觉得该回东山祭祖扫墓省亲了，除完成家父心愿外，也可向长辈报喜。希望替已故的父亲李万成延续跨越海峡的血脉亲情，并找到自己家族的根源所在。由于家中找到的旧书信线索有限，李吉安遂向国台办寻求帮助。

9月12日，东山县委台港澳办接漳州市委台港澳办转国台办协助通知，东山县委台港澳办第一时间开展帮助台胞寻亲，根据李吉安提供信息，于9月14日与铜陵镇码头社区联系，通过社区寻得李吉安亲人四叔李维川。

东山县委台港澳办副主任黄全福告诉记者，他们把李吉安提供的照片拿给李维川看，李维川认出照片中是小时候的自己，因此确认李维川这户人家就是李吉安要寻找的亲人。

10月20日，李吉安终于踏上了这片让父亲一直牵肠挂肚的故土。

在李吉安下榻的酒店，李维川早早地等候在那里，李维川一眼就认出自己的侄子李吉安。曾经遥不可及的亲人，如今能够相认团圆，这让他们都十分激动。

“他一走进酒店，我就马上认出来了，和我大哥长得一模一样，看到他就感觉像看到我大哥。”李维川激动地说道。

李吉安也深深感受到，虽然和叔叔是初次见面，却像久别重逢，一见如故，这是一种血缘关系中深刻的感情。父亲健在时，就经常会回忆在家乡的岁月，并一再提醒他不能忘了祖籍，不能忘本，一定要知道自己的根在哪，这次回到东山见到亲人也让他更加理解父亲坚持让他“寻根”的意义。

“回首来时路，莫忘根情处”，这是李吉安一直挂在嘴边的话，李吉安告诉笔者：“父亲生前常常告诉我，我姓李，李家的根就在福建东山岛，只要有空一定要回去走走看看，因为那是我们家的根，这个是永远不能改变的事实。”

此次除了祭祖扫墓省亲外，李吉安和爱人也去苏峰山、马銮湾、东山湾、双面海、东山战斗文化园区、寡妇村展览馆、南门湾夜市、打铁街、天后宫、东山关帝文化园区、朝圣楼等地，也一睹小时候父亲李维仁常提起的风动石传奇与关圣帝君的圣迹，令他印象更为深刻强烈。

台胞李吉安（前排中）和东山亲人合影（东山县委台港澳办供图）

这次的寻亲，李吉安和亲人们彼此都留下了联系方式，在他返台后也时常和家人保持联系。我们都是怀揣泥土的人，所以才有“瓷”的模样，他也像当年父亲李维仁告诉他那样叮嘱自己的孩子：“我们的根在福建东山。”

（作者简介：朱春燕，东山县融媒体中心记者）

2 闽台姻缘

半截血手镯

林贵福 / 文

一

这是一个真实的故事。

正是骄阳似火的炎夏，东山县康美乡建筑队队长黄不平忽接到一封台湾的来“批”。黄不平接信在手，一脸的茫然，心想自己活到知天命之年还未有过台湾的亲戚和朋友，哪来的台湾信函？莫非同名同姓寄错了？再一看信封，明明写着“康美乡建筑队黄不平亲收”的字样，白纸黑字没错啊。建筑队只有他一个叫黄不平呀！既然没错，不如先拆开信看看内容和写信人是谁，也许就明白了。黄不平想至此，便拆开了信，未读正文先看了一眼写信人的署名，只见署名处写着高大来。高大来？没听说过这个人啊！他急匆匆地扫了扫信中的内容，心里更加莫名其妙了。寄信人竟说他的妻子叫黄亚仙，称黄不平是他的儿子。这就奇怪了，自己的尊重父亲早已去世多年，况且他姓高，我姓黄，牛头不对马嘴。再说母亲从来没提过自己还有一个父亲，可惜母亲一月前已去世，要不兴许还能问个子丑寅卯来。

怎么办呢？无缘无故，人家是不会指名道姓地认儿子的。为今之计，只有先到县委台办查一下有没有高大来这个人再做道理。想到此，黄不平当即骑着摩托车来到县委台办，呈上信，说明了情况，要求台办的工作人员协查。

县委台办对本县的台胞台属曾多次进行普查、造册登记。工作人员经仔细查阅，未曾查到有高大来这个人的名字和档案。

这到底是怎么一回事呢？县委台办的工作人员和黄不平都陷入了沉思之中。

二

故事要倒回到1944年抗战期间。

那是一个风雨交加的夜晚。拜过堂、闹过洞房的新郎林风涛和新娘黄亚仙刚进入温柔之乡，忽然被一阵犬吠声和枪声惊醒。紧接着是一阵紧似一阵的砸门声。林风涛霍地翻身而起，刚套上裤子，门已被砸开，夹风带雨地闯进几个国民党兵，不由分说地挟着林风涛，只听为首的那个军官说：“恭喜你当兵吃上皇粮饭了，带走！”一挥手，士兵们就推着林风涛夺门而出。

不久，有消息传回来，说林风涛被日本的飞机炸死在九龙岭。黄亚仙一听当即晕倒。林风涛的老娘经不住白发人哭黑发人的悲痛，一口气没顺过来，便撒手人世了。黄亚仙被乡邻救醒后大哭一场，悲痛欲绝，不得不认了自己的命苦。在乡邻的帮助下，料理完了林风涛母子两代人的后事，回娘家西山去了。

一年之后，黄亚仙在娘家父母的催促下，同逃丁到铜山打工的广东人高大来续上倒插门的姻缘。原想梅开二度，日子会过得顺当些。谁知祸不单行，两人成亲不到三个月，高大来也被国民党抓了壮丁。临别时，黄亚仙泪流满脸，她哽咽着告诉高大来自己已怀上了他的骨肉，好歹要活着回来。高大来伤心欲绝地说：“想不到我高大来从广东逃到铜山还是逃不掉。孩子他娘，你千万要保重，孩子出生若是男的就起名叫不平，若是女的就叫苦苗吧！”高大来说着从怀中掏出一只血手环：“这只血手环是我娘临死之前交给我的，说是能辟邪镇妖。今天你我夫妻一别，不知何时能再相见！”说着把血手环锯成两截，把一截交给黄亚仙说：“孩子他娘你收好，手环什么时候重圆，那就是我们夫妻俩团圆的日子。”黄亚仙紧握着半个手环，还想说什么，但国民党兵早已不耐烦了，吆喝着把高大来押走了。

世事如棋局。高大来被抓走不久的一个风雨之夜里，黄亚仙正淌着泪水独自悲伤。“前夫”林风涛却突然地出现在眼前。黄亚仙愣怔之后，两人抱头大哭。良久，黄亚仙止泪问：“难道你被炸死的消息是误传？”林风涛道：“被小日本飞机轰炸是真的。幸亏后面的人把我压在身下，我才没死，只是受了点轻伤。后来我随军到了平潭，由于受伤未好，被安排在炊事班，我一直想逃回来，却苦于没机会。这次是借采货之机才逃回来的。亚仙，我们回家吧。”

黄亚仙一怔，暗忖：看来风涛还不知道我已另招高大来为婿之事。怎么办呢？再三思虑之后，黄亚仙流着泪讲述风涛娘先得知儿子被炸死的消息，经不住打击而死，接着自己无依无靠，不得不回娘家度日，再后来听凭父母做主，招高大来为婿，紧接着高大来又被抓了壮丁等经过和盘托出，哽咽着请求前夫林风涛原谅。

林风涛一惊一乍，如梦初醒，愣怔了一阵子才说："这都是该死的小日本和国民党造成的，怪不得你。既然大来已被抓走，想回来也不容易。亚仙，今后你打算怎么办呢？"黄亚仙一听，又感动又愧疚，淌着泪水抽泣着说："我已怀上他的骨肉，一个妇道人家，你说怎么办？"林风涛想了想说："要不，我们先凑合着过，以后的事以后再说吧。"黄亚仙摇摇头说："这样的话，人家会怎么说我呢？还是等孩子生下来，听听高大来的消息再说吧！"

林风涛虽不大情愿，但将心比心，还是同意了黄亚仙的做法。

半年后，黄亚仙生下了高大来的儿子。按风俗，倒插门的子孙应随母姓，名字按高大来的意思叫不平，孩子就叫黄不平。

又过一年，有消息传来，高大来所在的部队在舟山群岛一带同小日本大战三天三夜，最后同归于尽了。

黄亚仙得知高大来阵亡消息后，天昏地暗地大哭了一场。守孝了一年后才同一直关心着她帮助着她的"前夫"林风涛破镜重圆。儿子黄不平虽非林风涛亲生，但他不计较这些，一直把他当亲生子一样呵护、抚养，直到黄不平长大成人，成家立业。而黄不平对继父也敬爱有加，对母亲的这段婚姻情况也不甚清楚。黄不平40岁那年，林风涛因病去世。黄不平对往事更是无从得知。

三

且说高大来自被抓了壮丁后，随军转战闽浙，在舟山群岛一带同日本军进行了一场恶战，最后打得只剩下他和三连的一排长杨进来两人，找到部队后，不久就随军被送到台湾。这一切黄亚仙和林风涛又哪能知道呢？

解放后，由于海峡两岸人为的藩篱，加上特殊时期的动乱，高大来一直无法同大陆亲人取得联系。妻子黄亚仙音信杳然，是死是活，他也无从知道。

大陆和台湾探亲解禁后，高大来得知东山籍老排长杨进来要回东山探亲，便委托他带上半截血手镯，前往打听妻子黄亚仙的下落。

说来也巧，杨进来正是东山人。回乡后，杨进来合家团圆，共叙离情别绪，谈话之间，提起高大来委托寻找妻子之事，他的孙媳妇黄夏香惊讶地说黄亚仙正是她的娘家奶奶。

杨进来大感意外，惊喜不已，自己竟和高大来做了几十年亲家而浑然不知，嘘唏之余忙交代黄夏香先勿张扬。他要约她奶奶亚仙出来说话。黄夏香应允，安排亚仙奶奶同杨进来见了面。

亲家见面，年迈的黄亚仙颤抖着双手捧过半截血手环之后，激动得不能自已，她万万没想到50多年音信全无的丈夫高大来竟然还活在人间。当她确认了信物之后，更是老泪纵横。杨进来宽慰她一阵后说：“这就好了，回台湾时我就叫高老弟即刻回家乡，你们夫妻也该团圆了。不过……”杨进来欲言又止。黄亚仙拭了拭泪说：“杨大哥，有话尽管讲。”杨进来这才神秘兮兮地说：“在高老弟回来之前，这事最好先别声张，免得节外生枝。”黄亚仙点头道：“就依杨大哥的话办。”

四

杨进来返台后，立即告知了高大来此次探亲了解的一切情况。高大来听说妻儿还活着，激动得老泪纵横，说不清是喜是悲，又得知和杨进来已是亲家关系，又是一阵感叹。杨进来劝他早日返乡，高大来连连应允，立即着手准备还乡探亲。

天有不测风云。正当高大来准备就绪即将启程前夕，却横遭车祸受伤住进了医院。眼看短时间内不能回大陆，他才写了一封平安信给了黄不平。更不幸的是，就在杨进来返台之后不久，黄亚仙由于悲喜交加，兴奋过度，突发心梗去世。

父辈的这一切遭遇黄不平自然是难知内情，加上他是搞建筑的，长年累月在外奔波，很少回家，家中的事件年代越久远，他知道得就越少了，难怪他接到台湾来批后竟是一头雾水。偏偏老母亲又遇上了心脏病突发去世。他回家奔丧，也不知此前缘由，因此万般无奈，他只好按台湾来批的地址写了封回信。一个月后，在台湾住院的高大来回了信，回答了黄不平信中的猜疑和不解。黄不平看了来批，又从黄夏香那里合璧血手环，疑窦才渐渐解开，但他仍有一事不明，那就是高大来今年65岁而自己却已50岁了，按年龄推算，高大来是不可能生他这个儿子的，况且他姓高，自己姓黄，姓氏也对不上。直到高大来第二封信才解答了这个疑问。原来高大来到台湾后便退伍，为了生计，他去报考了一所学校，想读书就业，故意少报了5岁。至于姓氏问题，因为父亲是倒插门，黄不平按乡俗随母姓也是理所当然。疑窦全消，黄不平方知自己的身世。回想林风涛的养育之恩和生前视自己如亲生的种种爱意，不禁感激涕零，不能自已；想亲生父亲高大来几十年音信断绝，如今又伤病住院，更是感慨万千。

海峡之水难以阻断骨肉的亲情，正是在中秋节前夕，黄不平接受了父亲邀请，偕同妻子飞往台湾认父去了。

（作者简介：林贵福，中国作家协会会员、中国民间文艺家协会会员、东山县作家协会主席、东山县档案馆《跨越海峡的来信——闽台家书故事》编委会成员）

伍豪婆的心愿

林进结　文/图

东山县“寡妇村展览馆”内，一座猪公塑像特别引人注目。猪公长着长长的獠牙，像是山里的野猪。参观者都感到奇怪，为什么展览馆里会摆放着猪的塑像？原来在这头长着獠牙的大公猪身上，饱含着一段辛酸的故事，一段尚未终结的历史！

猪公的原型在港西村。这头大猪的主人叫沈香圆，丈夫叫林伍豪。乡人称沈香圆为“伍豪婆”。“伍豪婆”丈夫早逝，是个寡妇，有一个儿子和童养媳。童养媳是姐姐，儿子是弟弟。姐姐叫幼饲（闽南话的意思就是从小抱来养的），弟弟叫金全。儿子长大了，“伍豪婆”准备挑选个好日子，把儿子的亲事办了。贫穷的人家，媳妇是现成的，“伍豪婆”期望儿子成家立业。“媳妇”虽然年纪比儿子大了许多，但却是自己一把屎一把尿拉扯大的，知根知底，与儿子成家立业，生个一男半女，传承香火，也算是告慰丈夫，自己也就了却心愿了。

美好愿望的破碎更让人心痛。就在“伍豪婆”张罗着要给儿子挑选个办喜事的好日子的时候，天，腥风血雨，厄运降临了。1950年5月10日至11日，东山岛上的国民党溃兵勾结当地保长，在沿海各村抓起了壮丁，一夜之间，近4000青壮男人被掳走了，许多村庄的男人被掳劫一空。港西村被抓109人，林金全就在其中。林金全是在家中被抓走的，他从储藏稻谷的大谷桶里被搜出来。唯一的儿子被抓走了，“伍豪婆”的天塌了下来！婆媳两人和乡亲们一道追着押送壮丁的队伍到村口连接村庄的“斗门径”桥头，一排国民党兵荷枪实弹，明晃晃的刺刀指向人群，壮丁被押走了，留下一群撕心裂肺的妇孺，哀嚎的声音四处漂荡。

这个村庄，天塌了的人家远远不止“伍豪婆”这家。港西村那时全村只有230户人家。109个人，就是109个“天都塌了”。东山县近4000户人家的“天都塌了”。国民党军

作者与伍豪婆之孙林坤盛（左）合影

在溃逃时，依然不忘给人民一刀。制造了父子分离、夫妻分离、母子分离的人间惨剧。那两天，东山岛上难见炊烟，白天夜里，惨戚的哭声随处可闻，凄风冷雨，阴霾笼罩在海岛的上空。

1950年5月12日，东山解放了，人民当家作主。反动保长被镇压了，港西村换了天，可是“伍豪婆”的天依然塌着。长夜漫漫，经常是一盏煤油灯，婆媳两人，对着灯火发呆，默默无语。

1951年，有人从“台湾”回来了！原来，港西村几个驻扎在金门的壮丁渡海投诚，回来了，游回来了，一共6个人，他们是林水财、林龙德、林宜火、林家全、林达水、林四都。人群中没有林金全，“伍豪婆”听到有人从金门回来的消息，她赶忙上门询问儿子的情况，问大家为什么没有把她的儿子带回来？林水财、林龙德、林宜火与林金全是邻居，大家告诉“伍豪婆”：“金全和村里的许多人被带到台湾，不在金门。金全说了，他一定要回来，一定要回来侍奉母亲。”回来的壮丁们的话让“伍豪婆”宽慰了不少，他相信孝顺的儿子一定会回来。她心想，要是儿子回来就马上成亲。她决定养一头大猪等着，到时可以答谢天恩，也可以风风光光地请乡亲们吃肉。

很快，她就跟别人买来一头小猪仔。因为要“拜天公”还愿，猪要公的，她仔细挑选了一头小公猪。他们的家很小，只有一间堂屋，吃住在一起。门边是灶台，灶前放着柴草，中间一个屏风，分隔出里屋外屋，屏风后是眠床，眠床后放木马桶，床边放一个衣箱，里屋还堆放着谷桶、陶瓮等杂物。小小的家很杂乱。公猪平时睡在灶前或地上，拉撒便把公猪赶到屋外，久而久之，公猪也就懂得生活的规律了，自己拉撒，自己溜达。溜达的时候就从这个巷子窜到那个巷子，或者到海滩上找吃的。到了饭点就自己走回家。公猪的身上绑着一圈红丝绳在村庄各处乱逛，全村的人都认识它，大家都知道这是“伍豪婆”要“还愿”的公猪。

可是一年过去了，金全还没有回来；两年过去了，金全还没有来。这一养就是六七年，公猪的红丝绳换了一圈又一圈。公猪越长越大，行动越来越迟钝了，在家里也占了很大的地方，进进出出也很不方便。一天，“伍豪婆”发现，猪嘴两边隆起两个包，一摸，原来公猪竟然长出獠牙！大家劝“伍豪婆”把猪杀了，然后再买小猪来养。“伍豪婆”不肯，她说：“还愿的猪不能随便杀！要是金全明天回来了呢？”可是金全依然没有回来，公猪的獠牙却越来越长。从开始时的一点点，慢慢地长大，慢慢地长成一对小“象牙”。慢慢地四乡八里的人都知道“伍豪婆”养了一头长獠牙的大公猪。

金全不在家，可童养媳早已经成熟了，熟透了。有个外乡弹棉花的来村里弹棉被，弹棉花的孤身一人，长年在外，尚未娶妻，空闲的时候常来金全家的巷子转悠，一来二去，童养媳有了一些想法。“伍豪婆”终于忍受不了，拿着木棒追了弹棉花的好几条巷子，从此，一切萌动就平息了。“伍豪婆”没有为难童养媳，她对童养媳说：“妈求你，再等等，说不定金全明天就回来了呢！”

童养媳哪敢说话，有话也在心里憋着。那时候的女人谁不是这样过来的？“伍豪婆”觉得需要一个孩子来安顿媳妇的心，于是她和宗族里一个生下多个女孩的亲戚商量着要一个女孩。贫穷年代，女孩不值钱。亲戚倒也大方，把一个七八岁的女儿送给幼饲做女儿，这样，没有血缘的三个人组成一个祖孙三代的家。

长时间的饲养，公猪也有了灵性，“伍豪婆”也把它看作是这个家的一个成员了。她亲手喂养，给它洗澡，给它梳毛，常常坐在大猪的身旁跟大猪说话：“金全回来了，你就得嫁了。”那时，许多人家把杀猪叫“嫁大猪”。“伍豪婆”希望大猪赶快“嫁了”，“嫁了”儿子就回来了。1958年，吃大食堂，大队不许各家私自养猪，村里所有大猪集中到壳灰场集体饲养，只有“伍豪婆”的大猪因为要“拜天公”还愿的，大队放回允许自己养，但是这头猪的所有权是大队的。后来，人都没得吃了，更不要说猪了，在那种情况下，“伍豪婆”没有放弃，心中的那份渴望在支撑着她，她坚持喂养大猪。她四处寻找猪饲料，到海里捞浒苔，地里捡地瓜藤，水里割过江莲来喂养。到底没有营养，大公猪养得瘦瘦的，毛发却很长，涩涩地没有光泽，鬃毛直竖，獠牙长长，怎么看都像一只大山猪。1960年初的一天，大猪走完了它的历程，它没有“出嫁”。大猪拖着它巨大的身躯，一步一步走到门前，后腿摊地，前腿跪了下去，猪头靠着门槛，獠牙向外，“哼”了一声，闭了眼，它寿终正寝。

大公猪“去了”，可是儿子还没有回来！目睹公猪死亡过程的“伍豪婆”号啕大哭起来，哭声引来了四邻。

那头大猪被抬到戏台前，全村的人都来看，饱受饥饿折磨的人们兴奋了起来，大家围了一层又一层看杀猪的师傅宰杀。这头大猪虽然瘦，但少说也有六七百斤。大猪的肉分给了全村各户。公猪的肉太老了，但是全村老少算是见到了油水。杀猪的师傅捡了一束猪鬃毛交给“伍豪婆”当作是念想。“伍豪婆”用红丝绳扎好猪鬃毛收藏在妆奁里。她决心继续喂养下去，以后，她一年养一头，猪的身上依旧绑着红丝绳，连着养了五六头猪，儿子金全还是没有回来。

“伍豪婆”在岁月中苦苦挣扎，生活虽然好了起来，但是伤痕却依然存在，人越来越老，思念就越来越深。牵挂就像一条长长的红丝绳，这头连着家，那头连着台湾，连着儿子金全。年过七旬的她拄着拐杖常常往村后的海边走，对着滔滔的海水，向东，向海峡，望眼欲穿。

“伍豪婆”终于支撑不住了，临终前，它交代了三件事。它对童养媳幼饲说：“妈求你，你不要走，你走了，家就散了，金全回得来也没有亲人了，回不来，就亡户了。我死后，把我埋在马家（地名）大路边的山坡，我就在那里等金全回来。金全回来了，拜天公的时候要记得给大猪身上绑上红丝绳。”“伍豪婆”收藏了6条红丝绳，5条被放进棺材里，一条红丝绳、一捆猪鬃毛留着等金全回来。

金全还没有回来，童养媳幼饲也没有走。幼饲的女儿长大了，她叫月明。她爱上幼饲娘家的一个侄儿，嫁了过去；

丈夫的弟弟来到港西，替代月明，成了幼饲的“儿子”。不久这个儿子结了婚，不久，幼饲的儿媳妇生了儿子，这个家的香火终于有人传承下去了。

时间到了1987年，这一年，各地陆陆续续有些国民党老兵回乡探亲。

一个阳光的日子，一对上了年纪的夫妇，带着一对儿女来到港西村，男人鬓发花白。这些衣冠楚楚的客人，村民们觉得陌生。但凭着经验判断，这是“台湾客”回来了。面对村民们疑问的目光，那个鬓发花白的男人说：“我是金全，我回来了！”

金全回来了！童养媳幼饲已经得到消息。她在新家等着。

新家建在村后，不远就是海。陪伴的人员把金全引导到村后的新家。当金全走进家门的时候，幼饲一眼就认出这就是她的那个“弟弟”金全。“大姐……你受苦了！”金全紧握着幼饲的手，眼泪已经在眼眶里打转。幼饲虽然早已听说他在台湾有家庭，有儿女，但内心依然受到重重一击，几十年了，他成了别人的丈夫，自己苦苦等待来的是一声“大姐”，千言万语涌上心头，忍不住，“阿母哇”的一声，哭了出来。好在，幼饲现在也有了儿子、孙子；幼饲强忍伤感，叫儿子儿媳按照礼节叫金全为叔叔，孙子们称金全为叔公。

金全回来了！可是她的母亲已经供在龛台上。金全带着妻儿，在母亲的牌位前点香、跪拜；妻儿们并没有见过这位婆婆、奶奶，完成了一种仪式后便各自散了。只有金全在母亲的灵位前，叩首，叩首，再叩首……，他哽咽着，泪流满面。龛台上的“伍豪婆”不知道，金全还得回去，他只是来看看。这一次他们全家跟旅游团要到泰国旅游，飞机停靠香港时，金全就带着妻儿奔向大陆，奔向故乡。

金全回来了，但他还得回去！他已经是异乡之人。不只是金全，那些港西村的儿郎们，最终都成了家乡的客人，成了陌生的“台湾客”。

铜砵村建“寡妇村展览馆”时，人们认为“伍豪婆”大猪的故事能展现这段血泪斑斑的历史，令后人深思，于是有了这头大猪的塑像。

如今，一道浅浅的海峡依然分隔着人世间最珍贵的“情”，这个痛啊何时能终结呢！

（作者简介：林进结，中学语文高级教师、中国散文学会会员、福建省作家协会会员、东山县档案馆《跨越海峡的来信——闽台家书故事》编委会成员）

黄海悲欢离别的故事

沈舜友／文

黄海自幼失怙，是寡母含辛茹苦把他拉扯大，按当地的风俗习惯，寡母抱养一个童养媳，以备将来和他完婚。可是天有不测风云，灾难降落在善良人的身上，1950年5月10日，黄海被国民党残部抓丁到台湾，那年，他22岁，从此天涯海角，一家人断绝了音讯。

童养媳叫林玉贞，从小她叫黄海为“阿海哥”，家里失去了“阿海哥”，也失去了顶梁柱，养母哭瞎了双眼，不久含恨离开人世，林玉贞既当媳妇又当儿子，披麻戴孝把养母送上山头入土为安。

林玉贞从懂事的那一天起，就把自己的命运和黄家联系在一起。她认为自己是黄家的童养媳，将来就是“阿海哥”的人，自己要守住黄家，等“阿海哥”回来完婚。

这一等，就等了30年。村里人劝她嫁人，说，你和黄海也没举行什么结婚手续，自行嫁人，符合婚姻法。可是，善良的林玉贞，正如她的名字一样，守身如玉，贞节可嘉。她抱着“生是黄家的人，死是黄家的鬼”传统观念，翘首等着他的“阿海哥”。可怜的玉贞，命运的不幸铸造了她善良的美德，传统的旧习惯又造成了她的愚贞。

有一天，孤苦伶仃的林玉贞忽然眉开眼笑，逢人就讲：我家来台批了！

黄家真的飞来了“鸿雁”！原来，断绝音讯30年的黄海从台湾给母亲寄来家书。然而他不知道的是自己和母亲已是阴阳相隔，而收到台批的玉贞又悲又喜，悲的是阿海哥再也见不到母亲，喜的是阿海哥终于有了音讯，自己也可能会披上婚纱。

该给阿海哥写回信了，她把所有的思念与痛苦，欢喜与悲伤，用口头诉说给海峡对岸的阿海哥听（她文化低，写不来回批，是家乡先生代笔的）。

人是走不出自己的故乡和童年的。黄海到台湾后，家乡的民间习俗、生活习惯、俚言俗语以及耳闻目睹的人和事，都深深刻在脑海里，岁月越深，越依恋自己的故乡。几十年来他愁思万千，想念母亲，想念妹妹，那东来的风西去的云，天空南来的飞雁和大海北游的鱼，无不牵肠挂肚，情随意走，梦回家乡。人世间，阻得断的是距离，阻不断的是亲情。童年和亲情，记忆和血缘，不会随筋骨而老化，不会随世事而暗淡，永远长在黄海的魂魄里，亲情使他魂牵梦萦！

但是这一切，他只能望海而叹！

也许来到一个新的地方，成长了，视野开阔了，和童养媳成婚的传统信念会日渐淡薄，童养媳变成妹妹的信念日益增强。于是，在台湾他建立了家庭。应该说，他的家庭是美满幸福的，举案齐眉的太太，孝顺恭敬的儿子，衣食无愁的生活。但是，这一切抚平不了脸上思亲的皱褶，就是家庭欢聚时的欢声笑语，也时常夹藏着思亲的泪珠，幸福总是带着颤抖和伤感。回来吧，归来吧，夜夜梦中，他听到母亲、妹妹的呼喊。他每天期望做一个与亲人团圆的梦，结果，梦来了，梦走了，冰凉的枕头只留下清冷的泪。思亲泪，从青年流到中年，又从中年流到知天命之年。时代伤痕的隐痛，何时得以愈合？在思亲中，他隐隐约约探听到几个老乡绕道新加坡回家探亲。他细心询问，可是在台湾的特务网十分密集，稍有不慎，“通匪罪”将从天而降，谁也不敢自曝真相。当事人说话闪烁其词，不敢全抛一片心，自在情理。危险与困难，却挡不住“回家的诱惑”，他决心自己闯。先是寄信给新加坡的朋友，夹着给家乡的信委托朋友代转。第一封台批，内容不敢多写，只是投石问路。这就是林玉贞收到的又惊又喜的台批。后来，家乡的信通过新加坡信局送到台湾。信是他人代写的，他知道母亲已经仙逝，妹妹还活着等他回来相会。家书，虽是他人代写，但在他看来，字有义，词含情，亲情热情如火，好像听到海风的歌声婉转动听，好像看到彩云的舞姿优美动人。

妹妹的来“批”，坚定他冒险回家探亲的决心，机会来了，一次他随某贸易公司代表团到新加坡，借口生病，暂时住在新加坡养病。某日，他独闯信局，向信局诉说自己的遭遇，恳求信局帮忙他回家探亲，信局的沈先生很感动，答应帮忙，在侨胞的帮助下，他终于如愿回家探亲。

为防止国民党当局知道他回乡探亲问罪，他没有退掉在新加坡的旅馆，以备将来当局查询。探望母亲、妹妹，还要如此偷偷摸摸！探亲路充满辛酸，有些恐怖，甚至令人毛发皆竖，瞠目结舌。

再长的路，一步步也能走完；再短的路，不迈开双脚也无法到达。（汪国真语）时隔30年，他怀揣着希望和梦想，踏上回家的路。30年的情山思海，一下子冰消雪融。是啊，不管那些离开家乡的人走得有多远，离开时怀着怎么样的心情，只要家乡还在，他们最终都会回来。这里有他们的根，是他们埋下祖宗、存放族谱、记录他们血脉缘起与绵延的地方！

回家后的黄海知道妹妹玉贞还苦苦等他回来完婚，心在滴血啊！原来他认为妹妹早已嫁人，只是等他回来相会。现在，竟然是等他回来完婚！阿妹，你真傻！死心塌地等我30年，你又何苦呢？我们又没有办理什么手续，你应该追求自己的幸福，找个合适的男人成婚，不应该断送自己的青春啊！他欲哭无泪，禁不住跪在玉贞面前。俗话说：男儿膝下有黄金。非苍天之所系，非封建之皇权，非父母之谢恩，非夫妻之“床头跪戏”，在我们的生活中，像黄海这样地跪在阳光下的“七尺男儿”真还鲜见。可是不跪，又怎能表达心中歉意？是玉贞代行儿子孝道，事奉甘旨；玉贞的存在，黄家没有家破人亡；自己有个幸福家庭，日夜享受天伦之乐，玉贞孤身一人苦守这个家……长跪，赎不完自己的罪！该怎样解释？黄海不知从何说起。阿妹啊，我们不像有的人已经拜过天地，完成人生大事。你没有“守节”的义务，这不是“妇德”啊！两岸分离造成的历史悲剧，骨肉分离，妻离子散，不是我们的错，但痛苦却要我和阿妹承担，太不公平了！

知道阿海哥在那边已有一个家，玉贞精神快要崩溃了。苦守30年，等来的就是“你真傻”“你又何苦”“找个男人成婚”这些话！句句如刀，声声似箭，她神思恍惚，一颗茫然的心时而飘向悬崖绝壁，时而飘向茫茫大海……她悲愤满腔，五内俱焚，心已碎，泪已干，可是，阿海哥又承担什么义务，非要回来和自己完婚？满腹苦情无处倾诉，死者悠悠去，生者惨哀哀。久别重逢，本应大喜大乐，林玉贞却是大悲大恸。喜团圆，恨团圆，30年的美梦一旦破碎，对她的打击之大可想而知。

这是凄美的团聚，残缺的团圆！“此情可待成追忆，只是当时已惘然。”这样的美，比悲痛更加残酷。林玉贞失去的岁月再也找不回来，花有重开日，人无再少年。但是，善良的林玉贞尽管有千般怨恨和万种幽怨，还是忘不了自己的责任：按照当地的风俗，拜天公答谢神恩，筹备牲礼带阿海哥到母亲、祖先坟前扫墓、祭拜……仅仅两天，黄海又要回到那一边。聚也匆匆，离也匆匆，一声去也断人肠，相见难，别也难，难诉这胸中语万般。两个人30年一路坎坷走来，读懂了情为何物，往往是人已老，情已逝，空留下一腔伤感，满心伤痛。坚强的林玉贞，没有眼泪送别，只有叮咛再叮咛，声声珍重默祷平安。虽然，两人不能花开并蒂成双，是不幸的，但由于通过台批，他们比其他去台人早8年相会，再不用梦萦魂牵，生死两茫茫，这一点是幸运的。正是这乡情、亲情的绵绵不绝，才让台批如此丰盈。

在大陆和平统一政策的推动下，经过两岸人民的共同努力，海峡两岸持续了数十年的隔绝状态终于被一步步打破。回到台湾后的黄海，可以正大光明寄台批，不用偷偷摸摸回家探亲，两岸本是一家人、一家亲！再后来，他走不动了，儿子接班，不时回大陆照顾亲姑妈，亲戚越走越亲，儿子把姑妈当母亲一样侍奉。

有台湾亲人在，林玉贞不孤独；有林玉贞，黄海记得自己血脉缘起与绵延的地方……

（作者简介：沈舜友，东山县政协文史员、漳州市文艺家协会会员、东山县档案馆《跨越海峡的来信——闽台家书故事》编委会成员）

30年的等待

黄墨卷／文

用30年等待一个人，跌跌撞撞地活着，独自熬过被泪水浸泡的每天每夜，而团圆，只是生命甬道尽头的一丝微弱的亮光。30年，在浩浩历史长河中不过一瞬，但对一个女人来说，却是一生。从盛年到白发，耗尽生命中最繁盛的时光。这些悲情故事不应该被尘埃覆盖，我们擦拭它，是对历史真切的回顾，是对爱情和亲情诚挚的解读，是对和平深切的期盼。我们一擦再擦，尘埃之下，往事露出月光般苍凉的底色。

1979年秋日，铜砵村老榕树下一处僻静的院子里，鸟声啾啾，日影斑驳，沈锦菊阿婆正在擦地瓜丝，地瓜在礤床儿上飞快地搓动，金黄色的瓜丝纷纷洒落，不一会儿便堆起一座小山。她抓起一把，又松开，看着从手指间流失的线线金黄，悠悠地叹了口气。忽然门外响起绵密的敲门声，伴随着表弟的呼唤，阿婆知道这是有急事了。平日里表弟来看望她，总是慢条斯理地叩门，笃、笃、笃，清清亮亮的，和他一样温和稳重。今天这是怎么了？阿婆连忙起身，拍拍酸麻的双腿，脚步趔趄着打开门。表弟高举着一封信，迫不及待地挤进门来，眉眼飞扬地说，表嫂，大喜呀！阿庆哥来信了！阿婆呆住了，两只手不停地在粗布围裙上擦拭着，直擦得通红。接过信，她的手止不住地发抖，半晌，递回表弟手里，焦急地说，念！快念啊……

锦菊吾妻：自我离家之后，家中一切都偏劳你了，这么多年来漂泊在外，常因未能好好照顾你，未能尽为人夫之责而深感愧疚……接信后，请即回信给我，并寄上家中全家福相片，如此就有如看见你们一般……盼望有朝一日，夫妻能够团圆……夫黄阿庆寄。

表弟语音刚落，阿婆一把抢过信，细细摩挲着信笺，老泪纵横，隐忍的呜咽慢慢变成号啕大哭。整整30年啊，她想过很多不幸的结局，他病了，残了，甚至想到他死了……被泪水浸湿的臆想，有多少个无眠的夜晚就有多少种截然不同的结局，甚至过程、甚至细节……一团乱麻似的无头无绪。所有的揣测最终消遁于白天汗流浃背的劳作，只剩下一种执念，无论如何要等着他，直到死的那一天。如今，一封家书由新加坡转寄东山，带来丈夫尚在人间的消息，阿婆心中悲喜交集，这封信来得太迟了，30年都过去了啊，可是终于等到了，活着就是万幸啊！

锦菊阿婆备好香烛、果品，恭恭敬敬地摆在屋外的老榕树下，虔诚地祷告，榕公有灵啊，阿庆还活着！他来信了，他来信了！每年的除夕她都在榕树上系条红绸带，为丈夫祈福，也为自己无处可诉的思念找个寄托，30年来，红绸新了旧、旧了又新，阿婆的泪干了湿，湿了又干。当年她嫁进黄家，公婆年老，小叔尚幼，只有几间石砌矮屋，几亩薄田，但她与阿庆两情相悦，耕种劳作之后，常常在这老榕下吃饭、纳凉，有月亮的晚上，泡壶粗茶对饮，硬是把薄涩的日子过出流水潺湲的滋味。公公婆婆看着小两口琴瑟和鸣，不禁喜上眉梢。小叔子也对勤劳的嫂子敬重有加。如果生活就此似水流长地过下去，清贫却和美，那该多好。可惜在风云激荡的年月里，寻常百姓家的破碎和流离往往只在一瞬间。

1946年冬，第三次国内革命战争期间，国民党兵源匮乏，开始新一轮的“抓壮丁”。保长带着两个国民党兵敲开了黄家的门，讪笑着说，阿庆和阿发两兄弟必须抽一个去当兵，这是上头的意思。一家人顿时六神无主，年轻的锦菊望着丈夫哽咽着垂泪。此时，弟弟黄阿发站出来了，看看哥嫂，又看看爹娘，对保长说，哥哥已娶妻，断不能去当兵，我去！就这样，刚满17岁的黄阿发怀揣嫂子塞给的几个蒸熟的地瓜，拜别爹娘，入伍当了国民党兵。

时局动荡，战火连天，离家后的黄阿发就像断了线的风筝，杳无音讯。阿发是全家人心里的痛，家中逢年过节，餐桌上依然摆着阿发的碗筷，父母兄嫂都默默祈祷他能逢凶化吉，平安归来。然而命运的碾轧并未就此止步，4年后，黄家再一次遭遇生离死别。那是1950年，东山岛解放在即，国民党残部败退台湾前夜，以查户口为由将铜砵村所有的青壮年男子召集到祠堂开会。听到风声的黄阿庆隐约感到不妙，情急之下，钻进院子里的草垛躲了起来。锦菊拦住了保长，谎称男人外出走亲戚还没回来。保长和颜悦色地说，不要误会，这次是查户口而已，再说你小叔子阿发已经服了兵役，两丁抽一丁，再怎么说也不会轮到阿庆了。经不起保长连哄带骗，阿庆从草堆里钻出来，跟着去了祠堂。锦菊一边拍打着丈夫身上的草屑，一边叮嘱完事赶紧回来。殊不知这一去就是30年。

这场精心谋划的“抓丁”骗局让铜砵村147名青壮年男子被迫离开故土，147个家庭支离破碎。祠堂里，毫无防备的男人们被荷枪实弹的国民党兵押上军舰。夜黑风高的海上，愤怒的男人们咒骂着，疯狂摇晃着军舰的护栏，探出身子把手伸向妻儿，伸向老母亲……海滩上，女人们搀扶着老人、拉扯着孩子，在浪潮里脚步踉跄，向着丈夫、兄弟哀嚎……

阿庆朝着妻子用力挥手，声嘶力竭地喊：我走了！你要照顾好自己，不要想我！凄厉的呼喊声被海浪声覆盖，军舰渐行渐远……怎能不想，怎能不想啊。30年过去了，锦菊阿婆说起那一夜，依然泪水涟涟。

信纸铺开时，锦菊阿婆却一时语塞，看着表弟手里的钢笔，落在纸上晕开一个黑点，赶紧掏出手帕擦了擦眼睛，清了清喉咙，絮絮叨叨说开了：

阿庆，我终于等到你了啊，这30年的苦没有白受。你走了以后，公婆做主，我收养了一个女儿，是远房表亲的孩子。女儿如今已成家，生了一儿一女，我也算是老有所依，你可放心。你在那边可好哇？有没有成家？如果有，不必隐瞒，不必愧疚。你漂泊在外，有人照顾你，我很高兴。不知道此生能否再相见？你要多保重身体，切切！妻锦菊泣上。

纸短情长，想说的太多太多。日复一日刻骨的思念，服侍二老、拉扯女儿长大的辛劳，还有小叔子阿发的遭遇，三天三夜都说不完啊。锦菊阿婆心想这辈子要是能再见丈夫一面，像以前那样在老榕树下说说话，死也值了。这么一想，泪又涌上来了。

海的那一边，在花莲县的小庙里，两鬓斑白的庙公黄阿庆手捧妻子的回信，读一遍哭一回。信里还夹着一张照片，是妻子锦菊携养女、女婿、孙子、孙女在老家屋外的榕树下拍的全家福，父母已经作古，昔日青春娇艳的妻子也已满头霜发，他抚摸着妻子的面庞，泣不成声。30年流水落花各自飘零，他没有再娶，妻子也没有再嫁，苦熬半生终得佳音。暗沉的生活忽然被光照亮，日子终于有了盼头。

阿庆一改往日的沉默寡言，见人未语三分笑，连眼神都变得温柔起来。他的枕头下放着照片和信，不时拿出来翻看，梦里他离老榕树下的小屋越来越近，暖黄的灯光如薄雾般溢出窗外，犹如一双柔荑朝他招手……

台湾当局无意拆卸人为的藩篱，阿庆只能夜夜枕着乡愁入眠。所幸家书如同鸿雁，飞越千山万水，一次次为这对苦命的夫妻带来慰藉。阿庆从妻子来信中得知弟弟阿发已经过世，又是一场痛哭。当年阿发代兄入伍，不久便随国民党部队参加了孟良崮战役，激战中，国民党整编第74师被解放军歼灭，阿发也当了俘虏。阿发和74师精锐部队的其他俘虏不同，他是被国民党“抓丁”的，本来就向往正义和自由，没过多久便弃暗投明，成了一名解放军战士，随部队四处征战。后来阿发因枪伤复发退伍，回到家乡铜砵村。此时的阿发虽30岁不到，但从军多年，东奔西走，落下一身病痛，回家后便缠绵病榻，全靠嫂子锦菊悉心照顾，两年后伤重不治，撒手人寰。阿发临死之前一直记挂着哥哥，而在台湾的阿庆也四处打听弟弟的消息，可惜造化弄人，兄弟俩终是无缘再见。

归乡之路，风雨迢迢。1990年，年逾古稀的黄阿庆终于如愿以偿，回到阔别40多年的家乡定居。古榕树下，重现当年温馨的画面，老两口在树下吃饭，我给你夹块肉，你为我添碗汤，平淡的生活滋味悠长；夜里在榕树下泡茶，生起红泥小火炉，把井水煮得“噗噗”作响，一杯茶映出白发苍颜的两张脸，举杯相对，所有过往化作一地如水的月光。

（作者简介：黄墨卷，福建省作家协会会员、东山县作协副主席兼秘书长、东山县档案馆《跨越海峡的来信——闽台家书故事》编委会成员）

喜相逢

林贵福　叶启生／文

这是一个发生在东山县马銮村的真实故事。

20世纪50年代初。

海边停泊着一艘军舰，国民党“再生部队”把抓来的壮丁一群群往舰上赶。

海滩上，前来送行的人群呼天抢地，哭声叫声伴随风浪的咆哮声呜咽着。

海滩上，一个光着脚丫的小男孩边跑边喊：“爸爸，回来给我买双鞋。”

舷梯上，一个叫刘阿强的青年回头含泪喊着：“小涛回家去吧，爸爸记住啦。”

“阿强，要来信呀！”一个年轻的小媳妇冲舷梯上的丈夫喊。

“放心吧，玉娟，明年春天我回来插秧，照顾好小涛。”

军舰徐徐开动，海滩上的人群再次爆发出一阵阵哭叫声。

一、返乡

时间一晃30年过去。

刘阿强已年过半百，在壮丁的群里，他算是幸运的。当了3年兵，退役后瞅准机会经营一家建材店，由店及厂及矿，没几年就“发”了起来。其间认识了台北姑娘陈叶子，自知返乡无望，生意场上又需帮手，就和叶子结成伉俪。婚后生有一子一女。几十年打拼下来，在去台当兵的群子里是首富之一。事业有成，家庭美满。但每当夜深人静，凭窗望月，思潮起伏，心就飞回故乡，思念海一边的妻儿。

刘阿强记得离开马銮村家乡时，妻子才23岁，儿子4岁，抱养的童养媳才刚满周岁。父母垂垂欲老，自己又是独丁，没有兄弟姐妹，这一大家子要全靠妻子支撑，不知妻儿现在生活得怎么样？自己在台湾过上锦衣玉食、妻儿团聚的生活，家乡的状况他却一无所知；托新加坡、中国香港的老乡朋友打听也无音讯。多少个月夜，他仰空长叹，辗转反侧难眠，只把一腔心事化作一首首诗词。在家乡时，他就喜欢写诗作词，乡亲们都称他为“秀才”。这些年他写就了近百首诗，句句是血泪和成，有诗为证：

梦乡

几度春秋匆匆过
身在异乡叹奈何
望断秋水泪双垂
遥望海峡泣银河
白发慈亲今安在
梦牵魂萦系妻儿
幕天席地归乡梦
骨肉团圆入南柯

然而，诗只能寄托心声，却代替不了别离的现实。尤其年龄越大，生活越美好，就越思念故乡亲人。“故土难离呀！”这是刘阿强最常说的一句话。

也是苍天不负有心人，终于有一天，刘阿强收到一封从新加坡朋友转来的家乡来信。刘阿强大喜过望，忙颤抖着手拆开信封，一目十行地阅读了来信。信是从家乡台胞接待站转来的，信的内容正是寻找自己的。刘阿强激动之余，便动了回乡的念头。

心动不如行动。

终于，他下定决心，于20世纪80年代初借着前往新加坡谈业务之机，辗转香港返回大陆。一路上再三嘱咐所有接触过的老乡朋友暂时替他保密，不让台湾的妻子知道他返乡的消息。

二、会亲

一踏上故乡，刘阿强顾不了先找台胞接待站联系，就凭记忆找到了生他养他的马銮村。然而，他记忆中的家乡已面目一新。漫天飞瀑的风沙已不见，村前村后一排排挺拔的木麻黄环绕其中。泥泞的土路被沥青柏油路代之。破旧的房屋不见了，取代的是幢幢漂亮的楼房。再也找不到当年的影子和回家的路，他杵在村里的十字路口徘徊不定。

几个刚放学的小学生走过来，刘阿强忙招呼一声：“小朋友好！请问刘玉娟家怎么走？”

几个小学生你看我，我看你。一个稍大的女生问：“阿伯问的是小晴阿姨家吗？”阿强稍一愣神就反应过来：“对，就是刘小晴家。”刘小晴就是他离开时抱养的童养媳，小晴的名还是他给起的。

“我知道，阿伯跟我来吧。”

“好，乖乖！”刘阿强跟随几个小学生拐弯抹角地来到一座盖有3层楼的小楼前。大门开着，女生亮着嗓子喊：“小晴阿姨，你家来客人啦。”

一个花容月貌小媳妇模样的女人应声走出来：“哪来的客人？”

“是小晴吗？”阿强简直不敢相信，当年襁褓中的黄毛小丫头竟出落得这样靓丽可人。

“我是小晴。您老是……？”

“我是你爸爸呀！”刘阿强激动地说：“也难怪你不认识，我走时你才一周岁哪！”

“爸爸？”小晴稍一愣，立即意识到什么，忙朝屋里喊：“妈！妈，阿芳，你们快出来！”

“小晴，出什么事啦？大惊小怪的。”随着声音，从屋里走出一个50多岁的妇女和一个30岁左右岁的女子。

“妈，你看谁回来啦？”

“玉娟，是我呀，阿强！”阿强两眼发光，颤抖着说。

“啊！”刘玉娟一听阿强两字，血压腾的一下升高，头忽地眩晕起来，身子跟着晃了一下，身边的小晴阿芳忙扶住她。

“阿强！真的是你吗？”刘玉娟感觉又像在做梦，忙拧一下大腿，麻疼麻疼的，知道这次不是在做梦。

“是我呀！是我呀！”刘阿强说着跨前一步，想过去拥抱妻子。

玉娟却大喊：“站住！”

阿强一愣。

玉娟回头对小晴阿芳说：“快去抱一捆稻草过来。”

小晴阿芳明白，亲人离乡久远在外归来时都要跨火堆避邪。小晴阿芳忙应着去抱稻草。

阿强与玉娟四眼相对，千言万语都在眼神交汇中。

话休烦絮。跳过火堆，进到客厅，一家人抱成一团泣不成声。良久，玉娟才吩咐阿芳去做接风红糖荷包蛋米线。

吃过接风红糖荷包蛋米线，阿强才从妻子的哭泣诉说中得知父母双亲已在十年前过世，儿子小涛却在同童养媳小晴结婚的当天，因赶渔季被船桅倒下砸伤脑子，全身瘫痪痴呆成了残疾人。这些年一直是小晴不离不弃地照顾着。

“可怜的儿子！”阿强从提包里拎出一双锃光瓦亮的皮鞋说：“这是当年小涛交代要买的鞋子，想不到鞋子买回来了却用不上啦。”

趁着阿芳去收拾碗筷之际，阿强小声问玉娟：“阿芳是怎么回事？我记得我们没有女儿，只抱养了小晴呀！”

玉娟听问，白他一眼说：“还不是你造的孽呀？”

阿强丈二金刚摸不着头脑：“怎么回事？”

阿娟心头一酸，说了阿芳的来历：当年阿强年轻时风流倜傥，吟诗弄墨吸引了不少乡下女孩的眼球，也有几个喜欢吟诗作对的女孩成天围绕阿强转。阿强看中了教小学的老师喜凤，但喜凤的父亲嫌阿强家穷不许喜凤和阿强来往。阿强只好听从父母安排娶了玉娟，怎奈阿强对喜凤情真意切，藕断丝连，干柴烈火，联婚不成就陈仓暗度，珠胎暗结，喜凤父亲一怒之下就把女儿赶出家去。阿强被抓壮丁之日，正是喜凤被赶出家门之时。可怜喜凤孤苦伶仃地寄栖在破庙里，几个月后生下了阿芳。喜凤她娘心疼女儿，暗中多次接济。喜凤母女相依为命，苦挨了三年，终因哀伤过度一病不起。临终前只好把女儿阿芳托付给玉娟。玉娟又恨又怜，收养了这个苦命无辜的孩子，并帮着安葬了喜凤。

说到这里，玉娟泪如雨下，泣不成声。

阿强如梦初醒，“咚”的一声跪倒在地，痛不欲生地朝玉娟磕了三个头：“玉娟，我的贤妻啊，我阿强就是死一百次也难报答你的大恩大德呀！”

一旁的小晴也是泪珠涟涟，说：“阿爸，你知道这些年我妈是怎么过来的吗？”小晴强忍泪水诉说了一段苦难的生活。

自从阿强被抓丁后，玉娟觉得天塌地陷了，家中一对父母已过花甲之年，基本失去了劳动力。儿子小涛才4岁，童养媳小晴一周岁，后来又收养了阿芳，一家六口人，家里家外全靠玉娟一人拼死拼活地操劳。插秧收割、放牛喂猪、补网晒鱼、没日没夜地连着转，吃的却是地瓜就着腌萝卜。其他的农活苦活一人都可以干，最难的是给庄稼戽水灌溉。戽水的活是两个人拉着四条绳的戽桶，一边一人抻着戽的，玉娟一人没办法戽水，就想办法把扁担削尖插在另一端的地上，把绳子系在扁担上抻着戽。但由于扁担受力不稳经常被抽倒，玉娟只好一次次地来回插扁担。每逢这时她就想起阿强在的时光，夫妻两人一边戽水一边唱歌的情景，眼泪就止不住地和水一块流。有一首民谣最能描述当时的情景：

门前海水平波波，哪知人间有银河；

多少年来断七夕，何时鹊桥接阿哥？

干活再苦再累可以克服，有些事是想克服也克服不了。自从阿强被抓丁成了国民党兵后，他们家的成分就成了敌伪家属。刚解放那几年，顶着“黑五类”帽子的尚且难过，更别说顶着敌伪家属的帽子，那可不是人民内部矛盾，而是阶级矛盾、敌对矛盾。敌伪家属的身份一定，对被抓丁的家庭来说，无异于雪上加霜。后来多亏来了一位敢冒天下之大不韪的县领导，顶着随时都会被扣上阶级立场有问题的风险，把全县敌伪家属改成兵灾家属，政府时常给予关心，她们一家人才能挺过来活到现在。

阿强跪在地上边听边哭边磕头，口里一个劲地说：“对不住，对不住！”

玉娟心疼丈夫，扶他坐了起来，说：“这也不能全怪你。”说着拉过刚收拾完碗筷出来的阿芳说：“也亏这闺女和小晴，这些年都是姐妹俩帮我撑起这个家，可怜姐妹俩从小就跟着受苦受累。现在好了，阿芳也成家了，前几年招了个女婿，就住咱家，前几天出去打工没回来，改天叫他回来相认。”

“小晴呢？小晴就这样守着？”阿强盯着小晴问。

“可不是。”玉娟拉着小晴的手说：“还没圆房就守寡，劝她另择夫婿，可她就是放不下小涛。”

阿强怜爱地拉过小晴说：“以后小涛的事由我来安排，你的事也该有个着落。”

小晴脸一红说：“爸，我现在挺好的。”

“别说傻话”！阿强拍着小晴的手说：“我这次回来就不走了，我要对你们有个交代。”

玉娟心头一热，说：“可是台湾那边怎么办？难道30年啦你没重新成家？”

阿强脸有愧色地说：“不瞒你，成家了。但那边一儿一女都已长大，生活很富裕，不用我操心，从现在起我也该操心操心我们这个家啦。”

三、追夫

话分两头。且说刘阿强在台北的妻子陈叶子。叶子自从丈夫离开台湾去新加坡谈业务，就有一种不祥的预感。一般情况下，丈夫出门只带一些日用品和几万元费用，这次新加坡之行却一下子提走300万美金，也没听说要在新加坡投资和扩建项目啊。新加坡是有个建材厂，可那建材厂是10年前就建立的，效益也可观，用不着提这么一大笔资金前往。另外，丈夫外出从来没超过十天半个月的，可这次一走就是一个多月，且音信皆无。打电话到新加坡问，也都支支吾吾地回答说不知老板去向。会不会去香港？香港有个老板是台湾人，关系也挺铁。于是叶子又把电话打到香港，回答说阿强是来过香港，可半月前就走了，也不知下落。

这下叶子慌了。丈夫身带巨款，下落不明，难道遇到什么不测？

就在叶子一筹莫展正想报警寻人时，还是儿子刘志刚一句话提醒了她：“爸爸会不会去大陆？听说最近很多壮丁老乡都从香港转道大陆探亲。”

“肯定是！”叶子想起来了，难怪最近一段时间阿强老是偷听大陆电台广播，查看地图，原来他想抛下我们到大陆团圆啊！志刚说：“妈，要不我们也去大陆看看，我有阿爸老家的地址。”

“行！越快越好！”叶子一拍大腿站起来，心急火燎地窜出去。

就在阿强回老家一个月后的一个中午，阿强一家子正围着吃午饭，村主任领着叶子和志刚闯进家门。

阿强一见叶子和志刚，惊得张大嘴巴合不上：“叶子？志刚？你们怎么找来了？”

叶子不搭理阿强，却冲玉娟施了一礼：“是玉娟大姐吧？我是叶子，是阿强在台湾的妻子。”

玉娟一下子也懵啦，语无伦次地答说：“我是玉娟，叶子……阿妹，你……来啦？”

叶子很礼貌地又施一礼：“大姐，不速之客，冒昧来访，勿见怪呀！”

“妹子勿要多礼，一路受苦了。请坐，有事慢慢说”。玉娟不安地礼让着。

刘志刚趁机插嘴说：“爸，你也是，来大陆也不说一声，害得我妈差点报警寻人”。阿强尴尬地说：“对不住，对不住！”

叶子很机敏，扶住玉娟说：“大姐，这些年你们受苦啦，早就想过来看你们，只是两岸不通航，音信隔阻，现在政策松动一些，可以转道回大陆探亲啦。这不，我们母子就过来看大姐啦。”说着，从提包里取出一个首饰盒，盒里装有金戒指、金手镯、金项链。叶子一样一样取出来，又一样一样挂戴在玉娟项上，手上，边挂边说：“这是我做小妹的给大姐的见面礼。”

玉娟忙推说：“这不行，太贵重了，我受不起啊！”

“受得起，受得起”，叶子谦恭地说：“大姐替阿强养儿育女，伺候老人，恩同再造，这点东西不足报答大姐的恩情，往后我们就是姐妹了，有福同享，千万不要介意。”一旁的阿强见她们你推我让，说也不是，劝也不是，坐立不安起来。还是村主任打破了这尴尬的局面，说：“陈太太远道而来，一路风尘也累了，还是先休息一下，30多年的事一下子说不完，安顿下来再慢慢诉说。要不要我去订个宾馆，洗漱一下”。

玉娟忙摆手说：“不用不用，家里有现成的房屋，阿强和妹子睡二楼，志刚睡三楼，我们就睡一楼。”

叶子忙说：“那不行，大姐和阿强离别30年，好不容易团圆了，应当和阿强住在一起。”

玉娟推让说：“我一个人睡惯了，身边多一个人还真不习惯，还是妹妹和阿强一起住吧。”

叶子坚决不让：“大姐要是这样安排，我只好住宾馆去了。”

“别别”，玉娟难为情地说：“既然这样，要不妹子我们俩住一起，姐妹俩说话也方便。”

“这样最好，这样最好。”阿强拍手表示同意。

叶子和玉娟同时瞪他一眼，吓得他闭口退到一边。

四、选择

光阴似箭，转眼一个月过去了。

这一个月，一大家子过得一团和气。叶子和玉娟相处得亲如姐妹，志刚和小晴经过一个月的朝夕相处，彼此都有好感。大人们看在眼里，从心底都默认这是一对难觅的佳偶。于是，阿强提议让小晴和志刚成婚。小晴是抱养的童养媳，没有血缘关系，又没和小涛圆过房，还是个黄花闺女，不能两代人都无谓的守寡。志刚因事业羁绊，年近30也未成婚，正好是天生一对。只是小晴放不下残疾的小涛，叶子提议由她出资雇一个保姆看护小涛。小晴和志刚成婚后，可以两地往来探亲。

叶子的提议得到一致的许可，婚期就定在下个月，等办完手续，就两地分别举办婚礼，也算是海峡两岸的一段佳话。

最尴尬的还是阿强。虽说古人有云：夫有再娶之义，妇无二适之夫，可现实是两个妻子都是合法妻子，一个是苦等30年的原配妻子，一个是另娶的台湾妻子，抛弃哪个都于心不忍，情理难容。在大陆新婚姻法中，不管有天大的理由，还没有一条可以有一夫两妻的法律条文。

就玉娟而言，丈夫离别30年，苦苦支撑起这个家，好不容易盼回丈夫，一家子刚团圆两个月，百天不到就要再次守寡，说什么也心有不甘，女人再宽容大度，在这方面也有底线。这和发扬风格无关，却和骨肉亲情有连。

从叶子来说，最大理由是在台湾一大摊生意她一个女人不懂经营，儿子志刚羽翼未丰，承接不起规模庞大的集团管理能力。

这几天，叶子整天以泪洗面，苦苦哀求玉娟答应她提出的两个选择条件。一是玉娟一同赴台定居，名誉上就以大婆小姨相称，她愿意做小。二是阿强回台湾后分出一部分财产到大陆家乡投资企业，让小芳夫妇经营，所得利润供玉娟一家下半辈子生活无忧。阿强也可以时常往来探望。

玉娟思来想去，有心去台湾定居，免得再次守寡，可就是割舍不了故土和儿女，大半辈子都这样过来了，临老了还要背井离乡，有没有这个必要？何况赴台定居也不一定适应，为此迟疑不决。

最后还是阿强提出一个折中建议，让玉娟一同赴台，暂不办定居手续，到台湾生活一阵子试试，就当去远期旅游，如果适应再办定居手续。另外，无论玉娟是否适应台湾生活，是否返乡，他都要在家乡投资一家企业，以报答生他养他的故乡，他可以两地兼顾来往。

这条建议得到一致的许可。

玉娟经过几天的思考，答应可以去台湾观光一下，但不准备在台湾定居，她已习惯了现在的生活方式，现在的生活她觉得很满意，没必要老了还要背井离乡。

阿强和叶子见娟子主意拿定，只能叹了口气作罢！

接下来就抓紧做赴台观光的准备工作，至于玉娟赴台后是否适应台湾的生活，是否留在台湾，那都不重要了。

注：

1.根据孙英龙提供资料编写

2.文中提到的鞋子现陈列在铜砵“寡妇村”展馆

（作者简介：林贵福，中国作家协会会员、中国民间文艺家协会会员、东山县作家协会主席、东山县档案馆《跨越海峡的来信——闽台家书故事》编委会成员。叶启生，福建省书法家协会会员、漳州市书法家协会理事、东山县书法家协会副主席、东山县档案馆《跨越海峡的来信——闽台家书故事》编委会成员）

魂兮东岸，魄系故土

黄喜祖 / 文

这是中华民族曾经的一段血与泪的伤疤，也是闽南东山岛至今未曾抚平的一件骨肉分离之伤痛。故事，发生在20世纪50年代初期，此段被中外媒体喻之为“旷世悲情”的人间悲剧，尔今还在讲述着泣血的昨天与并非圆满的今天，充满期待的明天……

“这张照片，是我去台湾见我父亲时，从大陆老家特地请照相馆师傅拍摄带去的……”家住闽南东山县樟塘镇古港村，今年已是79岁高龄的张大桂指着那张黑白照片，眼眶一下子红红的。

这个由人间悲剧演绎出来的骨肉分离的悲情故事，就从这张已经泛黄的旧照片开始了它的叙说。此故事的生发、伤悲与哀疼，让我们感受到了，它宛如一个在心底里打上了千千结的悲情麻花。

一

故事的起因，源自于一场我国新旧社会改朝换代的年代。那是1950年5月初夏的一天。

一阵阵呼天抢地的哭喊声，弥漫在这个地处闽南东山岛西南面偏僻的靠海边村庄苍茫上空，村前那条长满青草的古道，数名被一群凶神恶煞的士兵以枪托驱赶的青壮年农民，被推推搡搡上了一辆破旧的车子。

那辆车，碾压着路边青青草木，载着这帮被称为“壮丁”的农家男子，就如此被数名荷枪实弹的国民党兵押解着。一阵浓烟冒起，这车子一路颠簸，呼哧呼哧地绝尘而去，而那些迎着弥漫的灰尘，牵着哭爹喊娘的黄口幼儿，跌跌撞撞的村妇，泪水与汗水交替打湿破旧衣裳，还是一直哭天抢地追着那远去的车子，跌倒了再爬起来，爬起来再追，再跌倒。

张大桂（右二）在大陆一家合影

那辆车子里头，就有我们故事的主人公张龙盛，当年就是一位已经为人夫是人父，正当血气方刚的青年庄稼汉，眼睛一直盯着那群悲伤欲绝的人群，因为那群撕心裂肺的村妇之中，就有他身怀六甲的妻子黄甘珠。

3天之后，东山岛老县城城关（现铜陵

镇，下同）南门湾。一艘国民党的炮舰停泊，一群衣衫褴褛的男人，就如一串鱼干，被一条绳子牵成一串，在明晃晃的刺刀与黑洞洞的枪口威逼之下，耷拉着头，上了那艘炮舰。

“他爸，记得写信回家啊……”人群之中一声凄厉的叫喊，随着海风的飘荡，传了过去。“回吧，照顾好自己和孩子，息场（闽南东山岛方言指农田），就给其他亲人去做吧……”一句万般无奈的话语，就着海浪的汹涌，推向海边沙滩。因为，此去何时归？问天，天难应，问地，地也难答。

随着那艘炮舰淹没于苍茫大海，举酸了的手，还在挥舞，流不尽的离别眼泪，肆意地顺着两腮汩汩而下。

这一去，人间岁月45载。

这一年，5岁的我不谙世事，母亲在凄风苦雨中度过。特别是降生到这世间还不到几个月就夭折的弟弟，更给母亲狠命一击。她仰头问苍天，苍天无语，她再低头叩询大地，只有这千年古港的海风，伴随着鸥鹭呜咽。说着，说着，张大桂的喉头哽咽，一会儿都说不出话来。因为，张大桂亲历了那场骨肉分离的不幸，遭遇过孤儿寡母的悲痛，经受了手足夭折的离殇，目睹着母亲由青春变老妪的苦楚。

歌词唱道：谁把牵挂，写在那日落的轮回？谁把那孤独的心揉碎，流下了眼泪？谁把那满天的星斗，数了多少回？这是当年无论南疆还是北国，那一代被抓兵去了台湾充当国民党炮灰人们的宿命，也是留守家中的亲人无尽思念的悲伤真实写照。这种携带着腥风血雨的变故，镌刻在历史的册页里，勒刻在人们无尽的哀思中，未能风干，也不可风干。

时隔两年，“一夜风云散，变幻了时空”。这座被国民党溃退台湾时，一下子抓壮丁近4000人而变得满目疮痍的闽南海岛东山县，终于迎来了新生，中国共产党，新中国人民政府，在这遗留的百废待兴的废墟上，带领百姓筚路蓝缕，创新业。

就张大桂的话说，他吃过的苦，比起母亲来说，那仅仅是九牛一毛，因为他知道，母亲不只是累在身子，而是苦在心里。张大桂慢慢地回忆道，在解放初直至他还未成年的那些年月里，老母亲起早贪黑与男人干一样的粗活。冬天里的古港村，北风从海面吹来，冷得就像刀刮一般，在农田做农活，母亲时常被冻得两手皲裂，渗出血汁，照样还是拼命做。家里没有吃的，母亲不得不下海去滩涂捞些海带、蚬螺等权当充饥。

那年，抱养大伯父家的姐姐分家单过，母亲一连数天偷偷地抹眼泪。她知道，大姐的这一分家，田地里的粗活重活，就没人做了，没了壮劳力，每年生产队里就没了年底的分红，还要欠一屁股债，一家三口就连“丁称仔”（指还未长成个的地瓜，下同），都填不饱肚子。正在小学校读书的张大桂，看见母亲不断地流眼泪，拉着母亲那双瘦得宛如死树皮一样干瘪的手，一下狠心说，老妈，我就不再读书了，我是男子汉，出来干农活吧？“傻孩子，你还小，妈妈是被风吹进沙子了……”说着不由自主地挽起袖子，擦了擦红红的双眼，掩饰道。

二

眼泪，是用来勾兑生活的伤悲，哭过累过，苦日子还要继续过。

有一回，张大桂从学堂放学，饿得慌的他，急匆匆地往家里赶。透过苍茫的夜色，张大桂看到，村口那条小巷道，母亲单薄瘦小的身影，他赶忙一路小跑。

“孩子，饿了吧，隔壁阿婆送来的烤番薯，你趁热吃。”迎了过来的母亲，从怀中拿出一个热乎乎的小番薯，赶紧递给我。“妈，你吃过了吗？”狼吞虎咽般地吃掉番薯后，张大桂才猛然想起来，问道。

正等你呢，看见你这么晚了还没有回家，估计是饿坏了，刚好阿婆送来，就趁热给你先填填肚子。当时，母亲的话，我半信半疑。因为我知道，早上出门上学时，母亲还是昨天半碗的“丁称仔”，就着咸蚬螺下咽的。

张大桂（左二）接受《跨越海峡的来信——闽台家书故事》编委采访

在这古港古道，夕阳斜照，一对母子，相拥而泣。

日影滑落树梢，岁月流过指缝。古港村张家的这户孤儿寡母人家，走过了20世纪五六十年代里“去台人员”的煎熬、艰难困苦的日子，蹚过70年代的非常时期，迎来了80年代的子孙满堂。

尽管时光荏苒，儿子长大成家，而这位守着“活寡”的村妇黄甘珠，用尽自己的一生，对着浅浅的海峡，去呼喊去挣扎去牵挂，可是等来等去，她等到的却是由青丝变成了白发，这其中的酸楚与苦辣，只有她一个人在心底里深深埋藏。

在我40岁那年，也就是1985年初夏，一封从香港转寄而来的信，终于让我们全家知道了父亲在台湾，还活着。这是一个大大的好消息啊！

父亲的这封信，很短，短得只有几句话。张大桂继续着他的叙说，我们《跨越海峡的来信——闽台家书故事》编委会的一众同事，专心致志地倾听与记录着他的语言，还不时地插话问询一些遗漏的细节。

从张龙盛的第一封“简短”家书的字里行间，我们没有看到他对妻子黄甘珠体贴温存的言语。也许，这位飘零异乡数十载的异客，那些留存于脑海中妻子的面容已经模糊了；也许，这位从旧中国走向他乡的男子，依旧恪守着那种传统的习惯，对妻子虽然怜爱，但却未能付诸笔端吧？也许，没有也许。

此时，张大桂特地交代他的大儿子，把他与祖父往来的那些“家书”拿出来让我们过目。

翻阅着这些封面已经泛黄的“家书”，我们难以想象，这海峡两岸的所谓“家书”，竟然是如此的“情长纸短”。在那些书信里，总有那么几句，家里一切如何？孩子都长大了吗？我还在台湾服役，如果两岸关系缓和允许来去自由，退役后，一定回老家……

互相的牵挂，融进了这信笺里，往来于这浅浅的海峡。尽管只是如此的只言片语，但毕竟知晓那位“冤家”还在人世，也不冤枉黄甘珠盼了半个世纪。

思念，总是无尽。每次嘱咐儿子回信，黄甘珠总要交代儿子：让你父亲别担心我，出门在外，孤身一人，千万珍重身子。拍张合照，让他高兴高兴，他也是儿孙满堂的有福之人了。这是情话么？是的，这就是蕴藏了数十载的思夫之情，融进了柴米油盐，化成了一份情意绵绵。

古港村的张龙盛还在台湾，也没有在台湾再婚，看来黄甘珠是个有福之人，苦熬了这么多年，丈夫还记挂着她。往后张龙盛一回来，一家人和和美美，多幸福啊！全村人都如此为他们祝愿。

现在咱家也盖上了新房，母亲身体健朗，只是一直牵挂着父亲你；儿子我有了仨男孩，我也有了一份稳定的工作，全家人生活得很好。托中国共产党的福啊……张大桂说，每次给他父亲回信，他都会把母亲如何如何地念叨着父亲，家中的一切安好，全都写进这书信之中，让这海峡鸿雁，带着问候，捎去一份顺遂与祝福。

三

日子，复制着美满，充满着希望。张大桂一家人心心念念，一旦其父回得了离别的家园，他一定会感叹，感叹新中国崛起的辉煌，感叹老家的日新月异，欣喜自个儿家中的幸福安康。

世事，从来古难全；天，总不那么遂人愿。一纸“家书”来至告知：张龙盛因脑血栓而瘫痪在床，不得不住进了台北的一家专门收治没有家属照顾的去台老兵的荣民医院治疗。

闻悉张龙盛病患在身，黄甘珠夜不能寐，她多次催促儿子，赶快办好去台手续，前往台湾服侍父亲于身边，尽一份人子之孝。

终于等到了行程如愿的那一天。1989年6月11日张大桂到达台北。与他5岁就离乡几十年的父亲，如何相认？张大桂在头脑中如过电影般，想了诸多的版本，一到医院，父亲躺在病床上；见到的是，一名已是无法独立行动的衰衰老人。

“你是老大，还是老二？”病床前，记忆还是很清晰的张龙盛，拉着儿子张大桂的手问。此时的张大桂觉得可以确认了：这已是老态龙钟的老汉就是他日思夜想的父亲无疑！因为这位老者，还能够清楚说出，我当年被抓兵时，你母亲还怀着胎儿。

白天推着轮椅出来，让父亲看看花草树木盛开，呼吸新鲜空气；一有闲暇就帮助父亲揉揉由于常年卧床已造成萎缩的肌肉与筋骨；有时还特地说说母亲几十年来的艰难与苦痛，讲述家里如今的翻天覆地的种种变化。

“有机会，你再陪母亲一起来台湾，她太苦了，我亏欠她的太多太多了。”听着儿子的诉说，张龙盛不免流下了两行老泪，向儿子表达自己的意愿。

“儿子啊，当年我被抓兵，首先来到的金门岛，一驻就是20多年。与大陆的厦门仅仅是一苇之遥，但却无法跨越半步。”有时，父子俩坐下来说说话，张龙盛便会说起以往的些许经历。厦门与金门炮战时，父亲正好驻防在金门，可是当国民党兵将火炮一拉出防空洞时，一阵阵猛烈的炮火，就会不偏不倚铺天盖地从天而降，仿佛共产党那大炮长了眼睛似的。他们阵地上那是一片哭爹喊娘，哀嚎不断。在转述父亲的话语之时，张大桂说得有声有色，值得庆幸的是，其父亲躲过了那些长了眼睛的炮弹，调往台湾本岛。

两个月太短，张大桂只得辞别正需要儿子照顾的老父亲，返回东山岛。

虽然书信如常往来，毕竟仅是纸张上的墨水，岂能与服侍身边相比？正当张大桂想着再度跨越海峡去台湾时，由于台湾当局的风云变幻，一直无法成行。1990年11月张龙盛在台北过世，享年71岁；走时，连一个亲人在身边尽孝都没有；至亡故，他也没能够如愿以偿踏进曾经的故乡家门。

在古港村，闻知张龙盛作古，黄甘珠一下子神情呆滞，原本盼望着有朝一日，能与夫君团圆，可是等来的是阴阳相隔。无奈，古港村的张家，只能以一炷清香，隔海祭拜。之后，黄甘珠像似变了个人，整日里少言寡语，呆呆地坐着，有时还不禁泪水潸然。不是吗？正当盼来可以团圆之日，丈夫却永远离她而去。黄甘珠，这位农妇，把一生对丈夫的牵挂，写在日月的轮回，却等来了这无尽的伤悲，怎不让她夜寒人憔悴。这不是人间悲哀么？

为了解除母亲心头的那份郁结，张大桂一回家就与她讲贴心与安慰的话，尽管这话对母亲来说，显得苍白。不得不抱来大儿子的女儿，陪着太奶奶撒娇，逗太奶奶开心。也许是时光荏苒，也许是曾孙女的乖巧，慢慢地，这些年来，母亲也逐渐想开了。她说，那是你父亲没有福分，怪不得别人哦。话虽如此，但此后的黄甘珠，越发衰老得快，就像要快步追赶，追赶着丈夫的那远去的脚步一般。

2023年7月25日，黄甘珠，这位曾经是古港村的“最后一位活寡妇”，走完了百岁的人生坎坷旅途，却永远未能与几十年谨记于怀的丈夫，二度梅开。张大桂润湿着眼眶幽幽地叙说，母亲去世之后，他特意买了一块双旷墓地，等到能够再去台湾，一定把父亲的骨灰接回老家，与母亲同个陵寝安葬，让他们夫妻俩在阴间再度“团圆”。

我们《跨越海峡的来信——闽台家书故事》编委会几位同行采访张大桂一家的当天，虽然是小寒季节，但是，那天的东山岛似乎得到了特殊的关照，阳光灿烂，温婉如春。这不正就是预示着龙年的春光在枝头孕育着吗？不错，龙腾龘龘，华夏腾飞！

是谁，把家人背井离乡的思念，化作啼血的杜鹃？有谁，能够若精卫一样填海，将海峡人为的鸿沟填平？我想，台湾回归祖国怀抱，是中华民族的共同心愿，谁能阻挡？也不能阻挡！

阿嫲的等待

作者：阿才

春来秋去　思念远远
花开花落　空留断梦
离别的泪已干
无眠的夜太长
苍老了青春
模糊了背影
用一生　我在默默地等
等风雨有过清澈的你
等沧桑归来少年的你

雁叫声声　几度清秋
月圆月缺　往事悠悠
曾经的爱刻骨
许下的愿铭心
零落了年华
锈迹了容颜
用一生　我在痴痴地等
等岁月蹉跎不老的你
等归来太迟鬓霜的你

（作者简介：黄喜祖，福建省作协会员、中国散文学会会员、《中国纪检监察报》特约撰稿人、东山县档案馆《跨越海峡的来信——闽台家书故事》编委会成员。朱添财，笔名阿才，东山县融媒体中心副主任）

魂 兮 归 来

—— 一个游子魂归故里的故事

许培斌 / 文

一架从澎湖马公机场起飞的台湾立荣航空班机飞越海峡，缓缓降落在金门尚义机场。最后一个走下舷梯的是一个满头白发的古稀老人，他双手捧着盖有红绸缎的骨灰盒，脸色凝重，径直搭乘机场游览车来到金门水头码头，登上去厦门的轮船。半个小时后到达五通码头，老人舒缓了一口气，老泪纵横呼喊着憋了70年的一句话："爸爸，咱们到家了！咱们回东山了！"

这是一个游子魂归故里的故事，一个旷世的人间悲剧故事。故事的主人公叫颜罗国，福建东山县铜陵镇顶街人，生于1905年正月。因皮肤黝黑，人称"乌番"，长大后成了一名水手，抗战时期受聘于铜陵义和商户，任"建成"号货轮船长。由于战乱和国民党政府的腐败，"金圆券"大幅贬值，物价飞涨，民不聊生。颜罗国虽然当上船长，但所领薪金竟养不活一家老小。颜罗国的多数子女，有的夭折，有的饿死，有的送人当童养媳，只剩下一男定照、一女哑姐。

1949年末，国民党兵败如山倒，一路溃退至东山。铜陵南门湾海滩挤满国民党政府官员和洪伟达“再生部队”的官兵、家眷，一个个像无头苍蝇一样争相押着抓来的壮丁，挤进几艘登陆舰逃窜台湾。

剩余的散兵游勇则四处强征民船，掳掠民夫，登船逃亡。

这一天，“建成”号货轮刚从外洋返回东山澳雅头港卸货，船长颜罗国见眼前乱成一锅粥，想调转船头急急离港，但已经来不及了。一群国民党兵蜂拥而上，强迫颜罗国及船员把船开到南门湾，强征“建成”轮运载国民党兵开往台湾。闻信赶来的妻子朱阿枝牵着6岁的儿子定照，望着远去的轮船，叫天天不应，叫地地不灵，泣不成声。谁知道，这一别竟成永诀！

话说被劫持的“建成”轮在国民党军的胁迫下，一路向东横跨台湾海峡，当天到达高雄港。颜罗国满以为轮船抵港后即可放他们回大陆，但他们却被押上岸，关进营房，不准外出。后来，“建成”轮被改造为“福华”轮，作为往来于高雄、澎湖的军用交通船，颜罗国及其他船员随船充当船夫。

1950年，东山岛解放。从此两岸对峙，骨肉分离。几年后，“福华”轮由军用转为民运，颜罗国受聘当船长。虽脱离兵营苦海，但颜罗国在台湾举目无亲，孤身一人，日思夜想早日回乡与妻儿团聚，无奈海峡阻隔，望洋兴叹，只得寄人篱下，隐居高雄市旗津区。颜罗国平时省吃俭用，曾于20世纪60年代初，托人经中国香港汇款回家，但颜罗国始终未知这笔款的下落，从此不再汇款到大陆。

此间，“福华”轮经常停泊澎湖马公港。澎湖在清代是铜山班兵驻防之地，许多铜山籍班兵退役后在当地娶妻繁衍后代，澎湖慢慢成为铜山人集居地。澎湖距东山岛较近，晚清有许多东山商人迁徙入住。家住澎湖县马公市仁爱路的沈定钦便是东山人的后裔。颜罗国船泊马公港时，偶遇沈定钦，沈得知颜罗国也是东山人，便热情邀请颜罗国到家做客。后来，颜罗国每到澎湖，必到沈定钦家泡茶，谈天说地，诉说衷肠，渐渐成了莫逆之交。沈定钦在马公经营一家“大众书局”（书店），1966年颜罗国退休之后，索性从高雄搬到澎湖马公帮沈定钦料理大众书店，并在书店住下，与沈家亲如一家。光阴荏苒，颜罗国在马公一住十年，其间受到沈定钦一家多方照顾，渐入古稀。此前，沈定钦曾劝颜罗国说：“你一不抽烟喝酒，二不买房置业，积攒那么多钱有何用？倒不如在澎湖找一个老伴成家，相依为命。”颜罗国婉言谢

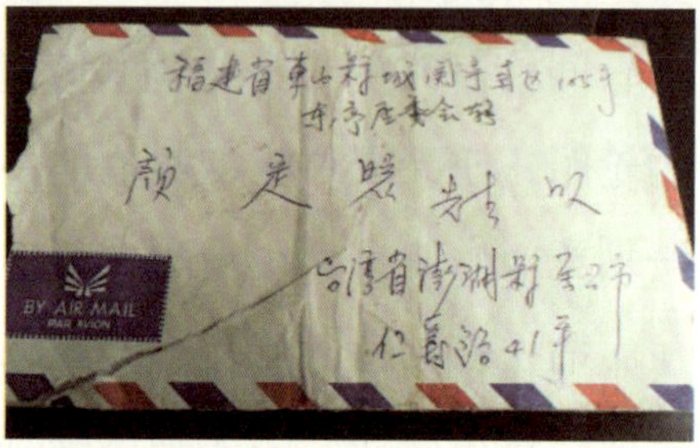

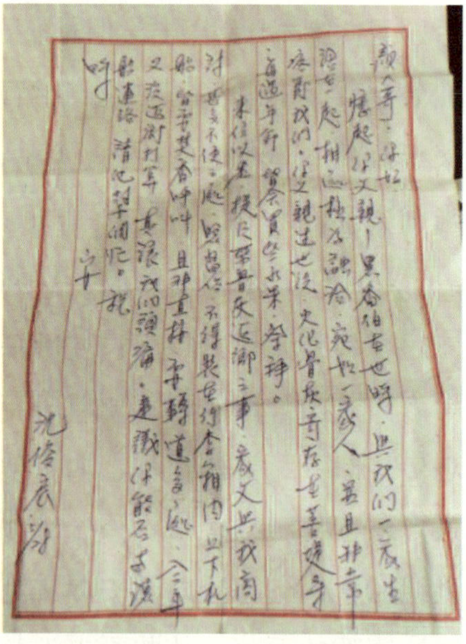

颜定照的闽台家书

绝，坚信等待有朝一日时局变暖，回大陆与家人团聚。

1976年，颜罗国病危。临终前交代老友沈定钦：“我生不能回大陆，死也要魂归故里。我死后，你一定要设法去一趟东山老家，把我的骨灰，还有我几十年来积攒的一点存款连同这个红袋子，交给我的妻儿。”这一年农历五月廿七日，颜罗国含恨辞世，终年71岁。

沈定钦按照颜罗国的意愿，将骨灰寄存澎湖马公菩提寺，把遗物、存款妥善保管。每逢年节、忌日，沈定钦都要备办果品到菩提寺祭拜，年复一年，十几年来从不间断。然而，让他挂碍的是，自己年事已高，在他有生之年帮颜罗国魂归故里的夙愿没能得偿。有一天，老人把小儿子沈景华叫到床前说明了乌番伯临终所嘱说：“现在，我已是风中残烛，两岸尚不通航，恐未能如愿，只好把这件事托付给你了，至切。”

沈景华生意繁忙，加之当时两岸尚未开放“三通”，父亲交代之事一拖又是几年。1983年冬天，沈景华在台南机场碰到堂兄沈景色，沈景色说，新加坡朋友转告他：母亲病危，他想回一趟东山。朋友还教给他一个回大陆的办法：以新加坡探亲为名，借道香港过深圳，求大陆“对台办”帮助即可回东山。沈景华得知堂兄近日成行，遂将父亲交代之事央他帮忙，沈景色说：“乌番伯交代之事，我们晚辈理当努力。只是这次瞒着当局偷偷成行，携带骨灰恐有不便，还是先带乌番伯的遗物回去为妥。”于是，沈景色辗转他国顺利回到东山探望母亲。在东山对台办的帮助下，找到颜罗国顶街喇叭巷的老家。想不到颜罗国的妻子朱阿枝已于1983年初逝世，沈景色便把乌番伯客死他乡的噩耗告诉他的家人，并把乌番伯的遗物（红袋子）及一张写有乌番伯逝世日期、骨灰寄存地址的红纸条当面交给他的儿子颜定照，红袋子里珍藏的是乌番伯生前一只金戒指和一只手表。颜定照如五雷轰顶，苦苦等待几十年，等来的却是这样的悲惨结局！

沈景色回澎湖后，将这次大陆之行情况一一向叔父做了禀报，沈定钦交代儿子景华："乌番伯的心愿也是我的心愿，现在只了结一半。今后不管我有没有在世，你都要替我把这件事做好，以了却乌番伯魂归故里的夙愿。"

且说颜罗国1949年被抓去台，一去杳无音信，生死未卜。妻子朱阿枝天天以泪洗面，含辛茹苦养育子女成人。20世纪60年代初，突然接到一张790港元的汇款单（按当时汇率折人民币141.90元），原来是颜罗国托朋友从香港汇出的。朱阿枝从汇款单中得知丈夫去台后平安，并在高雄行船，一时喜出望外，十几年离别之心暂得宽慰，但之后再也没有丈夫的音信。每逢过节倍思亲人，照例备上一副碗筷，夹鱼夹肉，视同丈夫在家。她哪里知道，丈夫已于1976年离开人世！朱阿枝日思月盼，望穿双眼，始终没能等来离别多年的丈夫。1983年初，朱阿枝也忧郁而死。据她儿子叙说，母亲是睁大双眼离开人世的，死不瞑目啊。儿子双脚跪地，不停为母亲按摩双眼，含着眼泪向母亲发誓："无论多么艰难险阻，儿子一定要把父亲的骨灰迁回故里。请妈妈不要挂碍，放心去吧！"说也奇怪，母亲真的合上双眼，安详离世。这是一出惨绝人寰的人间悲剧，着实令人嗟叹！

让父亲魂归故里，一直是颜定照一块心病，但颜定照心有余而力不足，只能日夜以泪洗面。不久，海峡两岸开放通信，颜定照立即去信澎湖，央托沈定钦帮助。沈定钦接信后叫大儿子景宏回信："……大哥提及带骨灰返乡之事，家父与我商讨，照习俗不得装在行李箱内，上下机船，皆要焚香呼叫，且非直接，要转多处，甚多不便之处。"此事只好暂搁。沈定钦没能完成这桩心愿，终因突发心脏病于1990年离开人世。

2014年，澎湖成立"东山同乡会"，沈景色当选理事，有幸组团到东山参加"关帝文化节"。此间，沈景色抽空到颜罗国故居寻访颜老伯的家人。时隔31年，颜定照已经改为高姓并迁居他处，沈景色没能找到颜老伯家人。临走时再三交代亲人代寻，均无消息。

2018年清明节，82岁高龄的沈景色携女儿回乡扫墓。老人再次寻找颜老伯的亲属，先来顶街社区，访问邻居老者，查阅颜氏族谱，后到铜陵派出所，查找户口底册。半个月过去，一无所获。派出所户籍员告诉沈景色，他们管理的是解放后的户口，解放前去台的人员档案可能在对台办。沈景色抱着一丝希望，来到东山对台办。对台办黄全福副主任协助老人查阅档案，确认有一名叫颜罗国、小名乌番的人，于1949年被抓去台，至今已69年，家人曾在铜亭居住。黄副主任见沈景色已是82岁高龄老人，仍不遗余力为老朋友奔波，十分感动。他让老人先回旅馆歇息，等候消息。负责此事的许定国是个“老对台”，他在铜亭社区找到一个老户籍管理员，她认识颜罗国的儿子叫高定照，听说已搬到铜砵村居住。许定国立即赶往铜砵村，不巧高定照外出，没接电话。几经周折，终于通过儿子颜镇权电话联系到高定照，要他立即到对台办见一个台胞。高定照喜出望外，在对台办见到阔别31年的沈景色。两位老人相见恨晚，紧紧握手，千言万语，喜极而泣。沈景色当面交给高定照1.5万元人民币。原来，沈景色来东山前，堂弟沈景华遵照父亲的嘱托，把颜罗国的存款兑换成人民币委托沈景色交给乌番伯的儿子。这笔存款，沈定钦一诺千金，竟为颜罗国代为保管整整42年！沈景色要求高定照写下一张收条，他要在回台后交给沈景华，然后在沈定钦的灵前焚化，告诉家伯：他生前未了的另一半夙愿已经全部了结！

在对台办，沈景色直接打电话给澎湖的堂弟沈景宏报告佳音，同时要他先到菩提寺寻找乌番伯的骨灰盒。当天，沈景宏赶到菩提寺，但住持查阅了名单，并无此人。原来，自从沈定钦去世后，景宏、景华忙于生意，已十多年没有到寺庙祭拜，寺庙以无主骨灰将之清理出祭坛。也许是亡灵造化，第二天，住持再次仔细寻找，竟在边角地上找出八个无主骨灰盒，盒上的字迹、遗像均模糊难辨，要求等乌番伯的儿子前来辨认。

高定照父子在东山对台办、澎湖东山同乡会帮助下，办理了去台手续。6月23日，高定照携儿子颜镇权，带着颜罗国遗留的唯一一张年轻时的相片，带着满满的希望到达澎湖。

第二天，景宏、景色及东山同乡会的亲人，带着高定照父子来到马公菩提寺认领骨灰，在八个无主骨灰盒中，发现一个依稀可见“福建、东山、颜、五月二十七日卯时”等断断续续字样的骨灰盒，镶在盒上的遗像已经泛黄。孙子颜镇权用手拨开灰尘，一眼认出从未谋面的爷爷遗像！同乡会的亲人异口同声说：“乌番伯的遗像与儿子高定照如同一个‘红龟印’印出来的，太像了，何须核对！”

高定照顺利领回父亲的骨灰盒后入住旅馆，当晚高定照做了一个梦，梦见父亲满面笑容地对他说，我在书店还有一个皮箱，不要忘记带回家。第二天，高定照把夜梦当成笑谈，谁知景宏却把梦当真，立即跑到书店五楼探寻，这里曾是乌番伯的寝室，乌番伯逝世后，44年鲜有人住，景宏在阁楼上果然发现一个皮箱！顿时满身起了鸡皮疙瘩。急忙叫来众人，打开箱子一看，满满一箱衣服，最上面还珍藏着一张生前朋友婚宴的请帖。众人惊呼：“乌番伯显灵了！”

高定照父子无暇游览澎湖风景，归心似箭，拜别澎湖众乡亲，手捧先父的骨灰盒，登上回家的班机。因此就有了本文开头叙述的那一幕。

先父魂兮归来，高定照如愿以偿，了却一生夙愿，他要感恩沈定钦一家两代人，感恩澎湖东山同乡会，更要感恩东山对台办。近日，高定照特别制作一面锦旗来到东山对台办，锦旗上写着“感恩台办搭桥，家父魂归故里”。

（作者简介：许培斌，东山县政协文史员、东山县原环保局局长）

风，从海峡来……

黄喜祖 / 文

引言：此处，曾经风萧马嘶是一处古渡，曰陈平渡；这里，蜿蜒盘旋着极为神奇的一道海湾，乃八尺门；而今，古村是林姓开枝散叶一大村庄，为后林村。故事，就发生在这个古村落的芸芸众生中，一个家庭的伤心别离。请看——

一张胶卷年代的黑白照片，还可以阅读出历经风霜雨雪的你；一沓寄自海峡东岸的厚厚家书，分明沾满了万般无奈亲情的泪；一声呼唤娘亲的梦醒时分，却只闻得盼归的子规带血啼。

这是癸卯年初秋，我们编委会几位同行，来到闽南东山县杏陈镇后林村去台人员家属林周青老人家中采访之时，这位身体健硕、记忆清晰、思路敏捷的老人，为我们一一回忆起他大哥林桂青，那段还不算太遥远的人生经历。

林周青老人的讲述，引发了大家一番的好奇与不懈的追问与追寻，于是这一带着骨肉离散、手足分别、亲情隔绝的风，好似从海峡两岸来回吹拂，那失落与伤悲的情状，仿佛挂满了无奈、苦涩与悲情的“蓝眼泪”；也宛若一只盛满了思念、挂怀与失落，却犹如一直在风中飘荡的“空

林桂青（前排右一）在台儿子婚礼时合影

杯子”……

民国二十三年（1934年），家住这处曾经是开漳圣王陈元光渡过八尺门海峡，而开发海岛东山的后林村，这一家子的大哥，年仅18岁的林桂青，刚从云霄念完中学，深明事理又毕业于集美师范且在当地担任后林小学校长的老爹林锡禧老先生认为，男子汉应从军。目的是，烽火连天，男儿应以报效国家为重。

为父之言不可忤逆，作为长子的林桂青，当兵去了，考入了当时的国民党军队当上一名宪兵。三年后，国民党兵败如山倒，林桂青不得不再次返乡归家。去上海、往外埠、再回家，兜兜转转好几年。1948年初，林桂青经人介绍，前往台湾与他人合伙经商，不曾料想，生意场并非如意场，生意失败，灰头土脸的林桂青，1949年返回后林村。

此时，与东山岛仅隔着一道八尺门海湾的云霄县已经解放，成为“劳苦大众”当家做主人的一片新天地。一心想到外面闯世界的林桂青，从“解放”一词看到了一抹亮色，一份希冀。他不顾家父阻拦和家人反对，毅然决然采取了“跨海行动”，与一名当地的老乡，偷偷雇了一艘小船，由东山岛的此岸“偷渡”到了云霄县的彼岸。

到此新天地，林桂青看到了中国共产党人领导下的解放区的天，是一方百姓和乐的净土，是夜不闭户路不拾遗的世界，是朗朗乾坤一片。如此之翻天覆地崭新世界，给林桂青这名遭遇丰富的“热血青年”，带来了不可言状的惊诧与惊喜，经人介绍，他接触到了当时云霄县政府县长张大目。

林桂青夫人吴雪娇女士（右一）经常往返海峡两岸

张县长看到这位后生既年轻力壮又有文化功底还曾经有过当兵的经历，极为喜欢。经党组织的严格审核与考察之后，张大目县长就将林桂青留在自己的身边。林桂青就此加入了革命队伍，并在不长的时间里，先后解救了好几位被误认为是“盗贼”的东山人。

就像人生没有太多的“如果”与“但是”那样，1949年的九月初九重阳节，好久没有回家探视家人的林桂青，经领导批准，偷偷潜回老家，给父母过一个团圆节日。不曾想，消息走漏，一下子一伙国民党兵将其家团团围住，将林桂青及后林村的十来位乡亲，一起抓住，押送到当时的东山县城所在地东山城关，关押了起来。

从举报人得知林桂青在云霄县参加了“赤匪”这个信息，时任的国民党官员，如获至宝，妄图能从林桂青的口中获得对岸“赤匪”有哪些军事部署、人员配备等机密情报。于是，用尽手段，对林桂青施以严刑拷打。那伙凶残的家伙，使用铁线捆住了十指，塞入子弹刑罚，严刑逼供，十指连心，钻心的疼；再不交代，就使用赤土水灌进嘴里……一天，两天，三天，连续好几个月，一切的酷刑手段都用尽，林桂青就是不吐任何参加共产党的“是与否”半个字。

那些目睹了林桂青被万般手段折磨得遍体鳞伤的乡亲们，万幸之中回到家里时，一说起这件事，不免泪眼婆娑，感叹不已；而对林家父母来说，那又是怎样的哀伤呢？但对于我们这些后来再次聆听故事的人来说，林桂青的年轻时代，却是如他的弟弟林周青所说的那样，人生的履历，写满

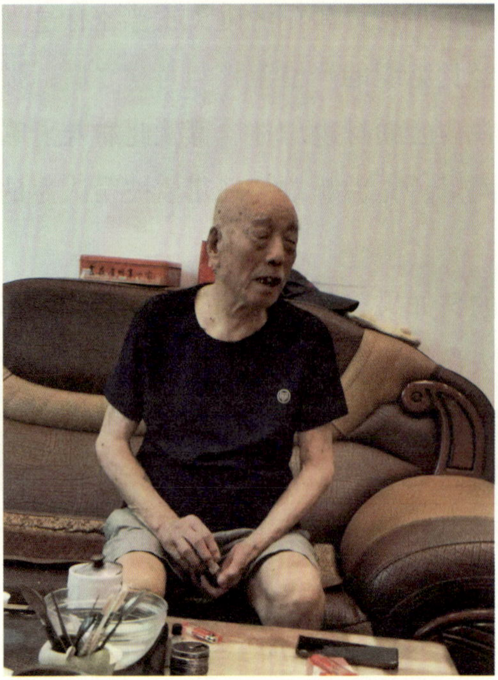
耄耋老人林周青先生

了“曲折”二字。

“一夜风云散，变幻了时空。”转眼来到1950年春，人民解放军大兵压境，东山岛内的国民党政府和那些惶惶不可终日的官员以及那些留守海岛的国民党军队残部，知道大势已去，正在收拾家当，做好撤往台湾的一切准备。

恰好，此时，被林桂青这名宁死不屈青年人那种热血志气所感慨，一位国民党驻军姓夏的连长，利用看守之便劝导林桂青：“家，你是回不了啦，现在东山岛四处都在抓兵，像你这样的年轻力壮者，出去肯定再被抓为壮丁。倒不如跟我一道，当兵，去台湾。”看着回家之路被堵死，当国民党兵，也许还是一条出路。林桂青在别无选择之时，狠下一条心，再当兵，去台湾。

这看似死里逃生的经历，却无形之中开启了骨肉分离的不幸。就此，一道浅浅的海峡，隔绝了数十年：父母在这头，林桂青在那头。

谁的眼泪，在风中流淌；浪的呜咽，在海空间翻滚。这人为的阻隔，持续了半个多世纪。祖国大陆人民当家作主，而在台湾的林桂青，究竟何如?

我们继续问询，林周青也慢慢地叙述，其大哥林桂青在台湾那段颇具传奇色彩的经历，曲折之中还带着一份人生的遗憾。

去了台湾，虽然在台湾军方曾经任过相应的职务，但那种在大陆之时尚有沾着“红”字号的林桂青，不久便被“边沿化”，转任台湾云林县的兵役科科长。这在当时的台岛上“宁可错杀三千，也不放过一个”，那种对待共产党在国民党内部渗透的多次“清党”当口，林桂青如何能够躲过历次国民党对潜伏在台湾内部的“赤色分子”血雨腥风般的“清洗”？“曾经到过解放区”的那段经历，没有“出破”并能独善其身，还保有相应的职务，这是他机智的结果，还是纯属“漏网之鱼”，抑或是……我们不得而知。加之，当时两岸信息闭塞，信息档案的秘密性，其家属的三缄其口，为此我们基本无法知晓林桂青在台湾是否还存留着“赤色”身份。这也许是一份以后可能解开的秘密吧。

林桂青依然念念不忘在大陆老家，如今已是年迈的父母双亲，究竟身体如何，生活过得可好?他，时常倚窗凝望，海峡之间那轮亏了再满，落下去又升起来的明月；他，有时睡梦惊醒，何时彩云归，哪时再得见家中父母与手足?长年累月的思念故乡，一年一年老去父母与弟弟妹妹情况，使得林桂青身心俱疲，人也逐渐显得憔悴。虽然在台湾，林桂青是既有职位，家中又儿女聪慧，太太贤良，但是宛若歌词唱道：笑中也有泪，乐中也有哀……此中滋味，谁能解得开？

每每见此，林桂青的太太吴雪娇，这位贤良妻子心痛之余，总是一番又一番的劝慰，千方百计通过各种渠道打听，能否可以经过哪个国家“借道”与大陆的老家通音信？

时局瞬间，风云变幻。直至20世纪的80年代末，一封从新加坡林献珍批局辗转几个月才姗姗来迟的“家书”，让林桂青的父母又惊又喜，泪沾衣襟。林家人得知，林桂青还在台湾并在国民党军队担任一定的要职。信中，林桂青请求托信人给父母转个口信，让他的父母转道香港，他可以派人接她去台湾，以便侍奉二老。但二老不想过着“脚踏他人地”的生活，觉得还是家乡的热土舒坦，此事搁浅不谈。三四十年前，林桂青54岁，在兵役科科长任上患癌症在台北去世。林周青回忆起其大哥的早逝，不免扼腕叹息。

新中国的华夏大地，虽然不免经历过解放初期国民党败退台湾之时遗留下来的千疮百孔，但也越过了一穷二白的关山重重，趟过自力更生的艰辛沼泽，走进奋进新时代的繁荣富强。在那两岸关系尚处于“蜜月期”，吴雪娇为了圆丈夫请父母到台湾侍奉之梦，特地接其婆婆小住一年，以尽儿媳之孝。

当时，大陆与台湾，虽然还处于“阻断”与“相望”非常时段，但是，为了给林桂青曾经的大陆“赤色身份”有一个交代，吴雪娇经多次往返海峡两岸，历经多番努力，终于给亡夫在大陆曾经的“红色”经历，有了一个较为妥当的说法。往后林家的手足情深，来来往往，直到其嫂子于2023年农历三月廿四日，96岁高寿谢世。林家二弟林周青如此叙说道。

屋檐秋雨点点滴，尽如游子思乡泪；岸边惊涛阵阵鸣，恰似娘亲盼儿归。后林村这户林家的这番“风，从海峡来”故事，那骨肉情深的缘分，还在继续着昨日的过往、今天的深情与明天的希冀……

（作者简介：黄喜祖，福建省作协会员、中国散文学会会员、《中国纪检监察报》特约撰稿人。东山县档案馆《跨越海峡的来信——闽台家书故事》编委会成员）

寡妇村“寡妇”之悲惨命运

——国民党大陆抓壮丁亲历者

沈添木　沈福山／文

1950年，国民党残余部队从东山岛败退台湾时，先后3次从当年只有8万多人口的东山抓走4792名东山青壮年。其中，在仅有289户的铜砵村，一夜之间就抓走147名壮丁，这场灾难让原本安静的铜砵村开始了漫长的守望，铜砵村也因此多了一个饱含辛酸的名字“寡妇村”，留下91位“守活寡”的女人。

“妻在海峡西，夫在海峡东，日日盼夫不见夫，共望海峡水。”这曲曾经在东山民间流传一时的歌谣，述说了封锁了38年、两岸隔绝中东山多少分离、夫妻漫长的守望，充满着悲凉与凄楚。

这些寡妇命运有三：一是夫妻一别一世、成为永别之悲惨命运。二是丈夫一夫两妻、二次离别之人间悲惨命运。三是丈夫叶落归根、共享天伦之命运。

夫妻一别一世　成为永别之悲惨命运

这里有两种情况：一是丈夫魂归他乡、成为永别之命运；另一种就是丈夫回家探亲、定居，妻子已是撒手人寰之悲惨命运。

林云，丈夫谢文离家时，留下了五个儿子（最小的儿子在母亲的肚子里才两个半月）。几十年来，她含辛茹苦把儿子养大成人。不愁吃不愁穿的她，什么都不想，只想活着时能见丈夫一面。当她听说台湾老兵可以回家探亲时，她几乎天天倚着家门，盼丈夫能在门前出现。有一天，她最怕的事情终于发生了，一位从台湾回来的亲人给她带来一封信，信上告诉她的丈夫在台死亡的日期。噩耗传来，老阿婆受到严重的刺激，接受不了残酷的现实，一时昏了过去。

老阿婆从此神癫癫的。在一天的半夜里，她不声不响地死在自家老屋前那个曾经为丈夫洗过衣服的浅浅池塘里，直到太阳出来时才被人发现。这时候，也许她在阴间已经找到丈夫，当面告诉他，为了他她没改嫁……

谢素娥，丈夫叫林大鼻。丈夫每一次来信总是重复地说：行动不便，再等机会。后来才知道，丈夫患了癫痫病，怕途中发作，不敢动身。1994年，他没留下任何遗言而客死台湾。在台乡亲为他处理后事，然后骨灰盒几经辗转托人带回故里，按照家乡的风俗为他举行葬礼，厚葬于公墓区。墓碑上并排刻着丈夫和妻子的名字，妻子的名字用红漆描上，属龙凤葬。先埋下丈夫的骨灰，留个位置给自己，日后死了再埋。

还有第二种情况，就是像去台老兵回来定居，无疑是孤独的。因为，他们的妻子已等不到他们的归来，已是撒手人寰……

寡妇村“寡妇”如林云、谢素娥等老阿婆，“夜深有梦难相见、两眼流泪到天明”“生无同家住，死却同墓居”这样的爱情悲剧是凄美的。真是夫妻一别一世、成为永别之悲惨命运。

丈夫一夫两妻　二次离别之人间悲惨命运

1986年农历三月二十三日，去台老兵黄韵奇带着台湾妻子朱太太回家来看望大陆的妻子林招玉，丈夫为了方便照顾大陆妻子，黄韵奇为大陆妻子申请去台定居。1990年3月12日，林招玉去台，成了东山县第一个也是唯一的一个去台湾定居的妻子。不过，3个多月后，因在台湾生活不习惯林招玉回家了，成了有台湾户口的东山人。林招玉回家不久，丈夫因病死在台湾，由于是“非典”时期，林太太和儿子没能去台湾奔丧。几乎同一天，两岸两个家庭都设灵堂，都在为黄韵奇举行悼念活动，只不过大陆家中的一切摆布都是虚设的。

1988年农历七月初六（隔天就是“七夕”）这一天，在台湾成家立业的三名老兵带着台湾的妻子回家探亲，三个家庭演绎了“一国两制”“一夫两妻”共庆团圆的场景。

诗曰：银河七夕情星恋，海峡放行离人欢。

寡妇村里没寡妇，一夫两妻庆团圆。

几天以后，这三个“一夫两妻”的家庭又分离了。台湾夫妇回台湾去了，留下来的还是一个孤零零的老太婆。好不容易盼到丈夫回来，但短暂的相聚后，丈夫又带着台湾妻子回台，大陆的妻子是怎样的一种心情?当年悲剧是第一次看到丈夫被国民党兵抓走。而现在的悲剧，也是人间的第二次悲剧就是看着丈夫被台湾女人带回台湾。

为丈夫守了一辈子活寡，等到的是这样的结局……

寡妇村“寡妇”像林招玉等老阿婆演绎了丈夫一夫两妻、二次离别之人间悲惨命运。

叶落归根　共享天伦之乐

寡妇村回家定居的去台老兵有19人。其中像林美桃、陈钱岗等老阿婆无疑是幸运的，她们演绎了丈夫叶落归根、共享天伦之最好归宿。

黄阿庆，当年国民党抓壮丁，因他是大儿子，又已婚，由弟弟黄阿发替他从军。但没想到，又遇上国民党军队围村抓壮丁，妻子把他藏在草屋的草堆里面。保长带兵到他家去查，骗他的妻子说：“不要怕，不要躲，把他叫出来，查查良民证，没事。”妻子相信保长的话把丈夫叫出来，就这样被抓走了。妻子没改嫁，为了传宗接代，向娘家抱个女孩养。就这样母女相依为命几十年，养女长大招个女婿。女婿是个当兵的，退役后被安排在江西铀矿工作，全家人都搬往江西。海峡放行后，黄阿庆回家探亲后，以台胞的名义向有关部门提出申请，要求政府把他们调回本县而被批准。不久，黄阿庆从台湾回家定居，合家团圆，享天伦之乐。

1949年，黄拱成29岁，毕业于汕头南华大学，为避兵荒马乱而回家任教，因此结识了青年女教师林美桃并结婚。每天早晨，他们夫妻俩总是手拿着书、手牵着手去净港、净山散步和晨读。被抓壮丁去台湾、离开部队后一直在台北台南等地教书，一个人住在学校的单身宿舍。妻子林美桃，中华人民共和国成立后一直在康美小学任教，直到退休。丈夫走时，留给她的是一个儿子还有肚子里面的一个女孩，女孩生下后因养不起而送给人家。丈夫去台后，她长期住在康美村娘家，一边教书一边抚养孩子，没改嫁。

等了39年又11个月，有情人终成眷属，黄拱成回来定居，林美桃从娘家回来，他们盖起了属于他们自己的乐园——一座园林式的楼房别墅。夫妻俩育花养鱼，栽果种瓜，看书写字，品茶聊天，安逸悠闲地过日子，合家团圆。每年春节，总喜欢自撰对联抒怀，“人间仙境在何处；世外桃源是故乡”。

寡妇村91位活寡妇最后的亲历者陈钱岗老阿婆，102岁，她也是幸运的。当年丈夫被抓壮丁后，由于没有生养，就抱养一个童养媳，后招个女婿相依为命，也是天天过着思君不见君的苦日子。丈夫由于过度思念妻子，1974年，找借口经过香港时逃回大陆，据后来了解，他是全县第二个回来定居的去台老兵。据她的孙子、现年60岁的自来水公司职工赖添丁老先生回忆，“他爷爷回来的当天，他的奶奶哭得不成人样，一直不让爷爷进门，说爷爷没良心，一走就是几十年，让她一人孤苦伶仃。后还是好多人劝说才让爷爷进门，这样爷爷算是回家定居了，直至1998年90岁才去世”。2021年，县档案馆联合县电视台拍摄一期《寡妇村最后一位亲历者》，留下寡妇村最后一位活寡妇生前视频材料（2022年，陈钱岗阿婆因病去逝，享年105岁）。

一场人间浩劫，它以世间罕见的辛酸泪，诉说着“寡妇村”的“活寡妇”，在孤独地等待中、坚贞隐忍地度过一生的悲惨命运，她们见证了国民党大陆抓壮丁的事实。如今东山县档案馆里收藏的一封封两岸家书已渐成历史，我们希望海峡两岸早日和平统一，让寡妇村的悲剧不再重演。

资料来源：根据原寡妇村展览馆馆长黄镇国口述、福地炎黄资料整理。

（作者简介：沈添木，退休干部。沈福山，东山县档案馆副馆长、东山县档案馆《跨越海峡的来信——闽台家书故事》编委会成员）

子承父愿："台湾儿子"回东山找到"大妈"

谢汉杰 文/图

1949年冬天，36岁的铜陵镇东坑村（今为铜兴村）村民林文来是一名货船船员。在一次从东山港运货到金门港之后，海峡起硝烟，自此他有家难回！在随后孤苦岁月中，金门岛一位善良的女人的爱，给了他这个漂泊无依的船工。岁月流逝，无法抹去林文来对故土对亲人的眷恋。当海峡的藩篱被拆开一道大门之后，妻子就千方百计帮着老公林文来打听在东山岛的那一个可怜的"大姐"和儿女们！

1986年，75岁的林文来临终前，对妻子儿女说："我这一生无法见到他们了。如果有那么一天，你们一定要替我去看他们吧，替我说一句话：我到死都想念他们！"

子承父愿，20多个春秋不懈寻亲

在接受采访时，林文来的大儿子、当年50岁的林建春先生说道，后来爸妈移居台湾，他们一共有了6个兄弟姐妹。他读"国小"的时候，爸爸就常对他们提起，说他的家乡是海峡西岸东山（旧称铜山）岛的"府城"（注：应是铜山古城）。爸爸逝世后，我们也通过各种关系打听"府城"在何方，以了却父亲的遗愿。

台胞林建春、杨建财兄弟与大陆“大妈”在一起

然而，20多个春秋过去，寻寻觅觅总无消息，因为东山岛根本就无“府城”一说。但林建春兄弟仍不放弃，林建春先生说，父辈传下来的不了情难了啊！这一次，我的一位祖籍东山岛、在厦门投资的同学新年欲回家省亲，行前他对我说“一起到东山岛，亲自去找找吧！”这是一个机缘……当年48岁的老二杨建财激动地告诉我们，哥哥随父姓林，他随母姓杨。他动情地说道：“这是中国人不忘根不忘祖的民族传统的见证。”

合家团聚，“台湾儿子”叫一声“大妈”

2007年2月17日，东山县委台办联络科科长陈定旺接到台胞林建春及其在厦门投资的同学的求助电话以后，发动多名工作人员查找有关档案资料，走街串巷访问调查健在的老船工，终于在铜兴村为林建春和杨建财兄弟找到了“东山大妈”。2月19日，当陈定旺科长深夜电告找到了“东山大妈”的消息时，入住县城西埔东山华侨大酒店的林杨兄弟一夜无眠。同时一夜无眠的是86岁的“东山大妈”林阿婆。

2月20日，大年初三早上8点，林建春和杨建财兄弟在东山县台胞接待站见到寻找了20多年的“大妈”。当听见年近半百的台湾儿子一声“大妈”的呼唤时，林阿婆一行行热泪滚滚而下，母子相拥而泣。

当天中午，在铜陵镇秀东酒楼那一间林家母子团聚围炉吃年饭的包间里，欢声笑语充盈其间。那特大号的红漆圆桌团聚的是两岸一脉相承的亲人，那热气腾腾的火锅，似乎正传递和洋溢着两岸同胞浓浓的血脉亲情！

相见时难别亦难。“大妈，别哭！您老人家要多保重身体，我们会常来看您的！”，2007年2月25日上午9时，在东山长途客运站，来自台湾高雄市的台胞林建春和杨建财兄弟，即将登上“大巴”到厦门再返回台湾，临别时，梦绕魂牵的母子再次相拥而泣。

（作者简介：谢汉杰，东山县委报道组原组长）

家书，使他一家团聚

沈舜友 / 文

中华人民共和国成立后，溃败到台湾的国民党当局对大陆实行不接触、不谈判、不妥协的“三不”政策，严禁去台人员与大陆亲人通信，更不准去台人员回大陆探亲。但是，被抓壮丁到台湾的东山县人林其明，却借助台批秘密回到家乡和亲人团聚。

故事还要从头说起。1950年5月，国民党军队从东山岛溃退到台湾时，在岛上大肆抓壮丁。这天，后马垵村民林其明正要去村外劳动，却被国民党兵五花大绑押走。他的妻子闻讯挺着大肚子哭着追到村外，拉住林其明的手，恳求国民党兵放过她的丈夫。国民党兵怎肯放人，就动手驱赶。林其明怕妻子发生意外，就安慰说，莫哭，我会回来插秧的（被抓的时间是农历三月，正是插秧的季节）。

丈夫就这样走了，而妻子牢记着丈夫要回来插秧这句话，日日倚门盼望，盼望丈夫回来插秧！她相信丈夫的承诺，顽强地和命运搏斗。可是等到夏收稻谷收成，等到儿子呱呱落地，等到儿子上学，等到儿子娶妻自己当上婆婆，等到孙子蹦蹦跳跳到幼儿园，还不见丈夫回来“插秧”。空寂寂，孤零零，狂风过后倍凄清，真是望穿双眼啊！银河虽

闽台家书图片

宽，牛郎织女每年还可以一次鹊桥会；海峡很窄，竟断绝音讯几十年！刻骨铭心的思念，在她一对呆滞的瞳仁里，映出人间最痛苦的一幕悲剧。但是，妻子把对丈夫的爱化作终生的等待，用丈夫的爱意化作对孩子的温情，用丈夫的担当激励孩子的成长，还经常给儿子说，你爸爸说他会回来插秧的。

那时，两岸处于隔绝时期，国民党严禁和大陆“三通”。儿子林文生不知道父亲在台信息。但从懂事的那一天起，就在思念爸爸。长大了，慢慢事情也知道得多了，也知道有的去台人员通过侨、台批这条秘密通道联系上亲人，于是，凡是有华侨回乡探亲，他就去询问。我们的华侨充满着爱心、善心，都答应回去以后帮他寻找亲人。皇天不负有心人，妻儿的诚心感动了苍天。终于，在儿子28岁时，台批——一张小小的信纸，写着林其明在台湾的地址，夹在侨批中送到妻子手中，尽管没有只言问候语，但对于妻子、儿子，已是最大地满足了。不幸面前，再生动的诉说也是苍白的；大爱面前，再大的纸张也无法承载。这封惜字如金的台批，对于其明婶来说，无异于沙漠中的甘泉，绝望中的希望，黑暗中的明灯！

乡亲们听说林其明来批，也高兴地奔走相告：其明婶来台批啦！

儿子捧着无价之宝，对母亲说，爸爸会回来插秧的！于是，一封充满血泪的台批寄到新加坡侨批局，恳求侨批局代转到在台湾的父亲手里。成人之美是中华民族的优良传统，侨批局的“客头”沈先生被感动了，为他完成了心愿。

林其明在台湾仍是孑然一身。他苦苦熬着要回家插秧！他知道妻子和自己一样痴情、深情，一定挨一日似三秋，盼一夜如半夏……他收到儿子的信泪流满面，知道妻子还等着自己回去“插秧”，知道“遗腹子”已长大成人，知道孙子隔着海峡在喊着爷爷……

和亲人取得联系后，林其明又寄了几封台批。这时候的台批，有欢声，有笑语，有苦涩，有牵挂，更多的是泪水。从此，说不完的思念，道不尽的盼望，讲不尽的叮咛，凭借“鸿雁”在海峡两岸翔飞，林其明与台批紧紧地连在了一起。

回家！为了掩人耳目，他假装到新加坡旅游，在台家产全部丢弃，只身来到新加坡，又在侨批局的帮助下，乘飞机取道中国香港，回家了。

夫妻见面，抱头大哭，泪如雨下，是伤心的泪水，也是喜悦的泪水。伤心的是一别近30年，戏台上演的戏《三击掌》，王宝钏寒窑苦等薛平贵仅有18年，而他们夫妻28年后才相会！

休道黄金贵，团圆最值钱。久别家园亲骨肉，喜得今日又重逢！林其明和妻儿相会以后，继续用台批和在台湾的亲朋故旧联系，而每次收到台批，就好像手持杯盏和台湾朋友一起无拘无束地品味“哈烧茶”的乐趣！

（作者简介：沈舜友，东山县政协文史员、漳州市文艺家协会会员、东山县档案馆《跨越海峡的来信——闽台家书故事》编委会成员）

青鸟忽传云外信

黄辉全 / 文

那是41年凤凰花开的时节，一天傍晚，我家正准备晚餐之际，突然表叔急促地拍着门："表兄，表兄，我阿爸来信了！"

"三舅来信？真的假的？他不是在台湾已离世多年了吗？"还未等父亲回过神。"我娘让你赶紧来家里一趟！"

"好，好，这就走！"

父亲和表叔三步并作两步走，穿过铜陵古镇的粟埕、石鼓街，折向下庙顶。这时家里已经坐满了人。

"外甥啊，你三舅终于来信报平安了，他还活着！"老人家喜极而泣，颤抖着把书信递给我父亲看，信中还夹着一张半身近照。

"真是三舅，他还活着，太好了！"

这是咋回事呢？话还得从1950年国民党残部在东山岛败退时大刮抓兵风说起。

老人家名叫刘玉贞，是我的三舅奶奶，她的丈夫叫彭坤，也就是我的三舅公，他在东山一家商行"利东号"货轮当轮机员，行船一回来，总要带一些外地土特产，同妻子儿女一起同享天伦之乐。虽说这个家庭，生活并不十分富裕，但合家欢聚，十分幸福。

然而，“天有不测风云，人有旦夕祸福”。刘玉贞万万没有想到，一场横祸竟无情地降临到她的头上。1950年5月10日，岛上的国民党军残部败退时，为了补充兵源，下令深夜包围铜砵村，以查户口为由，强迫全村村民集中到村中黄氏家庙前，当场扣下147名青壮年为壮丁，强迫铜陵“猴黄钟”、彭坤等人开“再生”轮和“利东号”货船，将这批壮丁送往金门、台湾。

霎时，天昏地暗，日月无光，痛别悲离的情景处处见，悲恸的哭声处处闻，就在这个时候，刘玉贞的丈夫彭坤与全船伙伴同遭厄运。这段海峡两岸的人间悲剧，不仅被载入《东山县志》，而且名闻中外。

临走前，彭坤记挂着已怀四个月身孕的妻子和四个孩子，心如刀割。他经过一番番苦苦哀求，才得以由2名荷枪实弹的国民党士兵押着回家，同家人告别。

面对这突如其来的变故，如同一记闷雷狠狠地炸在刘玉贞的头顶，她带着4个孩子像塌了天一样，叫天天不应，叫地地不灵，眼见丈夫被押走了，她发疯地呼号着追赶去。瞬间，只觉得天旋地转，眼前一黑，便跌倒在地，不省人事。待她苏醒过来赶到海边时，哪见丈夫踪影？惟留大海茫茫，海水呜咽，刘玉贞的心碎了！

从此，刘玉贞日日思，夜夜想，苦苦等待着丈夫的归来。可是，腹中的男婴呱呱坠地了，丈夫没有回来，儿女长大，男婚女嫁了，丈夫还是没有回来，内孙外孙一个接一个出世了，丈夫依然连一封平安信的影子也没有，刘玉贞失望了。

一天的午夜，刘玉贞朦胧中，忽然听见有人在叫："玉贞，玉贞！"那声音似乎很远，又似乎很近。她立即想到日夜为之担忧的丈夫，急忙睁开双眼，只见面前站着一人，既面熟却又模糊难看分明，她问道："你是阿坤吗？""是呀，可我已不能同你在一起了，望你自己保重，照顾好孩儿。"那人悲戚地答道。"你不能走啊，阿坤！"刘玉贞连忙伸手去拉，却扑了个空，猛然醒来，原来是南柯一梦。这时，刘玉贞不觉心头怦怦直跳，眼睁睁地等到天亮。"不对！莫非是阿坤客死他乡，死魂来托梦？"吓得一身冷汗的刘玉贞，趴在枕头上痛哭了一场。

这原本幸福的家庭，因兵灾变得骨肉分离，年幼的儿女无依无靠，家中失去了主心骨，让她苦不堪言。迷茫、彷徨，心中的苦楚无处诉说，特别是逢年过节，望团圆，却难团圆。泪眼中的刘玉贞坚信海峡彼岸的丈夫一定会回来。然而，每到夜深人静时，她们的内心就像一口孤独、干涸的井，十分脆弱。擦干眼泪的她们，把生活的苦埋藏在心里。每当遇到生活的挫折，她们便携上清香、水果来到关帝庙，把辛酸与苦楚诉于帝祖，把希望寄托于帝祖的保佑，祈求在水一方的男人能早日平安归来。

然而，日复一日，年复一年，还是没等到丈夫的音信。又是一个噩梦，相信民间风俗迷信的她，以为丈夫已经不在人世了，每逢大年小节，即按家乡风俗在门口摆下酒菜，用颤抖的手点燃一炷香，烧化纸钱追念“客死”异乡的亲人。眼前这幕遭兵灾，骨肉痛离分；惊恶梦，设灵吊亡魂。刘玉贞老人那是一年一节一家祭，一回家祭一伤心呐。亲戚和邻居无不为她的伤心之痛而抹泪。

光阴荏苒，转眼间又是十多年过去了，刘玉贞已到古稀之年。1982年的一天，刘玉贞老阿婆忽然听见门口人声喧哗，接着只见左邻右舍簇拥着一位花甲之年的陌生人进入门来，那人彬彬有礼地尊她一声“老嫂”，当即递上一封信来。

信？谁寄来的信？

舅奶奶接过一封信，急忙拆开一看，只见信内还有一张半身相片，她端详着影中人的面貌、表情，心中不禁一震：这不正是自己朝思暮想的丈夫阿坤么！难道他还活在世上？舅奶奶按捺着忐忑跳动的心，连忙叫儿子来读这封信，信果然是丈夫写来的。儿子念一句，她听一句，儿子念一遍，她听一遍，句句知心话，如同丈夫深情地对她倾诉30多年来的离愁别绪一般。

“刚开始时还数着日子，总觉着很快就能回家。可时间一天天过去，两岸关系一天天紧张，回家的期望越来越渺茫，到了后来我甚至连同哪年哪月都懒得去记了，一想起家里几个活蹦乱跳的孩子，心里就针扎般地痛。”“30年来我与祖国大陆便一海相隔，与老家更是相望而不相知，不知道老伴和家里的孩子们可好？不知道父母是否健在？……”

“天哪，阿坤还活着，他还没有忘记家里人呐！”顿时喜煞白发断肠人，舅奶奶一把将供奉了10多年的丈夫灵牌扔掉。一屋子人个个喜笑颜开，为舅公还健在、为舅奶奶的今天而高兴！

自从三舅公被抓兵去台湾后，舅奶奶凡事都找我父亲商量，于是就有了开头那一幕。

过了好一阵子，舅奶奶才如梦初醒，想起为她传送喜讯的人来，忙不迭边向这位贵人千恩万谢，边问起他的情况。原来，这位送信人姓黄，同是铜陵人，也是30多年前去台湾的。去台湾时，他辞别青春妙龄的妻子和出生才61天的儿子，本来想到台湾后，一年半载就回来，不料台湾和大陆隔绝殃及他与家人断绝了一切联系。然而，在台湾，他记挂着结发之妻、骨肉之子。30多个年头过去了，总算熬到了头，他终于盼到一个机会，辗转回乡探亲来了。

（作者简介：黄辉全，福建省作家协会会员、漳州市政协文史员、《石斋故里》侨刊特约编辑、东山县档案馆《跨越海峡的来信——闽台家书故事》编委会成员）

深切怀念我的祖父祖母

赖添丁 / 口述　杨文桂 / 文

我叫赖添丁，今年59岁，东山县自来水公司职工，也是一位台属，祖母不幸于2022年11月4日去世，享年103岁，回忆祖母的一生经历，百感交集。

祖母叫陈钱岗，1943年22岁的她从康美镇钱岗村嫁入铜砵村，祖父叫黄开井，常言道，男大当婚、女大当嫁，本是天经地义之事。但是世事难料，祖母的一生可以说是多灾多难。先是1950年5月9日祖父在铜砵村被国民党抓去当壮丁，留下祖母和一位小姑相依为命，不久，小姑溺水而亡，年仅12岁，祖母由此孤苦伶仃，无奈之下，从城垵村的前亲抱养一位女孩，作为女儿，在当时总算有个依靠。

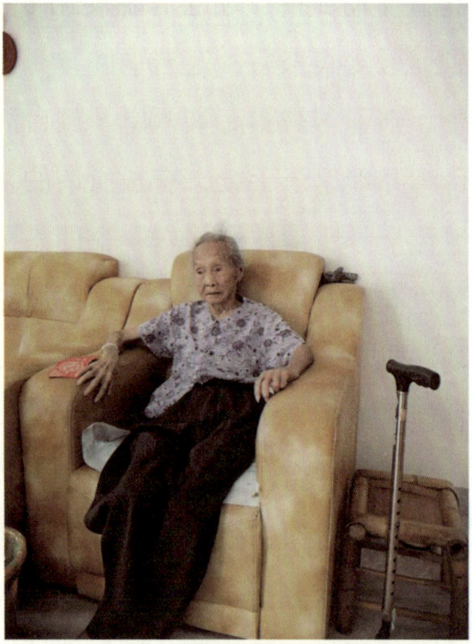
陈钱岗老人103岁时留影

在我童年时代，祖母每当干农活回来，常

常叨念去台的祖父，说祖父“没良心、在台湾享受”，心里总带有满满的不公、不平。

彼时，祖父被抓壮丁，先去金门服役3年，之后到台湾本岛。其实祖父何尝没有思念大陆家乡的亲人。在当时的历史背景下，一些去台老兵千方百计，通过新加坡、马来西亚等第三地转寄家书，告知音信，并寄托思念。少数的通过到第三地旅游、观光，借此机会回到大陆老家。祖父于1978年向台湾当局申请到新加坡旅游，并以此为契机，回到大陆老家与祖母团聚，在当时算是有一定胆量和智慧的，同时也有一定运气。说到运气，就是本村有个生意人叫谢成贵，社交广、人脉多，当时祖父通过谢成贵告知祖母，他由新加坡航班到香港再从香港航班到汕头澄海机场，叫祖母派人到澄海机场接人。我当时也是接人行列中的一员。

祖父回来后，定居铜砵，与祖母一起生活，享受天伦之乐。到了1987年海峡两岸开放台湾老兵回大陆探亲。祖父回台湾办理退伍手续，有了所谓的“授田费”，每月有一定的退休金。所谓“授田费”，即是国民党蒋介石当局据守台湾时，准备“反攻大陆”，给国民党兵的一个许诺：“反攻大陆”成功，发给老兵“授田证”，后改为“授田费”，作为补偿。

祖父在台湾也有成家，没有生育，抱养一个女儿，在开放的那段时间，祖父两地来往，两地亲戚不计前嫌，也亲如一家。在家乡，祖父热心帮助村民，例如村民的婚姻纠纷、宅基地纠纷帮助协调，还无偿地支付一些费用，同时介绍大陆新娘嫁入台湾，村民评价很好。1996年7月祖父在老家去世，享年99岁。

作为一位台属，我的家庭也享受到共产党政策的呵护。东山解放初期，我家从“敌伪家属”变为“兵灾家属”，同样享受耕地、宅基地等与村民一样的待遇。后期，我父亲母亲及兄弟三人都有了各自的工作，在各自的工作岗位上勤勤恳恳、任劳任怨。

祖父在台时抱养的一位女儿，我叫姑姑，今年有67岁了，生养三个儿子一个女儿，我们常常电话联络，家长里短地联系感情，其中一个儿子前些年还到家乡开店铺、做买卖。

我曾经问过祖父，两岸本来是一家人，要是没有“三通”政策，何时能有走亲访友的机会呢，祖父总是说：“姐妹连肝胆，兄弟同骨肉。”“打虎也要亲兄弟，台湾是中国的，将来一定会统一。”

追忆祖辈的生活经历，我体会到，亲情的力量是无穷的，一代一代地传承，它告诉人们：和平是温暖的，没有国，哪有家，国家统一，家庭幸福才是我们所盼望的、所需要的。

（作者简介：杨文桂，东山县档案馆四级调研员、东山县档案馆《跨越海峡的来信——闽台家书故事》编委会成员）

3 家风家训

沈松友的翰墨人生

李鸿耀　文/图

与台胞沈松友先生的诸多书信交流中，不难看出他的学养深厚，是一位集国学、书法和教育于一身的文化名贤，在海峡两岸享有很高的知名度和美誉度。然而人世间好人难留，沈老先生已于2020年5月29日去世，享年90岁。对他的辞世我们感到万分惋惜和悲痛。

沈松友，原名沈荣宗，字有闻，号松友，别号粥鱼生、东山松友，自署松友斋。1931年生于福建省东山县东沈村。幼承家学，刻苦练习书法，在乡里即小有名气。在东升学堂读初中时，受到本地书法名家、被誉为“闽南第一才子”的高柏岭先生指导，书法有了质的飞跃，曾获本县中学生书法竞赛第一名。

荣誉并没有给青少年时期的沈松友带来更多的快乐，也没有留下岁月静好。1950年5月，溃败东山岛的国民党军队残部在逃往台湾之际，实施了扩充兵源的“抓壮丁”军事行动，一夜之间，东山县被抓走青壮年近4000人，遗留下旷世悲歌的“寡妇村”。

沈松友先生一家四兄弟，被抽丁、抓丁多达三人。他被“抓壮丁”到台湾时，龙溪师范尚未毕业，是一位个头不高、身材瘦小的十八九岁的文弱书生，从此，他踏上茫茫的从军之路……

由于他个头较小，在台湾军营，被其他老兵欺凌是常态，但他立志读书，嗜书如命，每月发一点点军饷都拿来买书，而买书法类的书是他的特爱，一有闲暇就练习写书法。好不容易熬到退伍，凭他的天分和勤奋，于1967年考上台湾东海大学中文系，毕业后在台中市卫道中学任中文老师。

“六十余年妄学诗，功夫深处独心知。”关于书法，沈松友先生自言，他虽然走过漫长的岁月，但是没有蓄意遍临诸碑，流观诸帖，用力的金针度与，以识古人墨气笔法；也少得汉魏六朝唐宋碑版从容玩索，对钟、王、欧、虞、褚、

东山县政协原主席、东山县慈善总会会长沈平忠先生（左二），在台湾出席沈松友先生书法作品捐赠仪式。

薛、颜、柳、苏、黄、赵、董诸家，只随遇而拜，随缘而安。书法于我正是一丘一畦的“野田”，不干名禄何必宗庙？不能深舐自亦性情。书论多矣，评骘众矣，问天下“干戈将揖让，毕竟何者是”？蔡邕笔论谓“书者，散也。谷书先散怀抱，任性情恣性然后书之。若迫于事，虽中山兔毫，不能佳也”。颇获我心，要无间然，任情恣性正是放怀，顺性适志真个得意。

在沈松友先生的书法作品中，看得出他深谙书法创作的内在逻辑。因此，他十分强调每次艺术创作的唯一性和当下性，而不拘泥于古法，不被各种笔法和规律所束缚。著名文艺评论家陈裕亮先生称，沈松友先生的书法作品苍劲浑朴，筋骨丰足。给人一种刚柔相济，虚实相生，水到渠成，浑然一体的视觉享受，堪称不可

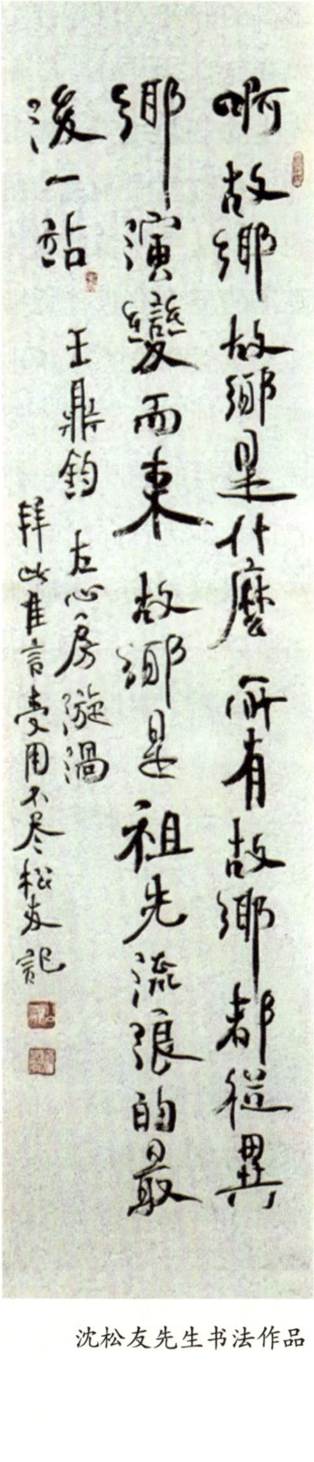

沈松友先生书法作品

多得的方家。

北京、上海、广州、天津等书画艺术家，则评价沈松友先生的书法，“推陈出新，艺术个性强，格调卓然高古”。

台湾艺术评论家谢圣隆先生称，沈松友老先生书法散发的不只是一种线条的美感，而是愁味。一种亘古以来，没完没了的愁味。意有所指，却又欲言又止的愁味；呼之欲出，却又戛然消失的愁味；一种说不尽、道不完的人生故事的愁味；一种穷尽语言，却又讲不清楚的愁味；一种凭谁语，诉说给谁听的愁味；一种终究要落空的愁味；一种在灵魂中努力挣扎，执意挥洒的愁味。于是出现了愁的线条，如云、如水、聚散无常、不绝如缕，诉说着生命故事的愁的线条，莫名所以，欲言又止的愁。怅惘、孤独、默默独自扛负着的愁味。无言、木讷，不再做出表情的愁的线条。愁的线条在不知不觉中呈现，真也在不知不觉中出现。

“故乡的歌是一支清远的笛／总在有月亮的晚上响起／故乡的面貌却是一种模糊的怅惘／仿佛雾里的挥手别离／离别后／乡愁是一棵没有年轮的树／永不老去。”

这是台湾诗人席慕蓉笔下的《乡愁》。而沈松友先生线条下的乡愁，又将如何表达？透过沈松友先生书写王鼎钧的《左心房漩涡》：“啊！故乡。故乡是什么？所有故乡都是从异乡演变而来，故乡是祖先流浪的最后一站！”我们不难看出沈松友先生独具筋骨的书法功力和愁的线条，更能深深理解一个海外游子离开漂泊，种种人生际遇的酸楚。“乡愁”在沈松友先生的演绎下，显得异常醇厚，而且有着种种复杂的变奏。“乡愁”对于他是一个复杂、美丽而且永远解不开的心结。

作者与沈松友先生（右）在台中合影

人生如同书法，迂回曲折。和许多因时局变化移居台湾的人一样，沈松友先生在台湾安定下来，娶妻生子。但是，当他提笔创作时，那一波三折的线条都在告诉他，海峡彼岸，还有他的故乡和亲人。

1950年东山岛解放前夕，也就是沈松友被“抓壮丁”开赴台湾的日子。壮丁们被集中关押于亲营村一个旧祠堂待发，他的父母亲等家中老小哭哭啼啼于凌晨即赶往亲营海湾为其送行，那生离死别的惨景，数十年后的沈松友先生仍历历在目，永刻脑间。幸运的是，从1988年至2020年的30多年间，沈松友先生已经到大陆探亲、访友、开展文化艺术交流活动二三十次，并先后于2015年和2018年两次在东山和漳州举办书法个展，出版《沈松友先生书法作品集》。

2001年，他把自己在台湾精心书写的16幅书法作品——黄道周的《榕颂》，捐给家乡东山县黄道周纪念馆收藏。他将两岸同胞有关对家国的理想情缘浓缩在一幅幅作品中，以艺术的形式展现两岸同胞希冀和平、呼唤民族复兴的共同愿景。

2013年和2015年，沈松友先生先后两次将自己精心创作的晚年书法力作近百幅捐赠给大陆和家乡的慈善、教育事业，其爱国爱乡的情怀可见一斑。

沈松友先生一生矢志艺术，追求卓越的翰墨人生。他博览群书，手不释卷，钟情教育事业，桃李芬芳，硕果累累。他的人生虽然历经磨难，但他对艺术的追求，执着的意志坚不可摧。台湾海峡的潮起潮落永远铭记着他的艺术人生，故乡亲人难忘他的家国情怀。

（作者简介：李鸿耀，中国散文家协会理事、福建省作家协会会员、东山县档案馆《跨越海峡的来信——闽台家书故事》编委会成员）

我的叔公：代兄赴台从此杳无音信

张艺生　文/图

1993年，我如愿考上福建林学院，远在台湾花莲的叔祖父张隆昌老人闻讯喜出望外，特地寄来一笔可观的“助学金”，解决了我家的燃眉之急。家父再三叮嘱：“到了学校，要给你叔祖父写信，谈谈学习情况。”

当年10月底，闽北的秋天已出奇的冷，这让从未出过远门的我尤其想家，想念那个四季如春的闽南海岛。我在给隆昌叔祖父的信中写道：“我离家千里，虽数月后即能与家人团聚，但却无法忍住对家的思念，今晨梳头，头发竟掉了一地。难以想象您当年背井离乡，人地两疏前途渺茫，海峡阻隔归期无望，又会是何等情形。”

年幼不知离人苦，妄以脱发喻别乡。不料这一封信勾起老人的思绪，翌年一月，我收到了一封来自台湾的沉甸甸的信件，折封一看，厚厚5张8开信纸，展开共有10页之多。信中老人回忆了1950年被败退台湾的国民党军队抓壮丁的悲惨情形，描述他初到台岛时所受的非人待遇，以及之后创业的艰辛，可谓一字一泪。

信中，老人还简略描述了我的叔公在金门岛误踩地雷，被炸身亡的往事，证实了奶奶自我懂事起，无数次和我说过的叔公代兄赴台的故事。

奶奶有个弟弟，是曾祖父买回来养大的，因为爷爷是入赘的，按闽南习俗他称我的爷爷为兄，我理应称其为“叔公”而不是“舅公”。

“那时，你的叔公很年轻，模样俊美地跟姑娘一样，唇红齿白、皮肤白皙细腻，一双手嫩得跟姜芽似的，而且头脑灵活，最讨大人喜爱了。”说起叔公，奶奶的声音里充满怜爱。

1950年初，国民党残部败退前夕，在东山岛上到处抓壮丁。我爷爷虽躲在祖宅门口一棵老刺桐树深深的洞里，但还是被找到了。危难时刻，年轻的叔公挺身而出，恳求国民党军官让自己替换下了兄长，国民党军官看他聪明伶俐，当即应允了。

据叔祖父信中描述，1950年农历三月廿四日，他们被迫登船离岛，“当此之时，在亲营村海边，一片父母老幼凄惨啼哭呻吟，送别我们别离家乡，但我们此时每个人的心情如山垮在压，大家都仰天叩泣，不敢出声”。

听闻国民党残部马上就要登船出发，正在园地里浇菜的奶奶扔下水桶，发疯般地跑着追到海边，解下手指中仅有的一枚金戒指交给叔公。叔公对我奶奶说，“姐姐，你孩子还小，阿兄又太老实，当兵肯定吃亏，还是我去合适。如果我没有回来，朝辉（我父亲）要过继给我当儿子……”尽管这个故事奶奶讲过很多次，但每次说到这里，她依然会泪眼模糊。一语成谶，叔公一去就杳无音讯，直到40年后，才听回大陆探亲的叔祖父说："他很得长官的喜爱，一直跟在长官身边，我们先是去了金门，听说他有一次带兵巡逻，不幸误踩地雷炸死了，我也没能见他最后一面。"

对于叔公的死，奶奶一直不肯相信。她总说叔公聪明伶俐，不可能踩到地雷，总期盼有一天弟弟能出现在面前叫她一声"姐姐"。

每年冬至，奶奶都会亲自磨一木桶糯米浆，煮一锅甜汤圆。但她每次都会将米浆的一小部分拿到屋顶晒干，然后用米黄色的麻布包扎着收藏起来。到了次年，她又将旧的晒干的米浆粉拿出一部分来包汤圆，然后将新晒干的米浆和旧的米浆混合在一起，重新保存起来，如此反复，一年又一年。对此，我不明就里，总是觉得奶奶好奇怪，直到上大学那年，放寒假回家时冬至已过，妈妈从米黄色麻布包裹里取出晒干的米浆，为我做了一碗热气腾腾的甜汤圆，才恍然大悟。原来在东山人的习俗里，汤圆就是团圆，没吃汤圆就是没有团圆，奶奶这是年复一年盼望叔公回家团圆呀！

东山是个盛产歌谣的海岛，奶奶小时家境殷实，她虽没上过学，却能看懂一大堆厚厚的册子，能唱许许多多动听的歌谣。后来，我明白那就是现如今的国家级非物质文化遗产"东山歌册"。东山歌册里有众多才子佳人的爱情故事，其中不乏欢快的片段，可是奶奶的歌声里尽是悲调。在数不清的夏夜里，她总是指着天上的银河对我说："这是牛郎星，那是织女星。故事里说他们七夕就能相会，可这么多年，为什么总不见他们相会呢？"然后是长长地叹气，再然后就又

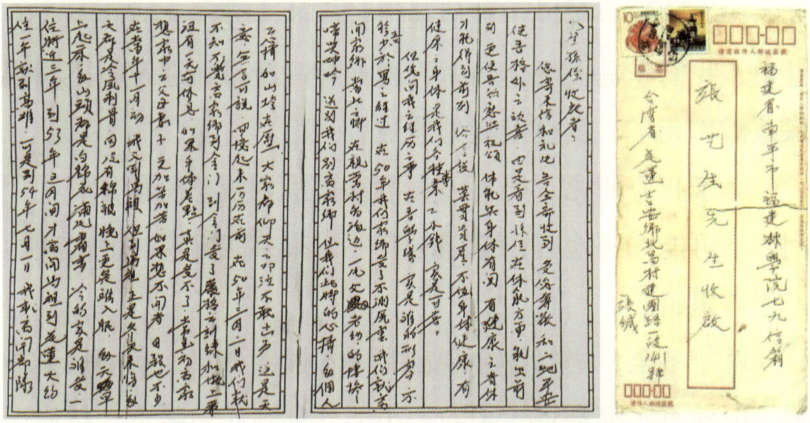

叔祖父张隆昌老人寄给张艺生的信

唱起一曲曲我总是听不太懂的歌，歌声如此哀怨，有时又像是自言自语。在有月亮的晚上，我常能看到奶奶的眼角折射月的光辉，闪闪发亮。

爷爷在我3岁那年就去世了，我以为奶奶肯定很思念爷爷。但奶奶不太提起爷爷，提得最多却是叔公，而且一提到叔公，她的眼神中就充满慈爱，柔情写在脸上。小时候我总是不解，长大后才渐渐明白，除了姐弟情深，或许奶奶的思念里还夹杂着说不出的愧疚。

听奶奶说，叔公被抓去当兵那年，我父亲年仅6岁，是家中长子，叔公极是疼爱。奶奶信守约定，把我父亲过继给叔公为子。两岸互通后，父亲一直托在台湾的乡亲寻找叔公的下落，叔祖父也为此做了诸多努力，但终究还是没找到。每年农历四月廿四，据说可能是叔公去世的日子，父亲总要亲自祭拜，并一次又一次地向晚辈们讲述叔公替爷爷当壮丁的故事。

奶奶在76岁那年，患了绝症走了。我们打开她的衣柜，里面她出殡须用到的衣服和各类个人物品一应俱全，她应该是准备很久了。生前，她多次夸父亲是个大孝子，感叹日子好过了，然而这并没有减少她对另一个世界的向往，或许，她更牵挂在另一个世界里的人。

岛上曾经有许多老刺桐，那是抗倭英雄戚继光驻扎时种的，如今已经极少了，偶尔看到它粗大的树干和稀疏的树叶，我总会想起老家门口的那棵，想起爷爷躲进树洞时的慌乱，想起叔公代兄当兵的义勇。此时，奶奶赞美叔公那双嫩似姜芽的手时发出的啧啧声响起；奶奶讲述叔公被地雷炸死时饱噙泪水的双眼就会浮现。老家的刺桐已枯朽，叔祖父的来批也早已泛黄，不知叔公骨埋何处？不知奶奶是否找到了叔公？

愿叔公在地下安息，愿造化不再弄人，愿两岸同胞不再分离。

（作者简介：张艺生，漳州市作家协会会员，长期从事廉洁文化挖掘、宣传教育工作）

我为两岸离散亲人传书

林石文　文/图

作者在为台属代写家书

编者：“烽火连三月，家书抵万金”。1949年，数百万军政及各界人士随国民党当局退据台湾。此后长达半个多世纪，海峡的隔阻迫使两岸许多家庭承受了骨肉分离的痛苦。1979年1月，全国人大常委会《告台湾同胞书》发布后，一系列有关两岸通邮的举措也相继施行。此后的几十年间，海峡两岸同胞相互间的家书往来，留下了太多的故事。文中的主人公就用代写的家书架起了海峡两岸骨肉亲情的“桥梁”，传递着遥远的嘱托与心灵的呼声，唤醒了彼岸亲人隔绝多年的记忆，让一个个残缺的家庭享受到条情重续的温馨。

一名特殊的通讯员

东山县是福建省南部的一个海岛县，东临台湾海峡，与台湾岛隔海相望，距澎湖98海里，距高雄110海里，是祖国大陆距台湾南部最近的县份。据史料记载，自宋末起，东山就有人移居澎湖、台湾，明末清初移居者渐多，民国初期移居者也不少。1949年至1978年底，由于海峡两岸的特殊关系，东山与台湾之间往来几乎断绝，两地亲人饱受着分离的痛苦。

1979年元旦，全国人大常委会《告台湾同胞书》发布后，中央人民广播电台、《人民日报》（海外版）、福建人民广播电台、福建日报等媒体先后开辟了对台宣传栏目，通过新闻报道、专题访问、家信、评论、录音、照片等形式和内容向台湾同胞传递大陆信息。

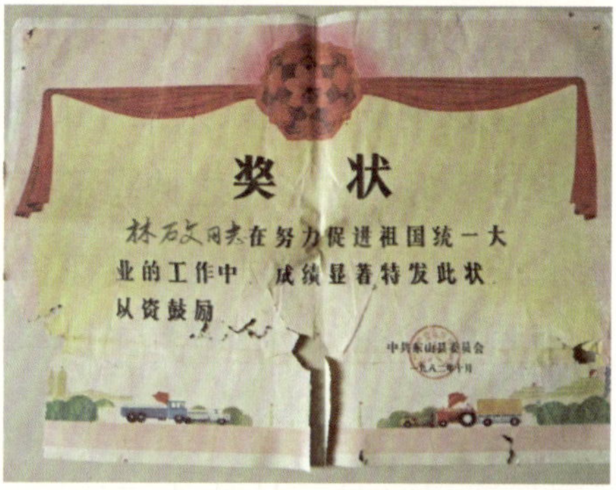

作者当年获奖证书

而此时的东山县也围绕着“和平统一”这一主题开展对台工作，主要的宣传内容：介绍东山县发展新貌及家乡变化；关注去台人员家属、返乡定居台胞的生活；关注回乡探亲台胞与家人团聚情况；关注居住东山的台属同胞生活情况；做好寻人启事、为亲人通信息工作等，通过宣传以达增进交往、增进了解、增进信任和增进共识。

那个时期，我是东山县委对台工作部一名特约通讯员，从1980年起，开始参与对台宣传组稿工作，当起了海峡两岸寻找离散亲人的“传书人”，帮去台人员亲人书写寻人启事、家书、介绍家乡变化等。记得当时，我还在前楼公社岱南大队担任副大队长兼第五生产队队长，白天参加劳动很忙，常常晚上才有时间去采访。每次采访我都感慨万千，因为几乎每个家庭都有一段骨肉分离、夫妻相离的曲折故事，每当年迈的长辈老泪纵横地向我诉说对儿子的思念，媳妇哭泣对丈夫的深情，孩子们争着抢着想知道爸爸的情况时，心里真是五味杂陈！

1980年1月，我采访岱南村叶娥珍时，她就全程流着眼泪向我倾诉。她说丈夫梓荣1950年1月被国民党抓兵去了台湾，当时他们刚结婚20多天。30多年来，她一直未改嫁，一天又一天、一年又一年地盼望着能与丈夫团聚，哭得眼睛都快瞎了。她只好抱养了一个女儿，女儿已结婚生子。

叶娥珍托付我一定帮忙通过各种渠道向台湾的丈夫告知平安，也期盼两地亲人能早日团聚，我将叶娥珍的家庭情况、生活现状、思念之情写了两页的书信，并托人带给新加坡的本村后人，最后转交到在台的梓荣手中。

幸运的是，梓荣也是孑然一身没有再婚，得知家里的情况后，他激动不已，想尽一切办法踏上回乡的征途。

1988年3月，梓荣终于回到家乡！二十从军征，五十终得归，见到家人的那一刻，他们全家抱头痛哭，辛酸、惊喜、悲痛欣喜交加，看着那样的场景，我也不禁泪流满面，虽然我只最简简单单地帮他们写了封家信，并帮助寻亲，但看到这样的结果，真是怎样辛苦都是值得的。

后来，梓荣和全家人在东山定居，遗憾的是，父母已故，未能再见上一面，只能经常到父母坟头上香。

当年我每次采访时，为详细了解去台人员在大陆时的详细情况，我总要用不少笔墨描写细节，比如长相特征，小名叫什么，去台前有何爱好，做什么事，甚至什么地方有个痦子，哪里有块胎记等等，唯恐说不清。

由于媒体对篇幅有要求，每一封寻亲信件都不得超过百字。所以撰写时也是句句考量，字字斟酌，围绕谁找谁，姓名、何年何月离开大陆、曾在大陆做过何事，以及联系地址等信息，然后整理出一条条寻人启事、家书，最后编成稿件寄送到电台、报刊。

一份通信录道尽至亲至情

一段时间后，乡亲们知道我能代写书信、寻找亲人，于是就主动上门预约，不仅有前楼公社的，还有全县各地的。由于人数越来越多，我就以公社、大队为单位，把去台人员信息收集整理，再按报刊、电台栏目要求撰写稿件，集中介绍一个县、一个公社、一个大队的情况和寻人启事。

我曾写过一篇寻人启事的文章——《给台湾亲人的一份通信录》。内容是寻找岱南村的几十位亲人——林树近、林

中国老年报 2019年5月28日
倾诉 3
壮丽70年 奋斗新时代 | 我和我的祖国
为两岸离散亲人当“传书”
一名特殊的通讯员
漫漫寻亲路
一封通讯录 道尽至亲至情
一生难忘的经历

本文在《中国老年报》发表

玉英、林玉丁等。记得当时在大队干部的带领下，我一个个走访了这些家庭。每家每户的老人一提起寻找儿子，都是先痛哭一场，然后才会慢慢地说起往事。比如，我们来到去台人员林克信家时，他母亲润仔得知要帮她寻找在台湾的儿子。她急忙招呼大儿子克念搬椅子，烧水泡茶，紧接着老人眼泪流满脸，为我们述说自己永远不会忘记，当时国民党抓兵时，整个村庄哭哭啼啼，跑得跑，躲的躲。那时儿子年纪小才16岁，身体长得矮小，以为不会抓。几十年来我一直担心，他是否还能活着……

采访完这一批人后，我按照电台栏目的要求，以主持人串词形式撰写稿件，然后寄出，没想到，该篇文章竟然被中央人民广播电台采用。

“台湾同胞、各位听众朋友。我是XX，我主持的这次

《XXX》节目为福建省东山籍的部分同胞播报家乡变化和亲人通信信息，如有你们熟悉的同胞请代为转告。

老家在福建东山县的林树近先生，你爱人吴番笋将你的养女金凤抚育成人，招亲在家，现有二男一女，你的女婿现在在福建省地质队工作，全家人都盼你回来，他们的通信地址是福建省东山县岱南大队。

老家在福建东山县的林亚英先生，你在大陆的两个儿子永炎、永光现都成家立业了，各有一个幸福的家庭，他们的通信地址是福建省东山县岱南大队。

老家在福建东山县的林清荣先生，令堂于1978年去世，享年90岁，令弟令姐现都儿孙满堂，一家盼你能早日回来团聚，他们的通信地址是福建省东山县岱南大队……”

记得那一天，我正在劳作，突然听到广播里抑扬顿挫、字字深情地播着我的寻人稿件，短小简单但透着血泪的书信瞬间让我泪如泉涌。后来这一篇稿件还被中央人民广播电台评为优秀稿件，并推荐给各地对台宣传部门通讯员仿效。

除此之外。我撰写的《今日岱南村——向台湾的林添福等介绍家乡新貌》《给宫前村在台湾沈再来等42位先生介绍家乡变化》《沙荒成历史、绿洲展新颜》《海峡两岸相思情》等近百篇稿件、书信等在媒体发表后，也取得了很好的效应，给台湾同胞与家乡亲人联系提供了很大的帮助。

漫漫寻亲路

为了使家属尽快找到在台湾的亲人，我还把收集的寻亲启事编成小册子送到东山县台湾同胞接待站，让到东山避风的渔民同胞捎往台湾。

东山台湾同胞接待站是当时全国规模最大、建站最早的接待站之一，充分发挥着桥梁和纽带作用。对于饱受几十年分离之苦的同胞，接待站工作人员感同身受，主动排忧解难。

当时县委对台工作部经常在东山县台湾渔民接待站召开对台宣传组稿会议，于是我有机会能与来东山避风，补给水、油的台湾渔民接触交谈。当我得知，渔民可以携带寻亲书信时，就把这件事告诉县对台工作部干部孙用奇，他也很受启发，表示要与接待站陈站长沟通、协商，很快，接待站领导同意这一做法。

于是，我把手头一百多件寻人启事带到县对台工作部打成铅字，装订成小册子，交给接待站。陈站长告诉我，这个做法台湾同胞乐意帮忙，只是台湾当局对到过大陆的渔民查得很紧，整本小册子他们不敢带回岛内，只能撕成一张张小条，分人带走。

就这样，一张张字字泪、句句情的寻人启事跨越海峡到了台湾岛。经热心的渔民在岛上转送。很快有一部分东山籍同胞经中国香港、新加坡等地亲人，把一封封家信转到大陆亲人家。后来，分布在全县各公社的对台宣传通讯员孙英龙、许九、黄镇国等十来位同志也把手头的寻人启事小册子送到接待站，委托台湾渔民捎往台湾。

1981年1月28日，时任福建省委常务书记项南同志到东山县调研。他说："你们在做好台湾渔民接待工作的同时，请台湾渔民帮忙寻找在台亲人很好，可以努力去做。

那时，我刚好在接待站参加对台宣传组稿活动，聆听了他的讲话，这殷切的话语，激励着我更加积极为两岸乡亲撰写寻人书信。

1987年11月台湾当局开放台湾同胞赴大陆探亲，两岸同胞隔绝30多年的状况终于被打破，接踵而至的便是两岸同胞奔走相告，投书寻亲，洒扫庭除，翘首以待。

12月16日，岱南大队迎来第一位回乡人——林五全先生！记得当天挤了一屋子人，有认识的不认识的亲戚、邻居，还有县委对台工作部、公社、大队领导等，我闻讯登门拜访，并将部分寻人资料交给他，请他帮助寻亲，他非常乐意。

后来，林五全先生几次回乡探亲，都帮忙捎去寻亲信件，虽然与其他乡亲不在同部队，有的退伍从商、务工、务农，生死未卜，寻找艰难，但他非常热心，带着沉甸甸的信件积极奔走，帮助岱南大队及全县各地几十位乡亲找到了亲人。

到了1989年，台海形势发生了变化，中国红十字会承接了寻亲的业务，台湾、大陆两地邮局也开始互送两地邮件，沟通有了正常渠道。于是我加入了帮乡亲书写家信行列，根据往年采访资料和寻人信件帮乡亲们整理、书写成家信向邮局投寄。

一生难忘的经历

进入20世纪90年代，东山大部分家属都与在台亲人取得联系，并且有的回乡探亲、定居，几代人得以团聚，这是值得所有同胞欣喜的事情。

2019年是《告台湾同胞书》发表40周年，我也在回望往事中感受着两岸关系不断发展所带来的新变化。

东山与台湾，隔着一道浅浅的海峡，但绵绵思念却从未减弱。在20世纪八九十年代，我以一名新闻通讯员的身份参与寻亲，见证了一个个家庭的悲欢离合，用一封封代写的家书和寻亲启事传递着骨肉亲情的思念，给许多家庭带来了希望与期盼。这是我一生都难忘的经历，我也在这份工作中实现了自己的家国情怀，为家乡父老、亲人团聚尽一份绵薄之力，倍感骄傲与自豪。

1982年，中共东山县委授予我“在努力促进祖国统一大业的工作中成绩显著”的表彰，这是对我在那个特殊年代为海峡两岸寻找离散亲人给予的肯定。

现在，当年去台的亲人逐渐老去，越来越多的“寻二代”“寻三代”还在接续这份浓浓的乡愁。

（作者简介：林石文，东山县老年学会副会长兼秘书长）

见证70年前国民党抓壮丁的凄惨情景

黄辉全　沈福山　文/图

“这封30年前的台湾老兵张先生的来批，是我们从全县征集来的数百封闽台家书中，唯一一封能够真实准确反映1950年5月初，国民党残部在东山岛抓壮丁的真实凄惨场面。”东山县档案馆工作人员向笔者介绍了这封台湾老兵于1993年12月31日，从花莲县辗转寄往家乡东山岛亲人信件的详细情况。

触手抚摸这封虽已泛黄的台批，但上面的字迹依旧清晰。信中写道：

“在20世纪50年代我们家乡受了不测风云，我们就离开家乡，当此之时，在亲营村的海边，一片父母老幼的凄惨啼哭呻吟，送别我们别离家乡，但我们此时的心情，每个人之心情，如山垮在压，大家都仰天之叩首泣不敢出声，这是天意，无言可说。回忆起来历历在前，在1950年3月2日我们就不知不觉离别家乡到金门，受了严格之训练和工事，没有一天可休息。如果身体差点，真是受不了，尚且初离家想家中父母妻子，更加痛苦。如果想不开者，自杀也不少。在当年十一月初，我又到马祖。但到马祖正是冬天来临，每天都是冷风刺骨，因没有棉被晚上更是难入眠，每天早上起床，每

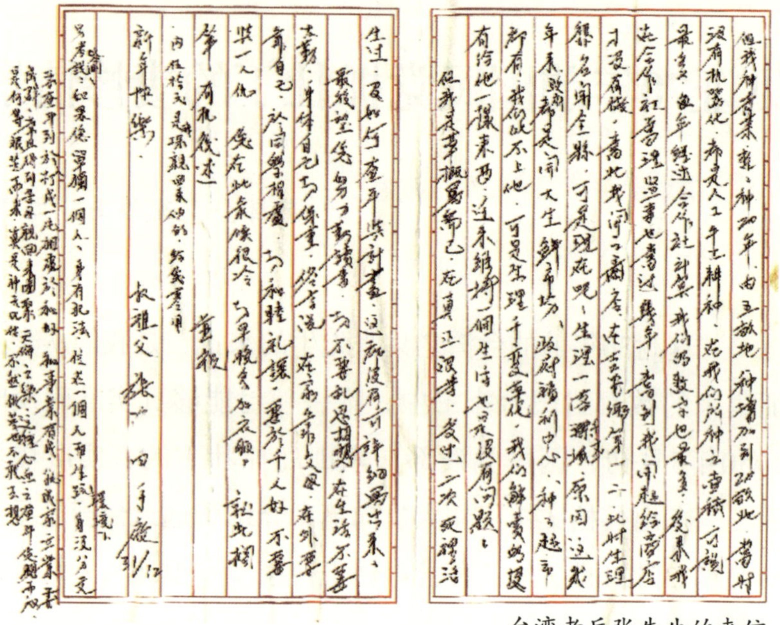

台湾老兵张先生的来信

山头都是白棉花满片霜雪，冷得实是难受。一住将近3年，到了1953年5月间才离开马祖到花莲大约住一年就到高雄，可是到1954年7月1日，我就离开部队……”

一夜之间，故园惊变，骨肉离分，悲天恸地，谁料海峡竟成隔绝，从此与家乡一别音容两渺茫。

时光倒回到1950年，国民党军败退大陆时，掳走了东山岛大批的青壮丁强行裹挟去台湾，人为地演绎了一幕幕家破人亡、妻离子散的人间悲剧，留下了多少破碎的家。从此，东山与台湾之间，父母思子女、子女念双亲、妻子盼丈夫、兄弟姐妹想亲人，思乡曲绵绵不绝。这封台批中的主人公张先生就是其中之一。两岸隔绝长达30多年，去台人员连只言片语都无法直接传递到朝思暮想的亲人手中。在这一特殊的历史时期，海峡两岸的家书通过“秘密通道”来往的“台批”应运而生，去台人员或把信寄往新加坡、马来西亚、泰国和美国等国家，然后换个信封转寄祖国大陆；或通过停靠东山的台轮，带回“闽台家书”，由台胞接待站转交亲人。同时，大陆亲人也通过这两个“秘密通道”把家书辗转寄往台湾。从此，书信牵连起两岸血脉亲情。

重温这封长达5页的带血家书，字里行间，写不尽的是张先生身处异地举目无亲、颠沛流离的心酸，道不尽的是思念亲人的肝肠寸断，而在老家盼着丈夫儿郎归来的妻子、父母，不得不望着大海祈祷上苍，成群结队，来到海滩，遥对云海深处的海峡东岸，焚香化纸洒酒，不知亲人是死是活，只能遥寄一片思念。多少次，她们一声声呜咽唤郎君，只闻涛声起回音；多少回，她们一双双泪眼盼归舟，不见帆影只见云，唯有长久地守护着藏在心底的那一份重见亲人的希望。

“这是一个历史的悲剧，一代人负载着金瓯残缺、家庭离散的痛苦。这些台湾老兵默默忍受了战争强加给他们的苦难和折磨。我们有权利有资格要求祖国尽快和平统一，尽快结束两岸骨肉难以相聚的悲剧。”东山县档案馆工作人员呼吁说。

（作者简介：沈福山，东山县档案馆副馆长、东山县档案馆《跨越海峡的来信——闽台家书故事》编委会成员。黄辉全，福建省作家协会会员、漳州市政协文史员、《石斋故里》侨刊特约编辑、东山县档案馆《跨越海峡的来信——闽台家书故事》编委会成员）

东沈村临解放抓壮丁纪事（一）

——被击碎的大家庭

沈添木　文/图

篇前语：东山县临解放，东沈村有380多户人家，去台人员165人。其中，系抗日战争胜利后，受民国政府委派，前往台湾接收政权者，以及后来自愿赴台（含家属）者共32名，其余133人均以壮丁身份被抓往台湾。抓壮丁，在东沈村演绎一出出人间悲剧，按当时规定：一家有4名男丁者抽2人，3名抽1名（后改为2名），2人抽1人，单丁不抽。到了最后，只要是男丁，见了就抓。被抓的壮丁最大52岁，最小不足15岁。造成亡户18户，留下妻儿苦守家门，妻子与老父母苦度日子的共75户。也有保长把人家的儿子抓走当壮丁，却又霸占壮丁妻子当老婆的丑恶行径，他们每家都有一本血泪史。

当抓壮丁的大兵在村子里横冲直撞，挨家搜人时，村子气氛十分恐怖，连狗都不敢吠叫一声。因工作需要，本人对东沈抓壮丁事件做过专题调查、采访，本纪内容真实、可靠。

沈顺合是位老实的生意人，老夫妻共育有四男，长男沈保宗1947年即被抽走当兵（后去台湾），次男沈耀宗年轻随父经商。三男沈荣宗龙溪师范肄业，在本村霞东小学代课，末男年少随在父母身边。1950年3月20日（东山未解放），保长登门告诉次男耀宗为壮丁对象，全家顿时都蒙了，次男为家庭的主要经济来源，一旦当兵去了，家庭生活何以为继？这时三男荣宗挺身而出，自愿替兄作壮丁。他说自己年轻，不懂经营，无法负担养家重担。而且自己有文化，在部队或许更好混些，就这样三男被抽走了。这样一介文弱书生，从此走上茫茫从军路，犹如剜掉父母的心头肉，叫父母怎么不心疼啊！

后来，因为书法同道，笔者与荣宗先生结成忘年交，闲聊中，他告诉我许多有关亲营海滩送壮丁的生离死别往事。

1950年农历三月廿三（阳历5月9日）是壮丁开赴台湾的日子。壮丁们被关押在亲营村公厅，军舰就停在村前的海湾。凌晨，壮丁们被列队押送到海滩。这时的海滩黑压压的一大片都是送壮丁的亲属。已哭成泪人的父母和二嫂找到我，一家人互相拥抱在一起痛哭流涕，老爸忍住眼泪嘱咐我，到了那边，一定要来批报平安等等。回想当年沙滩上的惨状，他依然难以自禁，时而伤心落泪。他十分同情那

本文作者沈添木（右）与沈福山副馆长在研究家书

些找不到亲人的壮丁家属。他们哭倒在地，声嘶力竭，双手拼命拍打沙滩，呼叫亲人名字。那些被提前押上军舰的壮丁们，见不到亲属，都拥挤于军舰护栏边，用沙哑的嗓音喊爹叫娘，呼叫声和海浪声混合在一起，特别凄凉。

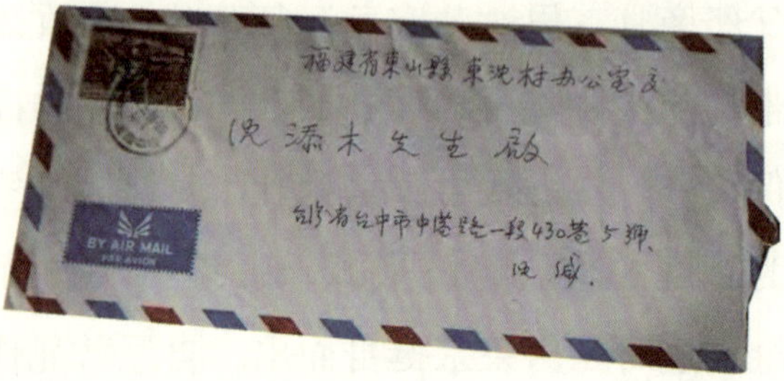

沈添木的家书

开拔的时间就要到了，大兵们开始驱赶壮丁家属，掰开他们紧抱的双手，强行拆散他们。大兵们又列成人墙阻断壮丁与亲属，逐个点名押上军舰。

说到这里，老先生伤心不已，说没想到，这竟然是他与父亲人生的最后一面。

1953年7月16日，国民党胡琏部队窜犯东山岛。拂晓，国民党军舰拥满东沈湾，水陆战军竞相登陆，声威震天动地。这时在东沈网寮销售小食品的耀宗见势不妙，急忙收拾货担回家，半路上被国民党兵抓住，捆绑押上军舰，带往台湾当兵去了。

消息传来，全家哭得昏天暗地。一家四兄弟被抓走了三个，这叫人怎么活啊！一个好端端的家庭几近散掉了。二媳妇哭得晕倒不醒，两岁多的儿子被家里人的哀哭声惊得尖叫啼哭，全家乱成一锅粥。

之后，每逢中秋月圆，想到自家支离破碎，老夫妻不免对月落泪。每到大年三十合家吃团圆饭，一张大桌空三位，老人心酸难咽，泪洒西风。海峡茫茫，书信难掩，音讯杳然。

当次男被抓到台湾的消息传到长、三两兄弟耳中后，都十分愕然，急忙寻机兄弟相会，难免一起痛哭陈情。想到可怜的老父母，突然遭此不幸，情何以堪啊！

荣宗先生告诉我，每逢佳节，他痛楚无法排解，总是躲在被窝里哭泣。因思子心切，郁闷成疾，其父于1975年仙逝了。噩耗传来，回乡祭拜无门，自个痛哭流涕，连夜撰写祭父祭文，朝大陆家乡方向，焚香化帛，拜祭先父在天之灵。

归家无望的三兄弟，先后在台湾成家立业，娶妻生子，这是后话。

荣宗先生退伍后，有机会继续读书补习，凭他的聪明勤奋，考上台湾东海大学，毕业后在卫道中学任教中文。他博览群书，业余时间认真练写书法，研习书法理论，并有机会向同宗兼同事的著名书画大家沈耀初先生请教书法，受益匪浅，书法大有长进，在台湾书法展中多次获奖，办过个展，出过书法专集。（之后，他又再次回大陆举办个展，出版书法专辑书籍，这是后话）2007年，他被授予“台中市资深优秀美术家”称号。

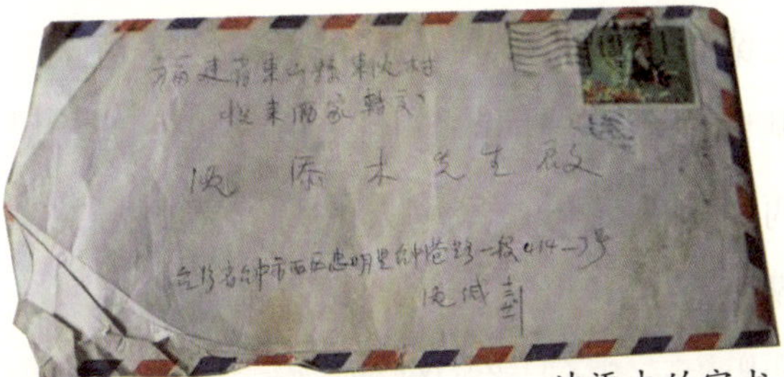

沈添木的家书

1987年，台海两岸春风劲吹，大陆改革开放，台湾也已开禁，“三通”顺利实现。耀宗、荣宗两兄弟决定申请回乡探亲。他们相携赴台北探视病中的大哥。大哥瘫痪在床（妻子离异出走），家境凄凉。当他听到二位兄弟拟回乡探亲时，悲喜交加。喜的是三兄弟终于有人可以回乡孝敬母亲，拜祭慈父，探视小弟了。悲的是自己日盼夜盼，盼到可以回乡团圆，却因病不能成行，夙愿化为泡影。他希望兄弟俩代大哥行孝道、爱亲人，最后竟泪流满面，真正是“男儿有泪不轻弹，只是未到伤心处”。

同年农历十月，耀宗、荣宗兄弟与其他十余位同乡结伴回来探亲。踏上故土进到家，合家老小欢聚一堂，悲喜交加，他们扶着老母，哭泣不止，千言万语难诉对慈母的无限思念。他们也不忘焚香化帛，拜祭于慈父灵前，告诉不肖子孙历经千辛万苦，终于回来了。

短短数日的探亲期转眼便过，他们又得经历一番感情纠结。老母千叮咛、万吩咐，要求儿子隔不久就要带其台湾妻子和儿女回来团聚。一家人依依惜别，相约来年再相会。不幸的是，他们返台湾后过两三年，长次二男相继谢世，经历黑发人早于白发人归去的痛苦。好在三男孝道，他每隔两三年便携妻将儿女带回来相聚，极尽孝道。后来，90多岁的老母患上老年痴呆症，诸事皆忘，唯独不忘每天依门等待三儿归来。笔者亲眼所见，那年三男回来，刚入门，见其老母卧于病榻，他急趋向前，拥其老母，亲吻其脸颊，告诉三儿回来了。本已处于迷糊状态的老母亲，听到熟悉的声音，马上挣扎着要爬起来，叫出老三名字，老泪纵横，情景让人动容。

荣宗先生忠孝两全，他坚决反对“台独”，坚持祖国必须统一。1991年他毅然参加台湾文化参访团，到大陆做文化交流。他十分崇敬先圣贤黄道周先生，精心创作黄道周先生《榕颂》16屏行书精品，捐赠县黄道周博物馆典藏。他非常崇拜谷文昌书记，感谢他为东山绿化造林治风沙，功在万代。还书写近百幅习近平总书记在各类会议或活动上的讲话的书法作品，捐赠给县慈善总会。他永远不忘自己的根就在大陆东山，他的书法作品末尾题款大都是“东山松友”四字。

（作者简介：沈添木，退休干部）

东沈村临解放抓壮丁纪事（二）

——被逼上绝境的特殊壮丁户

沈添木 / 文

沈两成与妻子林梅花育有五男一养女。东山临解放，国民党抓壮丁那年，沈两成46岁，长子沈新发不及15岁，次男9岁，三男早殇。四男、五男为稚童，或在襁褓中，家庭累赘，家徒四壁。像这样的贫困户，保长不管他家死活，硬把两成列为壮丁对象，这如同要置其于家破人亡境地。不得已，沈两成连夜潜逃城关亲友家。（两天后，他以为抓兵风潮已过，准备回家，谁料到刚走到半路，就被再生部队卡住，抓到亲营村壮丁营。这是后话。）

这时，东沈村抓壮丁正闹得翻天覆地，气氛恐怖而紧张。凡是壮丁逃走的，再生部队就把其母或妻押送村大祠堂关起来，然后逐个吊打拷问，逼其交出壮丁。被抓的就有个老妇人，其子沈吉春系单丁（婚后生一子），也被列为壮丁对象。为了家庭不至破散，沈吉春半夜潜逃出村。天刚亮，再生部队抓不到人，就把老妇人抓走，绑在大祠堂前一杆大竹杠上，一个凶神恶煞般的大兵用竹扁担，对她进行残酷殴打。当扁担一打下去，血肉飞溅，惨不忍睹，最后晕死过去，用水喷醒，押解到县城警察局，继续拷问。

为了救出母亲，沈吉春不得已走出潜躲地，自首当壮丁去了。到了台湾，沈吉春被派驻守金门。他日夜思念老母亲和妻子，还有幼小的儿子，就与老乡暗中商量，准备游过金门海峡回大陆老家。半夜时分乘着退潮，他们渡海了，刚刚游到半路，就被国民党军队巡逻艇发现并抓回，最后以逃兵处以枪决，惨死他乡。

林梅花被国民党残部殴打沈吉春母亲的惨景吓得脸色如土。万般无奈，愿以稚气未脱的长男沈新发顶替其父充当壮丁。她怎么也没想到，其夫已于前天被抓走了。听到这消息的林梅花，两眼都直了，整个家庭如塌下来一样。她叫天喊地，顿足捶胸，精神都崩溃了，其惨叫声惊动全村，左邻右舍纷纷过来劝慰，见起惨景，也都陪着流泪。

家主走了，无奈之下，他把四男送予探石村人家，把五男卖到云霄县陈岱，也算是给孩子一条生路。

被抓到台湾的沈两成父子，被分配到不同的部队。沈新发年少个头小，常被老兵欺凌。凡是苦差事重活都叫他做，还得替老兵洗衣服和臭袜子，不洗就会挨打。这是什么军营？简直就是人间炼狱。他成了老兵们的奴隶，沈新发后来介绍说。

他们终于熬到了走出军营，父子俩创办了小企业，沈新发还建立了家庭。1985年两岸关系有所缓和，他们便以申请旅游为名，经新加坡，转中国香港回到家乡，成为本村第一个回来探亲的台胞。刚到家的那一刻，情景十分感人，夫妻、母子、兄弟紧抱着痛哭流涕，含泪带笑，如在梦中，两个卖、送出去的儿子，也都带着妻儿全家前来团聚。他们离家时是稚童或在襁褓中，不明世事。现在也都明白其母当时的万般无奈。现在，全家苦尽甘来，其乐融融。后来，沈两成申请定居，与家人共享天伦。沈新发签证期满，因在台湾有家眷和事业，返台后，他经常往返于海峡两岸。

（作者简介：沈添木，退休干部）

海峡飞鸿雁　电波传家书

黄辉全 / 文

男：亲爱的台湾同胞们，老家在福建东山县的孙树根先生，1950年3月你不幸被抓兵去台湾，30年来你的未婚妻何凤珠天天在期待着你回家团聚。最近她给你写了一封信，要求本台替她广播，请你注意收听。

女：何凤珠的信写道：

树根：我是你的未婚妻凤珠，咱俩分别已经30年了，你可知道，这漫长的年月，我是怎么样熬过来的呀？

树根，我从小来到你家，和你一起生活，一起劳动，相亲相爱，感情非比一般。妈妈对我们很疼爱，看我们俩情投意合，她老人家十分高兴。……树根，你走后，我日日夜夜都在想念你，期待着你早日回到我的身边。起初我曾收到你从金门寄来一封信，信上的第一句话就说："凤珠贤妻……"听到这亲切的称呼，我又悲伤又高兴，尽管你我还没结婚就分离，但你还是把我当作你的贤妻，你对我这种恩爱之情，一直深藏在我心里……

你的未婚妻：凤珠

男：孙树根先生，下面请你听听你母亲林红花写给你信。信是这样写的：

树根儿：

你走后，我一直和你的未婚妻凤珠相依为命，共同维持咱们的家。凤珠对我很孝顺，服侍我像亲妈妈。我为有这样贤惠的媳妇而感到欣慰；但也为她的苦等和孤单而过意不去，眼看凤珠的年龄一年比一年大，心想再这样下去会耽误了她的青春，所以我多次劝她改嫁或招亲，可她说什么也不肯，她含着眼泪对我说："妈！你看咱一家人老的老，小的小，树根还没有回来，家里无人照顾，我怎么能离开呢！我要留下来服侍妈妈，抚养弟弟，要等树根归来！"多么感人的话语，多么坚贞的心呀！妈为有这样的好媳妇而高兴，也为你多年未归而感到伤心。

女：树根儿，妈知道你从小是个重情义的人，一定不会遗忘你妈的养育之恩和凤珠的恩爱之情。妈今年已是80岁的人了，凤珠也快50了，我们都盼望你早日回来团聚，好遂凤珠一生心愿，如能这样，妈死了也甘心，盼你回音，等你归来！

你的母亲：林红花

这是1982年中秋节前，中央人民广播电台对台湾广播《空中之友》节目播出的两封寻找东山籍台湾老兵的家信。

中秋佳节，花好月圆，在这美好的时刻，有谁不盼望和家人团聚，享受天伦之乐呢？明月千里寄相思。在这月明之夜，海峡两岸有多少亲人盼团圆，有多少父母盼儿归啊！

事情是这样的：信中的主人公叫孙树根，家住东山县钱岗村，就在1950年3月东山岛临解放时，被溃退东山岛的国民党残部“抓壮丁”去了台湾。消息传到了家中，树根的母亲林红花和未婚妻何凤珠顿时如五雷轰顶，天昏地暗，几天几夜不见炊烟，道不尽的是思念亲人的肝肠寸断。

树根是家中顶梁柱，这一去不知何时是归期？原来，就在孙树根被抓壮丁这年，他的母亲眼看两个年轻人恩爱有情，也到了适婚年龄，就准备在年底为他们完婚。那年，树根的母亲把平时积存下来的钱购置了一套结婚用具，家里还养了一对大肥猪，一只大公羊准备用于儿子大婚办喜事。按照家乡的风俗，她老人家还特地在一对大肥猪和一只大公羊的身上系了红头绳。可是，天不从人愿，就在3月，树根不幸被抓壮丁去了台湾。

浅浅的一道台湾海峡，使两岸亲情隔绝；也使这个家庭骨肉分离，支离破碎。撇下的白发母亲、未婚妻和一个年纪还小的弟弟，从此只能隔海相望，两地相思！正如香港作家巴桐在报告文学《海峡探亲潮纪实》中所描写的：“多少高堂明镜悲白发，多少妻子长年守空房，多少儿女不知父生死，多少异乡客夜夜梦神州。”

自那一天起，何凤珠一直留在孙家，替孙树根侍奉年老的母亲，拉扯幼年的小叔，像已经过门的媳妇一样，在家庭中尽了自己的责任。孙树根的母亲眼看儿子这么多年没能回家来，怕她误了青春，曾经多次劝她改嫁或招赘，村里的许多好心人也来为她说媒和提婚。可是，何凤珠都婉言谢绝了，她的心里只有一个人，这就是孙树根，她要等到未婚夫回来成亲团聚。

“凭栏望断云飞处，锦书谁误？年年燕子归梁住，又添愁苦。”树根去台湾后，他的母亲和未婚妻痛苦到几次晕厥，暮色降临、月光之下，往昔的一幕幕在脑海里浮现，无数的思绪涌上心头，她们常常倚着门窗，也不由自主地走到村口等待树根的归来。她们盼呀！盼呀！希望海峡彼岸的亲人能够一切安好，痴想树根明天就会回来，明年就会回来。

望穿归路，写尽相思难寄去。寻亲之路仿佛就这样被生生阻断，然而纵使山高水长，孙家人始终没有放弃寻找树根的希望，努力通过种种途径多方求助，年复一年托人打听树根的下落，却依旧没能如愿。

1982年，距树根被抓壮丁已过去了30多年，何凤珠也已年过半百，只是仍然没有把她的未婚夫盼回来。眼看凤珠的身躯也在生活的消磨下日渐瘦小，农忙时节缺乏男劳力，生活难以为继；逢年过节孤苦伶仃，望团圆，却难团圆。冬日清晨刺骨寒风中的戽水二人变一人；未过门儿媳却成了夫家的顶梁柱，侍奉公婆养老送终；冬至圆粉留了一年又一年；一年年的仔猪养成了大肥猪，一年年被宰杀，这周而复始的养猪历程没能盼到丈夫的归来，她们把希望寄托于妈祖的保佑，祈求在水一方的男人能早日平安归来。

吃得苦中苦的何凤珠，坚强自立，辛勤劳作，坚信海峡彼岸的丈夫一定会回来。她在广播信中倾述：“树根，你走后不久，家乡就解放了。解放后，我一直在咱们家陪伴着妈妈生活，照管咱们年小的弟弟树木，担当起全部的家务事，我只有一个心愿，就是等着你回来团聚。可是日复一日，春去秋来，熬了一年又一年，直到现在，30个寒暑过去了，还不见你回来。如今，我虽已年近半百，双鬓开始斑白，但我对你的一片忠心始终没有变！无论如何，我一定要等着你！”

1987年11月2日，台湾当局开放老兵回大陆探亲，这一天成为两岸交流史上新的起点。那一天之前，两岸同胞音讯阻隔，交通断绝，多少父兄不能相见，夫妻不能聚首，家庭不能团圆。这鲜有的好消息，让人不禁心头一热，两岸的亲人为了这一天，等了30多年。一些人等到了亲人团聚的时刻，尽管初次见的场面是撕心裂肺的，但还有人等来的却是永远的遗憾。

时光流逝，岁月茫茫。看到左邻右舍、邻村亲戚，或到福州，或在漳州、厦门的车站、码头、机场等候亲人的重逢，孙树根的未婚妻和他的母亲更是万分焦急，翘首以盼。婆媳俩此情此景就像李清照笔下的心境："寻寻觅觅，冷冷清清，凄凄惨惨戚戚。……守着窗儿，独自怎生得黑？梧桐更兼细雨，到黄昏，点点滴滴，这次第，怎一个愁字了得！"

思念、牵挂、惧怕……心里就像打翻的五味瓶，不是滋味。焦急中的期盼，那思亲之情，却愈发浓烈，酸楚的眼泪止不住的往下流。忽然间，她们想到了求助广播电台寻亲。对！就找广播电台，借助电波传向彼岸！于是，赶紧托人修书寄到中央人民广播电台对台湾广播《空中之友》节目。

于是就有开头的这一幕。当那一封封充满渴望亲人团聚的文字通过主持人亲切温柔的声音播报出来，那份浓浓的同胞亲情，在那一刻，感受是那么的真切。

游子啊，你可听见母亲和未婚妻在深情地呼唤，希望你能早日平安归来！

（作者简介：黄辉全，福建省作家协会会员、漳州市政协文史员、《石斋故里》侨刊特约编辑、东山县档案馆《跨越海峡的来信——闽台家书故事》编委会成员）

家书抵万金

林石文/文

“烽火连三月，家书抵万金”。1979年元旦，全国人大常委会《告台湾同胞书》发布后，中央人民广播电台、《人民日报》（海外版）、福建人民广播电台、《福建日报》、海峡之声广播电台、厦门人民广播电台、《厦门日报》等电台、报纸先后开辟了对台宣传栏目，通过新闻报道、专题访问、家信、评论、录音、照片等形式和内容向台湾同胞传递大陆信息。一系列有关两岸通邮的措施也相继展开，几十年间，海峡两岸同胞相互间的家书往来，留下了太多的故事。

如今，当年去台的亲人大部分已逝世，大多数的“二代”“三代”从未见面他们还在接续“寻二代”“寻三代”这份浓浓的乡愁。

今天，笔者向读者提供1984年6月下旬，中央人民广播电台在为海峡两岸亲人架起寻亲的“桥梁”播出的《一组台湾同胞亲人通信录》，旨在帮助人们了解当年传递着遥远的嘱托与心灵的呼声，唤醒彼此两岸亲人隔绝多年的记忆，也为当今两岸亲人“寻二代”“寻三代”提供有益帮助。

1984年6月下旬，中央人民广播电台播报的《一组台湾同胞亲人通信录》，全文如下：

亲爱的台湾同胞、各位听众朋友，我是中央人民广播电台对台湾广播部xx，我主持的这次《空中之友》节目，为福建省东山籍的部分同胞播报“亲人通信录”，如有你们熟悉的同胞请代为转告。

老家在福建省东山县的林树近先生，你爱妻吴潘笋将你的养女金凤哺养成人，招亲在家，现有二男一女，你的女婿现在福建省地质队工作，全家人都盼你来信，他们的通信地址：福建省东山县岱南村。

老家在福建东山县的林亚英先生，你在大陆的两个儿子永炎、永光现都成家立业了，各有一个幸福的家庭，他们的通信地址是福建省东山县岱南村。

老家在福建东山县的林清荣先生，令堂于1978年逝世，享年90岁，令弟县担，令姐兴梅现都儿孙满堂，一家盼你能早日回来团圆，他们的通信地址是福建省东山县岱南村。

老家在福建东山县的林两发先生，你母亲许罔抱1980年已故，你的爱妻陈赛桃守节在家，抱养一女甘茶，现已招婿育有二男二女，你哥赐发，弟瑞发，姐桂娥、巧珍，妹瑞娇都有一个幸福家庭，他们盼你回来团圆，如来信地址是福建省东山县岱南村。

老家在福建东山县的林振风先生，你哥春金原在上海第二酒精厂工作，现退休在上海安度晚年，他有二男二女，你弟义火现在老家务农，盼你来信，信可寄福建省东山县岱南村。

老家在福建东山县的林梓荣先生，你的爱妻叶娥珍30多

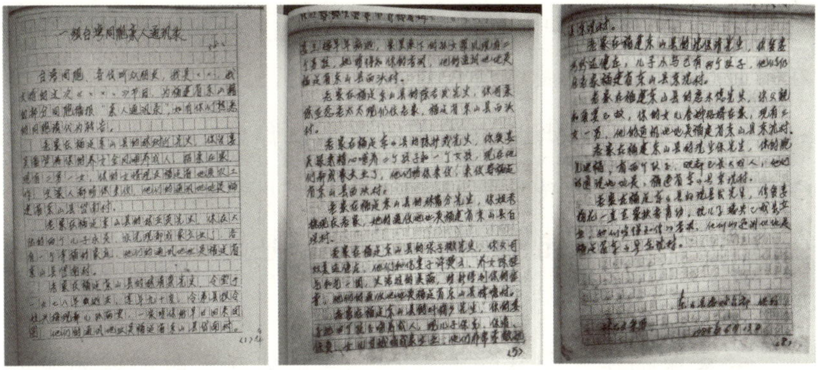

台湾同胞亲人通讯录

年来，她一直未改嫁，盼望着能与你团聚，她抱养了一个女儿，女儿也已结婚生子，期盼你能回来团聚，通信地址是福建省东山县岱南村。

老家在福建东山县的林南兴先生，令堂今年已经89岁高龄了，身体还健壮，现随你妹碧枝一起生活，她老人家日夜思念你，盼你来信，信可寄到福建省东山县岱南村。

老家在福建东山县的林玉丁先生，你母亲黄乌梅和婶母沈秀来侨居新加坡，她们时常作伴回到祖家来探亲。你的胞弟玉坤，有二男二女，盼你回来团圆，他们的通信地址是福建省东山县岱南村。

老家在福建东山县的林式兴先生，令兄式发1980年病故，他的二个女儿惜贞、银菊都成家立业了，银菊招亲在家，接你林家香丁，你如来信请寄：福建省东山县岱南村。

老家在福建东山县的林亚猫先生，你老母亲今年75岁了，身体还很健康，你弟木兴，姐兴跨都在家，他们盼得到你的音讯，他们的通信地址是福建省东山县岱南村。

老家在福建东山县的王桂生先生，你母亲王玉母还健在，她仍住老家，福建省东山县坑北村。

老家在福建东山县的叶成国先生，你爱妻把你两个儿女哺养成人，现儿子兴木有四男一女，女儿碧桃有四男二女，他们盼望你能回来团圆，他们的通信地址是福建省东山县叶厝村。

老家在福建东山县的吴锦祥先生，你在家时相依为命的两位妹妹早都成家立业了，大妹雪花有五男二女，小妹县花也有三男二女，她们盼望你来信，通信地址是福建省东山县詹厝村。

老家在福建东山县的詹荣福先生，你哥荣春，弟荣桂都有一个幸福美满的家庭，他们仍住福建省东山县詹厝村。

老家在福建东山县的吴新溪先生，你的爱妻赛珠健在，大儿子进丁在前楼盐场当工人，二儿子丁进是公社农机干部，你要给他们来信，可寄福建省东山县径里村。

老家在福建东山县的沈保清先生，你爱妻巧珍还健在，儿子小乌已有两个孩子，他们仍住老家福建省东山县东沈村。

老家在福建东山县的唐木德先生，你的父亲和爱妻已故，你的女儿春娥招婿在家，现有三女一男，她的通信地址：福建省东山县东沈村。

老家在福建东山县的沈生保先生，你的胞兄进福有两个孩子，现都已长大成人，他们的通信地址：福建省东山县东沈村。

老家在福建东山县的沈县发先生，你爱妻梅花一直在家扶老育幼，现儿子瑞兴已成家立业，他们盼得知你的音讯，他们的通信地址：福建省东山县东沈村。

各位听众朋友、福建省东山县一组台湾同胞通讯录就播送到这里，各位如有认识以上同胞，请帮忙转告、告知家乡亲人在寻找他们，也可写信告诉我，信可寄中央人民广播电台对台湾广播部收。

谢谢收听！再会！

（福建省东山县对台工作部通讯员林石文执笔、供稿）

一道海峡盈盈水，中间多少离人泪。回想当年，每次采访我都感慨万千，因为几乎每个家庭都有一段骨肉分离、夫妻离别的曲折故事，每当年迈的长辈老泪纵横地诉说对儿子的思念，媳妇哭泣对丈夫的深情、孩子们争着抢着想知道爸爸的情况时，心里真是五味杂陈。见证了一个个家庭的悲欢离合，用一封封代写的家书和寻亲启事传递着骨肉亲情的思念，给许多家庭带来了希望与期盼。

如今，两岸亲人绵绵思念从未减弱，两岸亲人期盼祖国统一，当年去台的亲人大部分已逝世，越来越多的“寻二代”“寻三代”还在接续这份浓浓的乡愁。

（作者简介：林石文，东山县老年学会副会长兼秘书长）

亲缘隔不断　家书漫海峡

谢雪君/文　黄辉全/图

“三弟你好，接读来信，如获至宝，全家人狂喜万分……”40多岁的黄友恭捧着信纸，不禁涕泪纵横，阳光透过窗户照在他过早花白的头发上，微微颤抖，老伴绍真也泪流满面，30年啊！烽火连三月，家书抵万金，而30年生死两茫茫，家书何止万金？

诗人木心那句“车、马、邮件都慢，一生只够爱一个人”诗句读来浪漫，但现实中，对于几十年未见面、也不知还能否再相见亲人的人来说，“慢”并不浪漫，而是一种煎熬。别来沧海事，语罢暮天钟，明日巴陵道，秋山又几重。黄友恭想起唐代诗人的诗，往事漫上心头……这不是文学创作，这是一个真实的故事。

黄友谦（右二）携第二、三代族人在祖厝祭拜先祖黄道周先生

1937年，黄友恭出生在

澎湖，是家中的老三。父亲黄文华是福建东山岛人，1923年在澎湖天后宫大修时应聘到澎湖负责庙宇的彩绘，从此定居澎湖，成为澎湖第一代彩绘大师。大哥黄友谦子承父业，并因彩绘技艺精湛而被台文化管理机构列为“澎湖人间国宝”。小友恭生活在相对家境好的家庭，童年时光无忧无虑，因东山与澎湖两岛相距仅90多海里，地缘近，血缘亲，自古以来，两岛居民就有着十分密切的关系。坐船渡海走亲访友、回乡谒祖、祭拜关帝，这些在当地人看来都是再日常不过的生活。1948年，11岁的黄友恭坐船到东山舅舅家，与往常一样，黄友恭在舅舅家小住，本是一次寻常走亲戚，但没住多久随着东山解放，台湾开始实施“戒严令”，一湾浅浅的海峡变成无法逾越的天堑。少年的黄友恭从此远离双亲，他怎么也想不到，一别竟是数十年。他只能随舅舅姓林，舅父舅母视为己出，但家境贫寒，有一年舅舅出外行船遇到海寇，扣留在香港，小友恭不得不辍学，经亲戚介绍到农村放牛，帮渔民讨海，生活的重担压不跨友恭，但魂牵梦萦的思亲之情折磨着他，面对着大海，他的泪水有如浪花。所幸舅舅回来了，他又可以上学了。长大后的黄友恭在“振声园”戏班唱小生，遇上了同在戏班唱潮剧的绍真，结为伴侣，从此思亲的情绪又多了一个人，妻子常常在清冷的月色里听他拉着哀怨的二胡，看着他在洁白的信纸写着龙飞凤舞的字撕了又写写了又撕，绍真只有依偎着他一同望着南门湾……

或许，老天也被感动了，20世纪70年代后期，黄友恭和澎湖的家人借助一位定居新加坡的朋友转寄信件，有了联络的途径。接到来自亲人的第一封信，黄友恭激动万分，欣喜若狂！“绍真，快拿笔来，我要回信”妻子赶忙拿来纸笔，友恭一泻千里，几张信纸怎能承载几十年的心酸与思念？泪水湿了信纸，但内心涨满希望！黄友恭从此断断续续与澎湖的亲人取

黄氏兄弟相聚在祖家

得了联系，但“中转站”并不牢靠，邮寄信件不仅时间长，还容易寄丢。1976年，新加坡的“中转站”因种种原因失效，联络又中断了，直到1981年，家人找到一个常驻香港的朋友帮忙，这才恢复通信。

“恭儿收知，收到朝夕盼望的信息，内心之欣慰是无可比喻……”

“三哥，母亲的身体近来健康硬朗，有众兄弟姐妹照顾，放心勿念。”

“三哥，我是您的六弟，对您我是完全陌生的，只看过您的相片及从母亲口中得知您的一些片段往事，也得知您以前是如何疼爱着我，照顾着我……”薄薄的信纸上字迹各不相同，收件人是家住福建省漳州市东山县的“林友恭”。一

封封信读来，好似一家人正围坐一堂，七嘴八舌地聊家常。从此黄友恭的生活有了期盼，一封封家书支撑着他度过那漫长的岁月，也似乎看到那天堑要架起一座天桥，通向两岸连接海峡……

苍天不负有心人，1987年，两岸开放探亲交流。1990年，黄友恭取道香港，重返故土，成为大陆正式回澎湖探亲第一人。一别40年，父亲已经过世十多年，82岁的老母亲等在门口，“恭儿”一语未出，老泪纵横，黄友恭跪下泣不成声，少小离家老大回，煎心日日复岁岁！短暂的相聚一家人特别珍惜，老母亲，颤巍巍的身子走在菜园的小路，摘下自己种的菜，亲自下厨为儿子做春卷，那薄薄的薄饼仿佛要卷下多少愧疚与心酸，这儿时熟悉的味道在黄友恭的嘴里卷出多少五味杂陈……

于是黄友恭心生一念，他要为东山在澎湖的亲人带信，他深知信的重要性，他深知在不能团聚的日子，唯有一封封信在牵动安慰着两岸亲人的心，支撑着他们的生活，燃起他们的希望。澎湖县长王乾发意味深长地说“你是大陆澎湖探亲第一人，现在两岸关系好转了，一定要常回家看看”。返回东山时，黄友恭带着厚厚一沓托付寻亲的信，觉得任重道远。接下来30多年里，来求助他的人络绎不绝，黄友恭积极联络探访，帮助不少人找到了祖宅、祖祠。

2014年，为编纂宗族名录，黄友恭又回了趟澎湖老家。同年7月，他的大哥黄友谦等兄弟姐妹携后辈首度踏上故土东山岛，举行了谒祖祭拜活动。

同年，东山岛所在的漳州市成为继厦门、福州、泉州之后新一批陆客赴台个人游试点城市之一，黄友恭终于可以比较方便地与家人团聚了，吃上母亲亲手为他包的闽南味十足的春卷。

黄友恭最喜欢的就是收到母亲与兄弟妹妹的来信，一封封家书在夜晚暖暖的，仿佛家人围坐，灯火可亲。母亲更是通过家书教育儿子。“为母在此生活幸福，儿媳都能谨遵家训，孝顺和友爱是最为可慰的，希望吾儿在外无需挂念。只是你妗母玉体欠安，是为母最为难过的，但愿恭儿及绍真贤媳能如生母般看待她，尽心孝道，就是可比行孝于我，盼望能让她享受到安详的晚年，也好为下一代晚辈做个好榜样，是为母最大之期望也”。母亲殷切的嘱咐跃然纸上，好家风通过台批在传承。黄友恭是明末名臣黄道周的后裔，父兄是澎湖彩绘大师，家学渊源，孝道传家。黄友恭谨遵母命，视舅妈为亲母，奉养善终，他育有二男五女也个个尽责尽孝。他每年都寄明信片给台湾的亲人问安，关注中央电视台四套与福建电视台海峡频道，晚年常常帮助两岸乡亲寻亲、寻

笔者采访黄友恭太太吴绍真（左）

根，为分散在世界各地的族亲牵线搭桥。

2021年7月，85岁的黄友恭去世，恰逢疫情，兄弟姐妹们不能来大陆送行，或许，这又是亲人最后的遗憾，也是泉下黄友恭最后的遗憾。亲缘是隔不断的，这海峡两岸的人们以前用台批，后来明信片，电话，微信等等一些“新台批”维系着浓浓的亲情，弥补着种种遗憾。老伴绍真对着墙上他们金婚拍的合照出神，斜阳余晖抹在她的身上，银白的头发闪闪发光，望着老伴留下的那一叠叠装满箱子的书信，她不再流泪，她想起他们煎心日日复年年的岁月，想起他望断天涯的目光，想起他接到第一封信的欣喜若狂，想起他在东山与澎湖奔走的时光，想起后来两地亲人的不断来往，她总有理由相信血浓于水，亲情隔不断，两岸来来往往，月光洒满海峡……黄友恭在泉下也不再遗憾！

（作者简介：谢雪君，中国曲艺家协会会员、福建省书法家协会会员、漳州市作家协会会员、东山县曲艺家协会主席、东山县档案馆《跨越海峡的来信——闽台家书故事》编委会成员）

漫漫回乡路　拳拳助学心

沈舜友　文/图

东山县礁头村的孔子庙

黄兴发先生是1950年5月10日被国民党残部抓丁到台湾的，今年已94岁。

他出生时，正是中华民族灾难深重的危急时刻，家乡又因离海近，地势低，地下盐碱逐年上返，遇大风大浪天气海水还会浸漫土地，地里不但庄稼长不好，连野草也长不旺。因此，过去非常偏僻落后，家里经常揭不开锅，吃上顿愁下顿。就是在这种窘迫的家境下，父亲仍然咬紧牙关送他上学，先是读私塾，后到距离家乡30多“华里”的“东山初级中学”读书，黄兴发有幸聆听萧立云校长的教诲，又和现代东山知名人士方耀铿、沈振东等成了校友、同学。初中毕业后又上了漳州龙溪师范学校，准备将来当一名教师。

像他这样贫穷的农家子弟为什么能够到漳州求学？源于他的家乡有一座全县独一无二的孔子庙（原来旧城关有一座

孔子庙，后毁），父亲坚信民间俗语“孔子不会误人”，再穷也要让孩子读书，才对得起先人建孔子庙的初衷。这也成了他的“祖训家风”。古人说：书中自有黄金屋，书中自有颜如玉。其实最重要的是，书中有养分，读书才能变化气质，读书才可以增加见识，所以人不学，不知义，不读书的人，很难成才。

不料风云变幻，学而优但“师”梦碎。由于当时国民党腐败无能，失去民心，从北往南一路败退，时局不稳。在漳州读书的学子人心惶惶，不知何去何从。一天，国民党军队到学校强征“学生兵”。许多学生不愿充当炮灰，纷纷逃离学校。黄兴发因挂念家中父母，也逃回家乡。

才脱虎口逃得去，又入牢笼遭祸殃。回家不久，溃败的国民党残部又在家乡大肆抓壮丁。他不幸又落入虎口，被抓丁从亲营村坐船进入台湾海峡。毕竟是第一次渡海，内心焦虑，望海而叹。这种感觉，是因为以后命运的不可预见性，更多的是来自政治上的淫雨腥风。黄兴发立于船头，任苍劲的海风吹拂脸庞。身后，有那段割舍不下的在家乡生活的痕迹，那里的一座古庙、一座山，花白胡子的大爷、穿裤衩的小伙伴，以及在山上吃草的老黄牛、家中的小狗……那种烙在心灵深处的“DNA”，一辈子附在身上。而眼前，是无尽的波涛滚滚，是漫漫雄关。

船在海上，他没有像其他壮丁哭哭啼啼，心想大丈夫到哪里都一样，何必永留在一个地方，何况我有文化，到台湾后给父母寄批报一声平安，也就行了，免得他们挂念。

原来以为到台湾后，就能写封平安批，免得儿行千里母挂念。谁知道刚到台湾，一个长官就来训话：严禁通信，谁写信就以通匪论处，谁敢回家格杀勿论。

一声封口令，寒彻了壮丁的心，不少壮丁眼泪汪汪，感到像天塌下来一样。黄兴发的心情更为难受，因为是准备写平安批的，希望越大，失望也更大。呜呼海峡，一衣带水，实隔千重浓雾！

他拖着仿佛灌了铅的沉重的双腿一步一步地把自己挪进军营。批不能写，家不能回，在如铁桶一般禁锢的沉闷时局中，乡愁啊，怎么不令人揪心扒肝！在李白、杜甫笔下，乡愁是“举头望明月，低头思故乡”“月是故乡明”。在余光中笔下，乡愁化成了邮票、船票。那时，他禁不住惨怆怛悼、涕泗横流。心酸与愤懑、思乡与无奈、悲恸与郁结、宣泄与坚忍……椎心泣血，情不能已。

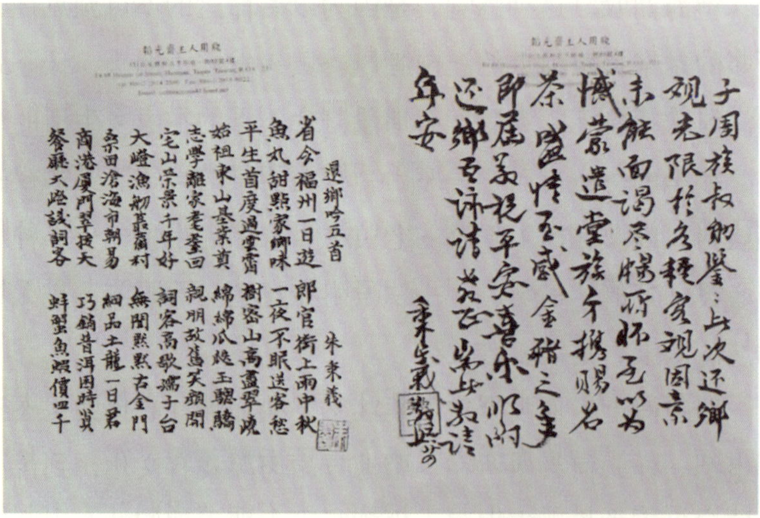
退鄉吟五首　朱秉義

省会福州一日遊　郎官街上雨中秋
魚丸甜點家鄉味　一夜不眠送客愁
平生首度過雲霄　樹密山高盡翠流
始祖東山基業真　綿綿瓜瓞玉驄驕
志學離家老耋回　親朋故舊笑顏開
宅山宗景千年好　詞客高歌孺子台
大嶝漁村喜藏村　無聞默默古金門
桑田滄海市朝易　細品土龍一日君
商港廈門聳接天　巧銷普洱因時貨
餐廳大嶝談詞客　蚌蟹魚蝦價四千

台胞寄给朱子周先生的信

故乡是人们永远的根系所在，乡愁不仅是对家乡由衷的爱，也是对家人切割不断的牵念。无数次泪目，无数次悲恸，无数次感叹。故乡之所以令人魂牵梦萦，不在于它的风景多么迷人，也不在于它多么富饶美丽，而是因为亲人在那里、根在那里。

这时，黄兴发有文化的优势就体现出来了。从大陆来的壮丁大多被派去挖战壕，干重苦力的军事活，长官知道他读过师范学校，就委派他当一名文化教官。这正合其意，就结合教材把年轻时学过的知识讲给学员听，讲的是中国故事，讲的是孔老夫子“仁义礼智信，温良恭俭让”。他体察军人的乡愁，在课堂上就讲清明节的微雨，元宵节的花灯，重阳节的登高，中秋节的月亮，春节全家大团圆，端午节扒龙船等等，学员说他这个教官是称职的。

风风雨雨多少事，辛酸苦楚谁人知！随着年龄增大，黄兴发在台湾成了家，有了太太，有了儿子，油然生出几分“此心安处，便是吾乡”的感慨。

但是，家乡是他永远的根系所在，家乡是游子永远的牵挂。长期离家，对家人与家乡的思念无日不萦绕于心头。思念已极！当他发现头上滋长的白发时，恨不得一步跨过海峡回家，以看清父母脸上的每一道皱纹，抚摸父母头上每一根白发！

何时鸿沟夷为平地，天堑变成坦途？他像古代屈原天天“天问”，满腔热血无处可洒，青鸟未至，鬓已霜。乡愁，只能以远望来排解，但是，远望永远不能“当归”，引起的是更多的苦痛。

有一天，一个同乡偷偷告诉黄兴发：我和家乡通批啦。他信任黄兴发，知道不会告密。原来老乡有亲戚在新加坡，通过新加坡信局把批转寄回大陆。这是个好办法，事不宜迟，黄兴发提起笔、蘸上墨，在尺素间走走停停、战战兢兢，想起《论语》上的那句话："父母之年，不可不知也。一则以喜，一则以惧。"惧怕父母年事已高，有什么意外……他把写好的批寄到新加坡，辗转到家乡。

一封批就这样越过高山重洋送到亲人手中。不久，弟弟黄八龙（弟弟是他到台湾后才出生的）回了信。"开拆远书何事喜，数行家书抵千金。"收到一封家乡的来批，去读亲人的关切与爱意，那时是黄兴发到台湾最好的时光。对着家书摩挲良久，掩而不读，读而忽掩，一读再读，读而藏之。不幸的是，双亲永远阴阳相隔。他久久沉浸在痛苦中，双亲在他心里仍是一座山，永远也读不尽他们的慈爱、坚韧、深沉、伟岸。

从此，黄兴发经常写批，有时通过香港的朋友寄回家乡。一张薄纸写成的批，凝聚乡情、家情、亲情，字里行间荡漾的却是见字如见人的暖暖寸心。

批信像鸿雁，在海峡之间飞翔，那种奇妙无比的绵长韵味，是其他通信方式所没有的。写信时的深情沉静，等待时的期待焦灼，收信时的心潮澎湃甚至乐极忘形，读信时的沉迷陶醉，诸般况味是电话、电子邮件交流无论如何也无法替代的。

在来回的通批中，黄兴发知道大陆改革开放后，家乡重修了孔子庙，这座古朴的庙宇历经坍塌和迁建，业已成为朝圣者的精神图腾；荒瘠之地，不再是凄厉涛声的荒村，穷乡僻壤的村落已是一派欣欣向荣的气象；孔子庙旁，还能听到教室里的孩子们朗朗读书声。

黄兴发的批，更多的是告诉家人让娃娃好好读书，学点真本事，去报答父母的大恩；嘱咐家人，如果把子女培养成贤人君子，就可以彰显祖功宗德。

两岸隔绝状态终于被一步步打破。离家40年的黄兴发准备回家探亲。他的太太知道丈夫胃不好，担心回老家吃红薯加重病情（那时台湾宣传大陆穷，没有大米可吃，一日三餐都吃红薯），但也不能阻止丈夫回家探亲，就想了一个办法：在台湾先吃红薯，使胃肠适应，回老家胃肠才会适应。太太的善举，黄兴发哭笑不得，说：“老伴啊，老家有一句话，五都吃红薯箍（块）。”我是吃红薯长大的，何来适应不适应。但又不忍拂逆太太的好意，那阶段他果然天天吃红薯米粥。

离家40年后，他和邻县诏安一行10人组团取道诏安回老家。一梦家乡四十秋，少年事青年事，事事都已成云烟，转眼间，他就是个饱经风霜的准老年人了，不管那些离开村庄的人走得有多远，离开时怀着怎么样的决绝，只要村庄还在，他们最终都会回来。放眼两岸，郁郁葱葱，青山如笑，朵朵浪花，串串欢乐。黄兴发知道，家乡就在眼前，只是近乡情更怯啊！回家前，他没有给家人写批，想给亲人一个惊

东山县礁头村孔子庙外貌

喜。老来思乡寻故里，往日茅屋可还有？当双脚踏进他呱呱落地的古厝时，情不自禁跪下来，朝“厝神”磕头。弟弟原先不知道哥哥今天到来，还在村外干活，好心的邻人急匆匆赶来告诉他：家里来台湾客啦！喜从天降，黄八龙急忙赶回家和从来没有见过面的哥哥相会。黄兴发离家时，弟弟还在母亲的肚子里，黄兴发生怕认错人，就问弟弟：你什么时候出生的？黄八龙说：1950年10月。话刚说完，黄兴发一把抱住弟弟，说：你真是我的亲弟弟啊！两个从未见过面的兄弟抱头大哭，赶来庆贺的村人也为兄弟相聚落下喜泪。黄八龙拿出一个精致的盒子，细心打开盒盖子，说，兄，您寄来的批都珍藏在这里。黄兴发抚摸这越过漫漫雄关还带着温度的信，感慨万千，有些眼热泪湿，说，这些批，是我思念家乡，思念父母、亲人的见证，是系紧自己与家乡的纽带，现在可以在礁头村落脚了。他决定在宗祠焚化这些批，让它永远落户家乡。

在家乡3天时间里，黄兴发去得最多的是孔子庙。古庙头顶一片蓝天，脚下几方青砖，多少年，善男信女人来人往，不变的却是那一炷清香。他感到，至圣先师孔老夫子，吟诵着“逝者如斯夫”，叫他珍藏眼前的美景，珍惜拥有的此刻。读书崇孔的家风一定要传承下去。当年，要不是砸锅卖铁也要供自己上学的父母，自己怎能在台湾开辟出一片新天地！所以临离开家乡的晚上，他召集亲人话别时说：孔子庙有幸建在礁头村，我们也要牢记古话“孔子不会误人”。我们家读书崇孔的家风一定要传承下去。在台湾，我4个孩子个个大学毕业，都有一份不错的职业。我决定，凡是上学读书的孩子我每年都会寄钱资助；上大学的孩子我每年资助3万元人民币。今后大家发展了，也像我一样拿出钱资助读书郎。我曾以为，乡村很穷困、很偏僻、很闭塞。这几天我发现，乡村很有活力、很有底蕴，是真正能够实现价值的地方，这要靠读书的孩子啊！

“言必信，行必果。”孔子的话有分量，黄兴发记住孔子的话，回到台湾后，每年寄钱资助读书的孩子们。孙侄辈们你追我赶，纷纷考上大学，毕业后都有一份不错的工作，这等于说，他们接过家风火炬，一路前行！

步入孔子所说的“七十而从心所欲，不逾矩”的人生自由境界后，黄兴发多次回到家乡再和亲人团聚。他对故乡怀有终生的眷恋啊！为了儿子不忘祖根，4个儿子他都带回家乡寻根谒祖。家在传承，爱在连接，家乡融进儿子的血液。人老了，走不动了，大儿子接过火炬，加入台企，奔走于两岸，为家乡发展，祖国建设添砖加瓦！

（作者简介：沈舜友，东山县政协文史员、漳州市文艺家协会会员、东山县档案馆《跨越海峡的来信——闽台家书故事》编委会成员）

隔山隔海有至亲

山野之人 / 文

林梧桐先生

2021年7月15日19时39分，接建汉侄微信告知噩耗：“明叔，刚得到消息，台湾坤霈哥哥走了……”愚顽愕然无措，顿时泪淌衣襟不能自已，哀疼着坤霈的命途多舛，哀惜着他的英年早逝；哀怜着林陈秋芷大嫂，贤惠的她经历了人生路上的两个至暗时刻，壮年丧夫、晚年丧子。

坤霈，福建东山后林村林氏二十世裔孙，堂哥乃忠和林陈秋芷大嫂的长子，生长于台湾苗栗。

早在1988年的仲春，即1987年10月台湾允许老兵返乡探亲的几个月后，大嫂林陈秋芷、二哥林梧桐携夫人林陈秀云历经旅途的艰辛跋涉，在阔别家乡38年后终于第一次回乡省亲，同行的还有锦才先生与他的夫人，他们一行是凌晨三点多到达后林。

大嫂在后林的时日，每晚总与婆母共榻同寝，体贴入微地照顾起居。二哥与大哥乃忠虽是同父异母兄弟，但在回乡的日子里奉待大哥生母素练执礼甚恭，代大哥行孝致敬，极尽儿子之情义之担当。

二哥为人热忱忠义，学识渊博，话语诙谐，礼善致人，胸襟开阔。二哥平素喜好丹青真书，尤工于花鸟行书，但从不见他以“书法家”或“美术家”自诩，每每与大陆的“书画名家”晤谈交流，总以师学精神事之。

愚顽自懂事时起，父辈们总是时常念叨起乃忠、梧桐两位堂哥，牵肠挂肚这亲哥俩是否平安健康，是否打虎亲兄弟，是否成家立业；也总忆起他们的“二哥”志鸿（又名惠宗）在家不娶，在台湾会否改变观念娶妻生子。我没见过二伯父，但于父辈中他给我的印象最深，一个读书人投笔从戎参加抗日，一个深受儒学思想影响的教师匠不忧无后为大，一个男人却懂女红。家慈与姑母说二伯父擅编羊毛衣，既画图作样，又设钩计针错色织图。

林梧桐（右）与中国国民党前主席连战先生（中）合影

乃忠大哥东山中学毕业后，即往集美

师范就读，后随老师与同学校友前往台湾。自集美去台就再也没有机会回来，时年约十六七岁。梧桐二哥与惠宗二伯父是从东山去台的。乃忠梧桐之父，志贤，自幼严己修德，大学毕业即投入腥风血雨的抗日战争，光复后历任漳浦县霞美乡长、东山县康美乡长，吏能廉善，无丝毫贪枉劣迹更无恶行，却于1950年死于非命。梧桐二哥生母陈素云于20世纪60年代初携幼子加林迁住南靖草坂，乃忠大哥生母素练自此孤孑一人，孝善婆母，昼夜思儿，引日成岁。

初见坤霈，是于1989年的隆冬时节，与他一道来东山是其朋友李永富先生。据李先生说，台湾凯聚在广东投资凯聚瓷砖，此次是来大陆视察工厂。坤霈是借机专程回东山省亲，遵母命回乡探望从未谋面的祖母陈素练。他与李先生在后林住留三天两夜，期间历访亲族长辈与叔伯至亲。他每每结束外访一回到住家，即双手握着祖母的手拉家常，说道台湾的家人与至亲。每当老人家问起其父亲乃忠的情况时，坤霈总是回复很好，说是今次回乡就是父亲让他回来的。其实，乃忠大哥已亡故几年。恰值隆冬，天气寒冷，坤霈每次进门总问衣燠寒，“阿嬷（奶奶），冷吗？穿得暖和吗？”坤霈以孝以忠，尽子孙情义，虽时间短瞬，却见教养仁善，家学厚诚。

坤霈回后林初见奶奶时，一句“阿嬷”让老人家泪湿衣襟而不能自已。六叔和姑母低语的一句“像”，让乃忠大哥的儿时玩伴泪眼婆娑，叔公婶婆们也暗地里泣啜涕零。

坤霈的到来，老人家自是乐不可支，喜极之余未免疑惑重重于爱子的生与死。1988年，哥嫂第一次回来时，老人也多次问及，哥嫂的回应只能闪烁其词，亲人们也是极力地敷衍隐瞒。

坤霈谈健言趣，出口皆成章，常是普通话、闽南话和英语交叉使用。其时，不值从教于东山二中，住家已搬住西埔中学，坤霈同李先生一起到陋舍探望家慈，晚餐就着陋桌简椅小酌了几杯郎酒。时犬子二岁，坤霈戏玩着喂了口白酒，犬子竟是喜滋滋地吞咽了下去，却是仅仅皱眉一下而已，喜得坤霈雀跃地喊道，“阿叔，阿弟会喝酒！”

林梧桐先生花鸟画作品

坤霈豁达乐观，学识通儒达士、认知视野登高博见，愚顽难望其项背。愚顽奢待能与坤霈再度相聚，期以聆听说学教诲。然而，先悲闻车祸重伤遗残，今则哀悉其积病终寂，是而梦碎至憾。斯人已矣，至亲伤怀惜疼。孙侄女悼文《故人略历》，辞寄深哀，读之潸然而涕下。

我们亲爱的爸爸，林坤霈弟兄，于1957年7月5日出生在苗栗头份，家族是源自福建省东山乡的官宦子弟，爸爸的阿祖是秀才、阿公担任东山乡的乡长，而爸爸的父亲，也就是我们的阿公毕业于集美师范，当年自己一人来到台湾旅行，卻在这时，大陆沦陷，国民党当局搬迁来台，从此一人在台湾居无定所，也无法返乡，而后靠着自己白手起家。

阿公来到西港生活，后与阿嬷结婚搬迁至苗栗头份，爸爸就在这里出生。阿公、阿嬷因生活上语言不通，转往埔里定居，共生了三个孩子，爸爸排行老大，从小备受宠爱。叔公买了许多故事书给爸爸阅读，因此养成了爸爸喜欢看书、擅长说故事的专长。就读南光小学时，老师都很欣赏爸爸的口才，只要有空，就会请爸爸上台与班上同学分享故事，文采优异的他小学拿了县长奖毕业。就读埔里中学时，考上台北商专，因此到北部生活过一段时间。

毕业后回到台中打拼，曾任凯聚股份有限公司台中营业所的业务副理，因为爸爸善于沟通、筹划、人缘好，因此备受上司器重，日日夜夜为公司付出许多辛劳，上司和同事都看在眼里。也因此认识了在同公司担任会计的妈妈，两人于1988年结婚。

然而好景不长，在爸爸33岁那年，因参加完公司尾牙，不幸于高速公路上和一辆大卡车发生重大车祸，脑部损伤严重，甚至失去记忆，当时才刚结婚一年多，大女儿仅一岁。虽然爸爸还在失忆中，公司依然感谢爸爸过去的付出，希望爸爸持续到公司上班，愿意给付薪水，因此于车祸两个月后，靠着妈妈的陪伴，逐渐在公司找寻失去的记忆。一家人历经了长久且辛苦的恢复期，但爸爸依然受到车祸后遗症所苦，行动和反应已不如以往的迅速。

所幸有公司的支持，短暂地过了几年安稳的日子，但就在爸36岁那年，凯聚受到市场派的公司收购，老员工都遭到资遣。爸爸为了养家，转任台本制药的业务，需要开货车工作，妈妈看着爸爸开货车危险，才希望爸爸转任相较之下较为安全的管理员工作。总是为家庭着想的他，不论过去做过多少风光事业，依旧为着这个家能屈能伸，只为了抚养三个孩子。

然而管理员的工作并不轻松，若是值日班，天还没亮就得出门，而晚班更是辛劳，不论盛夏或寒冬，都需要在众人就寝之时努力工作。想起爸爸那几年，为了我们的家庭辛苦打拼，似乎都还能想起他眼睛里散发的辛劳和疲惫，但是却未曾听过他埋怨一字一句。

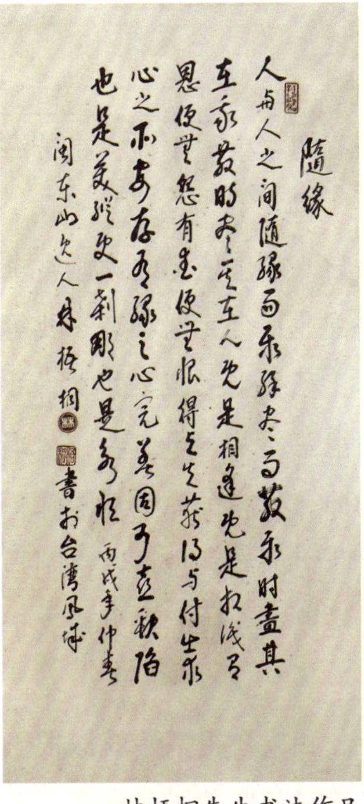

林梧桐先生书法作品

如此辛苦的工作好几年，卻在一天准备前往日班的清晨，遇到了闯红灯的老人，因此爸爸又一次的发生车祸，当时不得已仍在家休养了两个月之久，卻在休养的某天突然昏迷，这是爸爸第二次失去记忆，而妈妈不论再辛苦也总是陪伴在身旁照顾着他，我知道对爸爸来说，他是多么的重视妈妈。

尔后，父亲的身体逐渐衰退，看着爸爸身体承受许多痛苦和疲惫。卻又在主內2020年得知父亲罹患淋巴癌，喉咙肿胀让他无法正常吞咽，身体的煎熬折磨他许久，最终仍不敌癌细胞的侵袭，于主內2021年7月3日终得安息。

我想，爸爸用辛苦的一生教导我们坚毅、乐观，看着他受尽病痛和工作辛劳的挑战，卻鲜少听见爸爸向孩子们埋怨他的苦痛，这点一直是我非常敬佩爸爸的地方，我相信爸爸现在天堂一定很幸福、喜乐，并且盼望着我们一家于天堂团聚的日子，爸谢谢您这一生的付出。

于我等至亲，霈侄的永别，是哀切之事。于他，是苦海修行圆满，是欢乐事。

忆先祖，耕读之家，虽辛苦备尝，却也依己之力刨食求存、生长繁衍。吾辈曾祖，据说是秀才，今无据寻考。我等只知曾祖粗通文墨，家藏古籍甚丰，私教三子识字断文，故而家学源长。虽是世道嬗变，然则祖辈父辈一生事农，尽竭己力赡老抚幼，以仁善义诚育教子孙。我族子孙平凡碌碌，然则铭记祖宗“敬畏崇礼重学务实”之训教，自是发奋图强自食其力，善人善己，忠信笃实，是以独立尊严之人格立于俗世而不凡。

自我辈曾祖始，子孙枝叶向荣。我族自祖宗始就深根于东山后林村，至我父辈及我辈堂兄弟时分散徙居于台湾、平和、南靖等地，是历史世局使然。如若有机会访台探亲，愚顽最想听到的是梧桐二哥曾孙女玟彤的一声“曾叔祖”，更期待听到“高叔祖”、“天叔祖”的代代茂盛赓续呼敬……。

（作者简介：山野之人，中学英语老师，供职于东山县教师进修学校）

为两岸亲人架“金桥”

林石文／文

东山县位于福建省南部沿海，是大陆距台湾南部最近的县份。据《东山县志》记载：东山与台湾的关系源远流长，其地缘关系密切。史载：自宋末起，东山就有人移居澎湖、台湾，至明末清初移居者渐多。东山有部分裔孙，跟随郑成功和施琅从东山到台湾，并在台湾定居繁衍后代。1950年国民党残部败退台湾时，东山有4792名青壮年被抓兵去了台湾。据不完全统计，目前，在台湾的东山籍同胞有30万余人，他们分布在澎湖、高雄、台南、台北、屏东、基隆、东港、淡水、嘉义等地。移居台湾并繁衍后代的东山人，传去东山文化，在台湾拓建经济事业，并与祖籍地经常交往。形成两地地缘相近、血缘相亲、文化相同、习俗相似、经济相关。历史上两地通商、通邮、通航十分频繁。

1950年5月至1978年底，由于海峡两岸处于政治、军事对峙状态，关系紧张，东山与台湾之间往来几乎断绝，只有少数的两地亲人通信通过新加坡、中国香港等地的亲朋好友转送。

1979年1月，全国人大常委会《告台湾同胞书》，提出和平统一祖国的大政方针发布后，中央人民广播电台、海峡

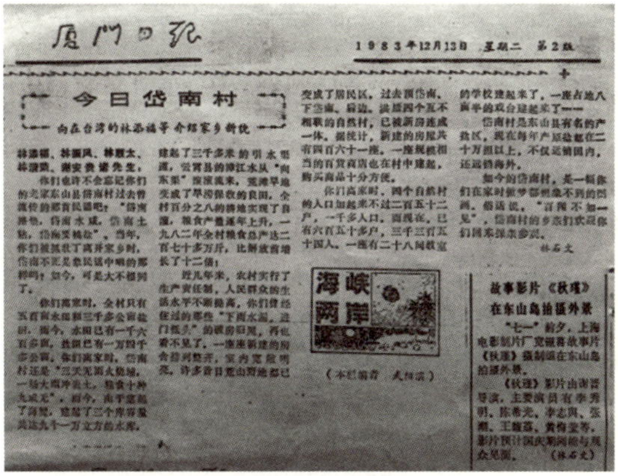

厦门日报

1983年12月13日 星期二 第2版

今日岱南村

向在台湾的林添福等介绍家乡新貌

变成了居民区。过去顶岱南、下岱南、后边、谈恩四个互不相联的自然村，已被新房连成一体。据统计，新建的房屋共有四百六十一座。一座规模相当的百货商店也在村中建起，购买商品十分方便。

你们离家时，四个自然村的人口加起来不过二百五十二户，一千多人口，而现在，已有六百五十多户，三千三百五十四人。一座有二十八间教室的学校建起来了，一座占地八亩半的戏台也建起来了——

岱南村是东山县有名的产盐区，现在每年产量都在二十万担以上，不仅运销国内，还远销海外。

如今的岱南村，是一幅你们在家时做梦都想象不到的图画。俗话说，"百闻不如一见"，岱南村的乡亲们欢迎你们回来探亲参观。

林石文

海峡两岸

故事影片《秋瑾》在东山岛拍摄外景

向去台人员介绍家乡新貌（《厦门日报》1983年12月13日第2版）

之声广播电台、福建人民广播电台、厦门人民广播电台及《人民日报》（海外版）《台声》《福建日报》《厦门日报》《羊城晚报》（海外版）等开辟了对台宣传栏目，通过新闻报道、专题访问、家书、录音、图片等形式和内容向台湾同胞传递大陆信息。其中：《厦门日报》开启了"海峡两岸"专栏，设有"台胞祖地行""祖国建设""唐山风情""故乡与亲人""空中邮路""家乡"等。在那时期，台湾同胞通过报刊、电台获得了家乡信息，与亲人取得联系，了解了家乡的变化，沟通了两岸亲情。

在这一时期，东山县对台宣传围绕着"和平统一"这一主题。当时对台宣传主要内容是：东山新貌、家乡变化；去台人员家属的生活、返乡定居台胞的生活；东山与台湾渊源关系；回乡探亲台胞与家人团聚情况；居住东山的台属生活；东山外向型经济的发展；海峡两岸文化交流情况；东山秀丽风光；台胞台属兴办工厂企业情况，寻人启事、为亲人通信息；为台胞服务的设施及工作情况等。海峡两岸骨肉亲情"桥梁"的架起，传递着遥远的嘱托与心灵的呼声，唤醒了彼岸亲人隔绝多年的记忆，让一个个残缺的家庭享受到亲情重续的温馨故事。

在这一时期，笔者参与了对台宣传组稿工作，撰写了“海峡两岸相思情”“给宫前村在台湾沈再来等42位先生介绍家乡变化”“一组台湾同胞亲人通信录”等20多篇稿件被有关报刊、电台采用。其中“向台湾的林添福等介绍家乡新貌”“晚年幸福倍思亲”等在《厦门日报》发表后取得良好效果，给台湾同胞与家乡亲人联系提供了帮助。

今日岱南村

——向在台湾的林添福等介绍家乡新貌

林添福、林振风、林顺太、林清荣、谢安贵诸先生：

你们也许不会忘记你们的老家东山县岱南村过去曾流传的那首民谣吧？“岱南路垫，岱南水咸，岱南土粘，岱南要挑盐”。当年，你们被抓壮丁离开家乡时，岱南不正是像民谣中唱的那样吗？如今，可是大不相同了。

你们离家时，全村只有五百亩水田和三千多公亩盐田，而今，水田已有一千六百多亩，盐田已有一万四千多公亩。你们离家时，岱南村还是“三天无雨火烧埔，一场大雨冲表土，粮食十种九无收”，而今，由于建起了海堤，建起了三个库容量共达九十一万立方米的水库，建起了三千多米的引水渠道，云霄县的漳江水从“向东渠”滚滚流来，荒滩旱地变成了旱涝保收的良田，全村百分之八的耕地实现了自灌，粮食产量逐年上升，一九八二年全村粮食总产达二百七十多万斤，比解放前增长了十二倍!

近几年来，农村实行了生产责任制，人民群众的生活水平不断提高，你们曾经住过的那些“下雨水漏，进门低头”的破房旧屋，再也看不见了。一座座新建的房舍排列整齐，室内宽敞明亮。许多昔日荒山野地都已变成了居民区。过去顶岱南、下岱南、后边、洪厝四个互不相连的自然村，已被新房连成一体。据统计，新建的房屋共有四百六十一座。一座规模相当的百货商店也在村中建起，购买商品十分方便。

你们离家时，四个自然村的人口加起来不过二百五十二户，一千多人口。而现在，已有六百五十多户，三千三百五十四人。一座有二十八间教室的学校建起来了，一座占地八亩半的戏台建起来了……

岱南村是东山县有名的产盐区，现在每年产原盐都在二十万担以上，不仅运销国内，还远销海外。

如今的岱南村，是一幅你们在家时做梦都想象不到的景象。俗话说：“百闻不如一见”，岱南村的乡亲们欢迎你们回来探亲参观。

——原载于《厦门日报》1983年12月13日第2版

（作者简介：林石文，东山县老年学会副会长兼秘书长）

故乡的“灯塔”

——“迁台记忆”家书传递秘密通道

沈福山／文

1950年，国民党残部败退台湾之前，先后三次从只有8万多人口的东山抓走4792名东山青壮年，人为地演绎了一幕幕家破人亡、妻离子散的人间悲剧，留下了多少破碎的家。其中：在东山海边一个只有289户叫铜砵村的小渔村，一夜之间被抓走147名壮丁，铜砵村因此成为远近闻名的“寡妇村”，91名已婚妇女变成了“活寡妇”。这场灾难让康美镇铜砵村三日不见一缕炊烟，失去了丈夫的女人们、失去儿子的父母们，从此开始了漫长的守望。在一个只有380多户人家的康美镇东沈村，去台人员有165名；按当时的规定，一家青壮年中4人抽壮丁2人，3人抽1人（后来改为抽2人），两人抽1人，单丁不抽；但是到了最后，只要是壮丁见了就抓，被抓的壮丁中最大的52岁，最小的只有15岁；因为抓壮丁，在东沈村演绎一出出人间的悲剧。据史料记载，东沈村由于抓壮丁事件，造成人去屋空的有18户人家。东山这些家庭从此骨肉分离、支离破碎，被撇下的白发爹娘、新婚少妇、年幼儿女无依无靠，苦不堪言，情景堪怜。尘封30多年的海峡，两岸亲人盼团圆却难圆，酿成了“两岸人间悲剧”。

东山县档案馆从全县征集来的几百封“迁台记忆”家书中，去台老兵于1993年12月31日，从花莲县辗转寄往家乡东山岛亲人信件，是唯一一封能够真实准确反映1950年3月初，国民党在东山岛抓壮丁的真实凄惨场面。这封39年前，已泛黄的去台老兵张先生的来信，信中写到：“在20世纪50年代我们家乡受了不测风云，我们就离开家乡，当此之时，在亲营村的海边，一片父母老幼的凄惨啼哭呻吟，送别我们别离家乡，但我们此时的心情，每个人之心情，如山垮在压，大家都仰天之叩首泣不敢出声，这是天意，无言可说。回忆起来历历在前，在1950年3月2日我们就不知不觉离家别乡到金门，一夜之间，故园惊变，骨肉离分，谁料海峡竟成隔绝，从此与家乡一别音容两渺茫。”

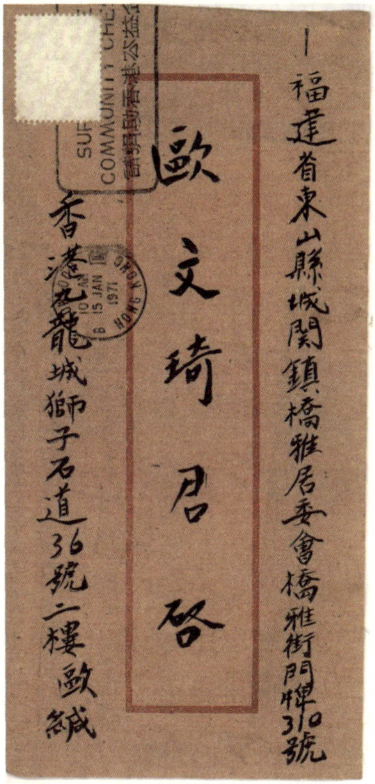

通过中国香港等地转寄的闽台家书（东山县档案馆藏）

“小时候乡愁是一枚小小的邮票，我在这头，母亲在那头”，这是每一位去台老兵思念家乡亲人的真实写照。但是那个时候台湾当局宣布对大陆实行不接触、不谈判、不妥协的“三不”政策，泯灭了海峡两岸多少亲情，不允许通邮，思念家人的邮票只能变成是没有办法邮寄的空头“邮票”。

在当年国民党统治下的台湾，去台人员连只言片语都传递不到大陆朝思暮想的亲人手中，返乡更是难于上青天。被抓去台湾的东山去台人员，忘不了亲情、忘不了故乡、更忘不了回家的路。家是亲情的载体，家是心灵的归宿，家是游子的希望。去台人员为了得到大陆亲人的信息，在20世纪80年代初期，想方设法探听大陆亲人的消息。

故乡正如一座“灯塔”，指引着去台人员通过秘密通道传递着信息……

一是：一部分去台人员通过把信寄往新加坡、马来西亚、泰国等东南亚国家，或是美国等熟悉的华侨朋友或侨批信局（那个时候称“侨批”），然后再换个信封寄回祖国大陆，汇款也由侨批信局汇出。新加坡合安信局董事长陈晋昌、添盛信局董事长沈舜明就充当过两岸家书信使。陈晋

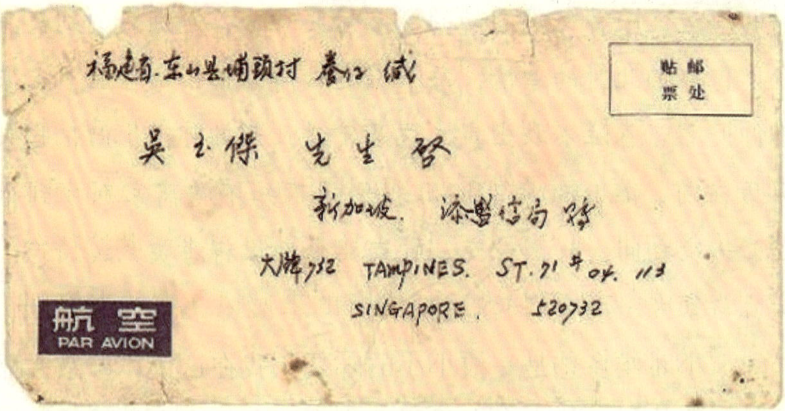

通过新加坡等地转寄的闽台家书（东山县档案馆藏）

昌、沈舜明曾亲自到台湾，通过台北、高雄等地同乡会与需要和祖国大陆亲人写信的去台人员联系，将信写好后交由他们夹带到新加坡，信局根据同胞在大陆亲人地址寄回家乡。在东山县档案馆保管的两岸家书中，东沈村沈明川先生寄来的家书。这封家书写于1975年11月2日，通过新加坡亲人将信件带出台湾，再从新加坡委托亲人将信件带回祖国大陆，信中写道“沦落天涯、背井离乡20余载未尽养家职责……惜吾背井离乡，无缘享受天伦之乐……”。

二是：一部分台湾渔民通过停靠东山台轮停泊点的机会（对台小额贸易），私下带回信件，通过台胞接待站转交亲

东山县台胞接待站旧址

人。同时，大陆亲人也是由这两个“秘密通道”把回信辗转寄去台湾。信件成了维系两岸生死相连的亲情，联结两岸民众心灵的纽带。“1978年建立台胞接待站以来，共接待台湾渔船1430艘次、7348人。他们有的来避风、有的来修理机器、有的来求医治病、有的来寻亲访祖、有的来旅游观光、有的来做小额贸易。“……热心帮助寻找亲人，这些年，我

们已为两岸同胞传送信件400多封，照片60多组……”1987年台胞接待站台胞接待工作总结中写道。

三是：中央人民广播电台寻亲广播。1984年6月中旬，中央人民广播电台在为海峡两岸亲人架起寻亲的“桥梁”播出的《一组台湾同胞亲人通讯录》，旨在帮助人们了解当年传递着遥远的嘱托与心灵的呼声，唤醒彼此两岸亲人隔绝多年的记忆，也为当今两岸亲人“寻二代”“寻三代”提供帮助，延续“寻二代”“寻三代”浓浓的乡愁。“亲爱的台湾同胞、各位听众朋友，我是中央人民广播电台对台湾广播部××，我主持的这次《空中之友》节目，为福建省东山籍的部分同胞播报‘亲人通讯录’，如有你们熟悉的同胞请代为转告。”

“老家在福建东山县的林亚英先生，你在大陆的两个儿子永炎、永光现都已成家立业了，各有一个幸福的家庭，他们的通讯地址是福建省东山县岱南村……”

每一张家书都是泪的亲情倾诉，都是不尽的牵挂思念，

故乡的灯塔　黄辉全 摄

于是一封封家书，满载着一份份思念、一份份牵挂、一份份亲情，沿着秘密通道，在两地之间传递。

根据中共中央、国务院关于支持福建探索海峡两岸融合发展新路，建设两岸融合发展示范区的意见。两岸通邮的路更宽了……

故乡的“灯塔”，一直亮着……

故乡的“灯塔”，正照亮着回家的路……

（作者简介：沈福山，东山县档案馆副馆长、东山县档案馆《跨越海峡的来信——闽台家书故事》编委会成员）

明月何曾是两乡

赵文娟　欧东茵／文

核心提示

“乡愁是一枚小小的邮票，我在这头，母亲在那头……”台湾诗人余光中“邮票”这一意象，道出上世纪两岸隔绝下个体的忧愁和无奈。

东山与台湾一衣带水，在通信落后的年代，家书成了两岸亲友沟通联系的纽带。近日，“迁台记忆”东山专题档案文献展开展，两岸家书故事第三集也正式编印。一张张泛黄的两岸家书、一件件尘封的信物，讲述着一段段两岸亲人离散、家书跨海峡的故事。这些故事不断被发掘、活化，成为

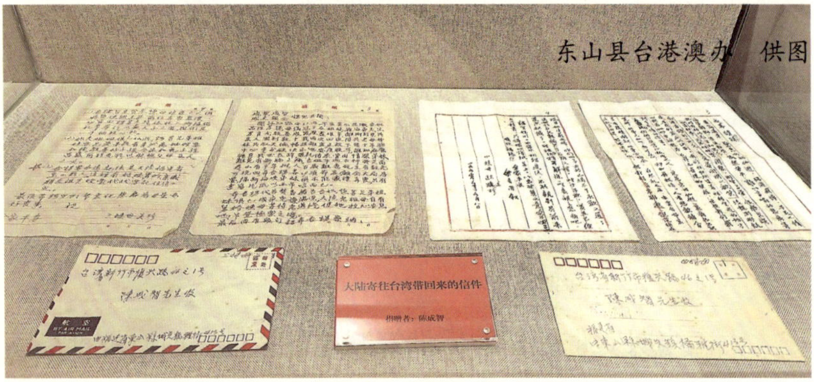

东山县台港澳办　供图

闽台家书展览馆里展示的从东山寄到台湾的家书　沈福山　摄

维系两岸心灵融合的纽带。

尺素情深难尽乡愁

“吾因沦落天涯，未尽赡家职责……吾之不寄家书已历二十余载……力不从心，愧对妻孥，终身抱憾。”这是1975年东山县康美公社东沈大队去台人员沈明川从台湾写给发妻陈娥枝的家书。

信中所饱含的无奈和愧疚，是当时无数亲友分隔两岸之苦的真实写照。

1949年，在经历“三大战役”节节败退后，国民党企图借东山岛这一海上交通咽喉“反攻大陆”，为增补兵源，便在东山岛大肆抓壮丁。

东山县委宣传部原副部长兼文联主席李鸿耀介绍，因急需扩充兵员，1950年5月10日至11日，国民党残部撤离东山时，不分老幼婚否强行抓壮丁，两天内从东山共抓走3974人。一片悲伤笼罩东山，三日不见炊烟，数千家庭承受了长达半个多世纪的妻离子散、骨肉分离之苦。

由于海峡两岸处于军事对峙状态，两岸人员往来和通邮、通航、通商全部中断，通信几乎隔绝。

但是，办法总比困难多。两岸亲友为了保持联络，想尽办法通过各种方式辗转向对岸寄信汇款，其中最常用的方式是第三地“转口通邮”。

由于当时对带外汇的侨批管制比较宽松，两岸侨批局已逐渐拓展侨批通道，并与新加坡、泰国、菲律宾以及我国香

游客参观"迁台记忆"东山专题档案文献展

欧东茵 摄

港等侨批业建立了联系。因此，20世纪70年代，台湾逐渐有人尝试通过第三地"转口通邮"，常是大信封套着小信封，将寄往大陆的家书隐藏在侨批中，先是寄给海外或香港地区，由当地同胞拆开更换信封，再转寄给在闽的亲人。大陆的回信也是用同样方式转寄台湾。一封信一般辗转好几个月才能送达，最长的隔了43年。

第二种通邮通道是台胞接待站。1978年，东山县在全国率先设立台湾同胞接待站，为台湾渔船避风停靠、物资补给、寻根探亲提供服务。台湾渔民通过停靠福建沿海台轮停泊点的机会，或对台小额贸易，私下带回书信，通过台胞接待站转交给大陆亲人。大陆亲人也通过台胞接待站托人将信件带到台湾。

1981年元旦的钟声刚刚敲响，中央人民广播电台对台湾广播《空中之友》正式开播，祖国大陆的声音第一次如柔和春风般传入台湾同胞的耳中，许多人开始通过空中电波寻亲友、寄相思。

展馆橱窗内，除了家书、信箱等老物件，还展出不少银票。李鸿耀说，分隔两岸的亲友常常相互资助扶持，在信中夹着现金、银票，因此出现了大量“银信合一”的批信。这些信件、现金、银票，反映了家族、乡族以及亲情的特殊关系和闽台之间密切的经济关系。

随着两岸家书业务量的增加，单由“水客”（民间邮递中介组织）接单已难以满足两岸同胞的需求，其中一些“水客”逐渐开始建立批信局。1950年，东山先后成立了和成、瑞记、福通、南成等8家批信局，添盛、隆盛2家民信局获准继续营业。

这样的颠沛辗转，持续了38年。1988年4月18日，台湾批准《对大陆通信办法》，同意通过台湾红十字组织将台湾民众的信件代为转寄至大陆，台湾民众给大陆亲友的信件可由台湾红十字组织经香港邮局转寄大陆。短短两年，两岸来往信件达到1300万封。

2008年12月15日，两岸海运直航、空运直航、直接通邮全面启动，两岸同胞企盼了数十年之久的“三通”终于梦圆，无数分离家庭得以重逢。

抢救活化背后的故事

每封家书的背后，都述说着感人至深的两岸故事。在通信极其便利的今天，我们该如何看待这些手写家书？

“两岸家书承载着两岸同胞血脉相连的深厚亲情和共同历史记忆。在众多闽台家书中，东山两岸家书有其独有特点。”漳州市闽南文化研究会会长涂志伟说，东山是重要的台胞祖籍地，1949年至1988年，东山的两岸家书大多是去台人员寄回给东山家属，特别是寄给当年“活寡妇”的，信中流露的情感刻骨铭心。与此同时，许多去台人员团结一致，组成台湾同乡会，冒着巨大政治风险帮忙两岸乡亲办理第三地“转口邮寄”，体现了两岸无法割舍的血脉亲情。

“在当前两岸关系政治背景下，这些感人至深的故事有助于今人尤其是台湾年轻人，感受两岸血脉相连的民族情感，从而推动更多的互动与交流。”涂志伟说。

千万封两岸家书散落民间，其中不少已经遗失或损坏，亟须抢救保护。2018年起，为进一步抢救、保护包括两岸去台家属在内的涉台文献，东山县档案局、东山县台港澳办联合面向社会征集海峡两岸往来书信和办理两岸往来的文书材料，许多当地村民纷纷自发捐出与台湾亲友往来的家书和老物件。

“这些两岸家书不能只是静静地沉睡在展馆里，必须要让它们背后的故事‘活’起来，让更多人知道！”李鸿耀说。

2022年，东山县档案馆组建两岸家书故事编委会，由当地10余名作家、学者、文史研究员组成编写工作组，研读400多

本书编委会成员在探讨家书故事
欧东茵 摄

封两岸家书，从中挖掘故事线索；走遍了全县61个建制村，入户采访上百次，查阅各种文史资料，反复斟酌推敲。目前，已采写了48篇动人的两岸家书故事。《一管洞箫的传奇》《我为两岸离散亲人传书》……一封封两岸家书背后的真实鲜活故事被挖掘、活化，故事中生动的情节、真挚的情感，将当年悲欢离合、酸甜苦辣再现读者眼前。

两岸家书故事不仅在本地引起强烈共鸣，也收到了来自台湾的回响。

“吾甥要永远记住是大陆福建省东山县人。这里有姑、姨、舅、妗亲戚朋友祖先坟茔，代代要记住这一点。”这是一封20世纪90年代从东山县城关镇寄往台湾新竹市的家书。信中东山两姐妹表达对远在台湾的姐姐逝世的沉痛心情，嘱托台湾的四个外甥永远不要忘记自己的家乡和根。经东山县台港澳事务办协调联络，去年东山关帝文化节期间，收信人陈成智的亲人陈成华从台湾寄来了4封珍贵的家书。

今年1月1日，“迁台记忆”东山专题档案文献展开展。这是全国首个闽台家书展览馆。东山县档案馆馆长林镇才介绍，在省、市闽南文化研究会的协助下，东山县已构建“一封信、一本书、一个展馆”的两岸家书档案体系。截至目前，东山县档案馆已征集“迁台记忆”档案资料6000多件、两岸家书400多封。

开展“迁台记忆”档案文献的整理与研究，已列入福建省“十四五”规划。2022年3月，福建省政府台港澳事务办、福建省档案局、福建省台联、福建省档案馆联合发出公告，面向海内外征集“迁台记忆”档案文献。这意味着，包括两岸家书在内的涉台文献抢救保护工作提速，“迁台记忆”资源库更加丰富了。

12 | 漳州观察 2024年3月14日 星期四
福建日报

明月何曾是两乡

东山县建成全国首个闽台家书展览馆，构建“一封信、一本书、一个展馆”的闽台家书档案体系，打造两岸以情促融重要载体

闽南文化 点亮漳州

《福建日报》社刊登东山县的经验做法

“接下来，我们将继续挖掘更多两岸家书故事，将这些故事拍成专题片，并与闽南师范大学史地学院合作推广学术档案研究成果。通过东山关帝文化旅游节、台湾同乡会等两岸交流渠道，向台湾同胞征集更多闽台家书，共同讲好两岸故事。”林镇才说。

原载《福建日报》2024年3月14日

（作者简介：赵文娟，《福建日报》社记者。欧东茵，东山县委报道组组长）

4 附　录

东山关帝过台湾

黄辉全 / 文

东山关帝庙，这座缘系海峡两岸及海内外的武圣殿堂，拥有全国重点文物保护单位，国台办授予的“海峡两岸交流基地”，台湾众多关帝宫庙香缘祖庙等金字招牌。637年来，历经年代更替、沧海桑田，始终香火不断，依然彰显着大气、灵气、朝气，绽放出与日月同辉的光芒。他，因灵著东山而声威卓著于海峡两岸和海外。

34年前，一副明末大儒、东山乡贤黄道周先生撰写的关帝颂联：“数定三分扶炎汉平吴削魏辛苦倍常未了一生事业，志存一统佐熙明降魔伏虏威灵丕振只完当日精忠。”让海峡彼岸众多的关帝宫庙找到了香缘祖庙，找到了在东山岛的根和脉……

分灵澎湖鼎建武圣殿

时光回到明万历初，海防体系趋于崩溃，倭寇的袭扰日益猖獗，明廷决定开澎湖之禁，设将屯兵，筑城置营，置铜山、浯屿二游兵，分班轮戍，春秋汛守。铜山营官兵受命戍守，出征前人人胸前挂着铜山关圣帝君的香火，以祈求平安。退伍后有的留在当地，他们把护身的关帝香火奉祀居留地，作为祖家的保护神，日夜奉拜。

在此后长达200年的班兵轮换制度中，从铜山营征调的班兵先后赴戍台澎、艋舺、凤山，赴台的军民都到东山关帝庙请神像香火随行护佑，感戴关圣帝君，请驾分灵、建庙晋祀，而后再分灵，普济全台。清末铜山乡贤马兆麟悲怆赋诗道：“重洋百里戍台湾，艋舺澎湖递换班；二百年来人事变，征夫休唱念铜山。”

东山关帝圣像金身首度直航赴台巡境

清康熙二十二年（1683年）六月，清政府统一台湾之后，台湾岛重回大清版图，派重兵驻守台湾海口各要地，添置水师战船，台湾的海防得到全面加强。驻守在澎湖的铜山班兵建起了铜山馆，奉祀从祖家分灵的关帝圣君，成为铜山籍商人聚集之所。

东山关帝圣像金身巡安台湾

300多年来历经数度改建修葺，铜山馆庙貌崭然，属闽南风格典型的寺庙建筑，二进三开间，立面石雕精美，正面花窗为人物骑马提枪图案，燕尾飞檐，门楣上牌匾写“铜山武圣殿”，当地的东山人习惯称“铜陵关帝庙”，成为澎湖善信宗教生活重地。

盈盈一水间，澎湖与铜山之间的船只往返频繁，移居澎湖的铜山人常常回祖地探亲访友、朝圣谒祖，铜山的渔船商船也时常到澎湖。

老一辈渔民说：“从铜山到澎湖，候风开船，顺风顺水的话，只是一昼夜的事。”福建水师提督加太子少保施琅在《靖海纪事》一书中也说，“午刻从古雷开船，至次日未时到澎湖”。

居住在澎湖的东山籍台胞、台湾地区著名彩绘大师黄友谦老人回忆道：“澎湖铜山馆帝祖（东山人对关帝的尊称）神像与帝辇，是铜山师傅与船户合资从铜山做好后运来澎湖供奉，遵循的也是祖家传入的古礼。民国时期，我的父亲黄文华还和铜山一班师傅受邀参与铜山馆彩绘和木雕的修复。”

关帝香火播衍台岛

先民片帆渡海，筚路蓝缕，在台湾开拓出一片新天地。他们同时还带去了家乡的许多民间信仰。

明万历年间，一艘泉州商船因紧急避风泊靠铜山港。对铜山关帝圣灵应验传说，陈船主已是早有耳闻，于是虔诚晋庙祈祷圣帝庇佑、祈赐香火，恭请关帝圣像分灵随船奉祀。在他入澎湖开办船运、经营实业的数年间，生意风生水起，航线不断拓展。感恩铜山帝祖一路保佑的陈老板，发心建庙，将随船供奉的铜山关帝神像请上澎湖岛崇祀。

东山关帝金身开启首次环台巡安

百年之后，陈船主后裔子孙又从澎湖徙入台湾凤山（今高雄县西南部）拓展新业，生意日渐兴隆发达。为报谢关帝恩德，于凤山赤山乡鸠工兴建文衡殿，崇祀从铜山祖庭分灵的关帝圣君香火，自殿宇建祀以来，关帝威灵显赫，广庇四方士庶百姓，成为台湾南部最早、最著名的关帝庙，现为全台16处“一级古迹”之一。附近县市乡社又纷纷分香乞灵，再造多座宫庙。

却说晚明末世，李自成攻陷北京，崇祯皇帝煤山自缢。随之南明隆武政权兴起，但他们只坚持了18年，就随着永历帝的身亡而宣告终止，只有台湾的郑氏孤悬海外，不久也败降康熙，华夏再次一统江山。

南明永历十七年（1663年）十月，郑经失守金门和厦门两岛后，退据铜山城。翌年三月，清军围剿铜山，郑经听从部将洪旭的建议，携明宗室宁靖王、泸溪王、巴东王、鲁王世子等人撤离铜山，东渡台湾。临行前，明宗室宁靖王朱术桂分灵一尊关帝圣像，奉迎入台南，在王府内供奉。南明永历二十二年（1668年），明郑政权在台南宁靖王府内建造关帝庙，仿照铜山祖庭前殿大门上石雕“武庙”额匾样式镌刻，并举行武庙祀典。同时，改“东都”为“东宁”，“建圣庙，立学校”，大兴文教、经济，呈现出“台湾日盛，田畴市肆，不让内地”的繁荣景象。

清康熙二十九年（1690年），巡道王效宗发起扩建台南关帝庙，设正殿、后殿、初拜殿、三川门等，并在正殿新塑关帝圣像为镇殿大帝，初步形成了当今格局。清雍正五年（1727年）晋升为官方祭祀场所，得名“祀典武庙”，成为台湾地区地位最高的武庙。关帝爷在台湾被视为具有司命禄、佑科举、治病除灾、驱邪辟恶、诛罚叛逆、巡察冥司乃至招财进宝、庇佑商贾等“万能之神”。

殿堂之上，除了皇家御匾“万世人极”，还有南明宁靖王朱术桂题匾“亘古一人”，康熙年间巡道高拱干献“文武圣人”，乾隆年间台湾知府万绵前献“正气经天”，乾隆年间台湾兵备道杨廷理敬献“大丈夫”，嘉庆年间陆提标徐庆超献“人伦之至”，咸丰元年总兵恒裕所献“至圣至神”等匾额，向人们昭示着千百年来官府和民众对关圣帝君的敬仰。

台湾各界组团进谒东山关帝庙

附录

嘉庆年间，铜山关帝分灵到台湾北部，在礁溪建庙供奉，成为台湾北部最早的关帝庙。随着垦拓的发展，台湾关帝信仰文化也从沿海县城乡镇传播到僻远的山村渔区，直至遍布全台湾。

首度直航开先河

木生有本，水流有源。为了寻找台湾关帝文化的根，台湾许多人士访遍祖国大陆各大关帝庙，仍不得而果。

一次的机缘巧合，让台湾宗教咨询委员会委员李炳南教授和台南学甲慈济宫董事长周大伟等到意外的收获。

1990年7月，李炳南教授和周大伟庙董应邀参加东山县政府举行的“三胞”（台湾同胞、港澳同胞、海外侨胞）省亲恳谈会，他们亲临东山关帝庙，当看到黄道周为关帝撰写的长联真迹时，恍然大悟：“台湾关帝信仰文化正源于此！东山关帝庙是台湾关帝信仰的发祥地，台湾诸多的关帝庙都悬挂此楹联，但不知出于何时何地何人所撰，现在这谜可解开了！”

于是，又通过对台湾关帝庙与东山关帝庙的地缘关系、庙宇建筑风格特征、匾联内容比对、民俗习惯等问题的研讨，确认东山关帝庙是台湾关帝庙的香缘祖庙，东山是台湾关帝文化的发祥地，了却众多台湾关帝信众的夙愿。

一石激起千层浪。众多台湾关帝宫庙、同胞信众纷纷组团结队，飞渡海峡进抵东山祖庭追源谒祖，晋祭挂香，所闻所见，真切地了解到台湾关帝庙的根皆缘自福建东山关

澎湖铜山关帝庙

帝庙。

1995年元月初，台湾基隆市普化警善堂（关帝庙）、基隆市渔会、基隆市拖网渔业协会组织朝圣团跨海前来东山朝圣谒祖，向东山关帝庙管委会呈上一张最大礼的12折丹书请柬：“素仰福建省东山县铜陵开基武圣殿主神关圣帝君：赫赫灵威兆民尊，德泽苍生奠乾坤，千秋香烟遍三界，共鉴醮音涌庆云。”“今特恳请铜山祖庙主神恩赐鉴醮，鼎护台湾太上黄箓护国祈天七朝清醮醮会功德圆满，同祷人和年丰，物阜康宁，五福臻兴，元亨利贞。”恭请东山祖庙关帝爷入台主镇台湾400年来首次“太上黄箓护国祈天七朝清醮”大典暨全台湾御敕文武庙兴建鉴醮活动，同时出巡台湾全境。

元月14日，海峡日丽波平，恭迎东山关帝金身的台湾基隆“源丰11号”渔船顺利抵达基隆港，参加400年来台湾首次的“七朝清醮”道教大典鉴醮。缭绕香烟中，仰瞻圣像，宽额红脸，美髯垂胸，丹凤眼明亮炯炯，凛然气志，令人肃然起敬。迎接活动蔚为壮观，引得岛内数十万各界信徒争相膜拜，轰动全台岛，开启了两岸隔绝46年大陆神像赴台之先河，至今仍被传为佳话。

两岸欢聚一家亲

2016年10月11日，一场以“千秋关帝·万世圣源”为主题的东山关帝金身首次环台巡安祈福之旅，在两岸信众的簇拥下，启辇离庙，乘坐台湾海盛航运有限公司“铨薪”号货轮，启程赴台巡安。这在海峡两岸交流史中尚属首次，是两岸关帝文化交流史上的一件大事。

东山关帝金身经澎湖入高雄，数千信众赶到高雄香蕉码头接驾。

环岛绕境巡安祈福活动由南向西往北绕东，驻驾台南龙崎文衡殿、高雄意诚堂、虎尾顺天宫、台南祀典武庙、台中圣武宫、桃园明伦三圣宫、礁溪协天庙、东照山关帝庙等22家关帝庙。每到一处，信众夹道跪拜礼迎，到处是香烛、鞭炮、鼓乐、彩旗和艺阵，场面热闹非凡。在驻驾地，信众们向东山关帝金身心祷、晋香、三献礼。当东山关帝金身驻驾祀典武庙时，庙方组织隆重的台南巡游，各大庙殿组织的狮子龙灯等阵头，分别在祀典武庙山门前向关帝金身献艺……历时77天，行程1500多千米，关帝神灵的影响绵延台湾的每个角落，

澎湖武圣殿

引起轰动性的影响。

东山关帝金身环台绕境巡安祈福之旅，让台湾民众真切感受到，关帝信仰是两岸剪不断的“情”，割不断的“根”，舍不弃的“魂”。香缘把人拉的更近，神缘把人拉的更紧。同样的庙是两岸民间往来交流的情感桥梁，同样的神是两岸信众的精神纽带。

一缕乡愁，埋下的是寻根问祖的种子。出生于台湾的沈俊霖，2023年6月30日，随台湾朝圣团参加第32届海峡两岸（福建东山）关帝文化旅游节，终于踏上这片梦萦魂牵、既熟悉又陌生的土地。尽管隔海相望，但沈俊霖仍在东山的族谱上看到了自己的名字，家族的不同轨迹，在这里重新得到链接。也不光是沈俊霖，还有更多人乘着海峡的清风，在祖辈的土地上触摸心灵的根脉。东山与台湾的联接之所以存续至今，不仅是时光的沉淀和历史的选择，更仰赖中华优秀传统文化的独特魅力。

这一个个真实感人的故事，印证了自古以来关帝是两岸民众不可分割的神缘，关帝信仰成为沟通两岸民众情感的桥梁和纽带。

（作者简介：黄辉全，福建省作家协会会员、漳州市政协文史员、《石斋故里》侨刊特约编辑、东山县档案馆《跨越海峡的来信——闽台家书故事》编委会成员）

福建东山积极推进“两岸信函”档案文献征集保护工作

陈　琛／文

近日，福建省东山县深入贯彻落实习近平总书记来闽考察重要讲话精神和关于对台工作的重要论述、做好新时代档案工作的重要指示批示精神，积极推进以“两岸信函”为主要内容的“迁台记忆”档案文献征集工作，共征集到338件台批，着力发挥档案在推动闽台亲情乡情延续、助力两岸融合发展中的重要作用。

福建与台湾地缘相近，血缘相亲。东山县地处海峡西岸，是祖国大陆距台湾南部最近的县份，是重要的台胞祖籍地，也是台批档案最丰富的地区之一。为加强台批抢救保护工作，东山县成立由县委统战部、县档案局、县委台办等相关单位主要负责人组成的台批征集工作领导小组，定期召开联席会议，联合制定《东山县征集“台批”工作方案》，明确了责任分工、阶段措施和时限要求，确保各项任务有序推进。

东山县结合实际，在县电视台发布征集公告，深入台属家庭、台资企业广泛动员，全县参与征集工作的氛围十分浓

2. 2022年6月27日 星期一 中国档案报 责任编辑 贺怡

福建东山

积极推进“两岸信函”档案文献征集保护工作

本报讯 近日，福建省东山县深入贯彻落实习近平总书记来闽考察重要讲话精神和关于对台工作的重要论述，做好新时代档案工作的重要指示批示精神，积极推进以“两岸信函”为主要内容的“迁台记忆”档案文献征集工作，共征集到338件台批，着力发挥档案在推动闽台亲情乡情延续、助力两岸融合发展中的重要作用。

福建与台湾地缘相近，血缘相亲。东山县地处海峡西岸，是祖国大陆距台湾南部最近的县份，是重要的台胞祖籍地，也是台批档案最丰富的地区之一。为加强台批抢救保护工作，东山县成立由县委统战部、县档案局、县委台办等相关单位主要负责人组成的台批征集工作领导小组，定期召开联席会议，联合制定《东山县征集“台批”工作方案》，明确了责任分工、阶段措施和时限要求，确保各项任务有序推进。

东山县结合实际，在县电视台发布征集公告，深入台属家庭、台资企业广泛动员，全县参与征集工作的氛围十分浓厚。根据方案安排，由县委台办组织乡镇统战部门负责台属家庭入户征集工作，全县台属家庭入户率达100%；县台联对接台湾同乡会开展征集；县档案部门联系民间收藏家进行征集；县政协侨台委负责收集台胞探亲、两岸交流等涉台文章史料；县委台办、县台联、县档案部门等多家单位联合开展台资企业档案征集工作；寡妇村纪念馆工作人员负责收集整理寡妇村历年来两岸家书和上级领导视察相关影像等资料。截至目前，县档案馆已对征集进馆的338件台批开展了整理、著录、数字化及安全保管保护工作，并对散存于社会的台批档案进行登记造册，确保台批档案永久收藏，成为永恒记忆。

县档案馆还积极组织开展台批文化研究，深入挖掘档案背后的故事，拓宽宣传渠道，加大宣传力度，推动成立了以一位县委常委为组长、县档案馆馆长与台港澳办主任为副组长的编印工作领导小组，编研出版了《东山县档案馆馆藏“台批”资料汇编》《东山“台批”小故事》；联合电视台拍摄《“寡妇村”最后一位亲历者》《东山寡妇村》《东山“台批”》《迟到的“台批”信件》等系列档案故事视频，留存两岸共同记忆；协办“我家的两岸故事·迁台历史记忆库”两岸四城巡展，提供10件珍贵台批档案参展。此外，为进一步加强对档案文献遗产的保护传承，县档案馆正式启动台批档案申报《中国档案文献遗产名录》工作，已完成台批档案文献材料的编写、整理、核稿和装订等工作，并报送省档案馆审核。 陈 琛

本文发表在《中国档案报》

厚。根据方案安排，由县委台办组织乡镇统战部门负责台属家庭入户征集工作，全县台属家庭入户率达100%；县台联对接台湾同乡会开展征集；县档案部门联系民间收藏家进行征集；县政协侨台委负责收集台胞探亲、两岸交流等涉台文章史料；县委台办、县台联、县档案部门等多家单位联合开展台资企业档案征集工作；“寡妇村”纪念馆工作人员负责收集整理“寡妇村”历年来两岸家书和上级领导视察相关影像等资料。截至目前，县档案馆已对征集进馆的338件台批开展了整理、著录、数字化及安全保管保护工作，并对散存于社会的台批档案进行登记造册，确保台批档案永久收藏，成为永恒记忆。

县档案馆还积极组织开展台批文化研究，深入挖掘档案背后的故事，拓宽宣传渠道，加大宣传力度，推动成立了以

一位县委常委为组长、县档案馆馆长与台港澳办主任为副组长的编印工作领导小组，编研出版了《东山县档案馆馆藏“台批”资料汇编》《东山“台批”小故事》；联合电视台拍摄《“寡妇村”最后一位亲历者》《东山寡妇村》《东山“台批”》《迟到的“台批”》等系列档案故事视频，留存两岸共同记忆；协办“我家的两岸故事·迁台历史记忆库”两岸四城巡展，提供10件珍贵台批档案参展。此外，为进一步加强对档案文献遗产的保护传承，县档案馆正式启动台批档案申报《中国档案文献遗产名录》工作，已完成台批档案文献材料的编写、整理、核稿和装订等工作，并报送省档案馆审核。

原载《中国档案报》2022年6月27日

（作者简介：陈琛，漳州市档案局档案征收指导科一级科员）

编写工作组考证400多封“台批”，走了61个行政村

——《台批故事》让闽台历史“活”起来

欧东茵　沈福山　文/图

一封封“台批”，一件件尘封的信物，一次次田野调查……讲述了两岸亲人离散、家书跨海峡、泪洒银滩、漫漫回乡路等一系列悲欢离合、跌宕起伏、鲜为人知的乡愁故事。日前，由东山县档案馆编制的两辑《台批故事》正式印发，共收录33篇“台批”故事。“开发抢救流落民间的珍贵‘台批’，讲好‘台批’故事，具有较高的现实意义。”闽

《台批故事》编委会定期召开推进会

《台批故事》编委们在研读“台批”

南文化研究会副会长涂志伟评价道。

“台批”是指台湾同胞与大陆亲人之间相互往来的信函，广泛分布在福建闽南地区、广东潮汕地区及海南等地，这些地区方言通常把书信叫作“批”。明清以来，福建先民大规模迁徙台湾，历史上东山曾有6次大规模迁台的记载。据不完全统计，东山县现有人口22.29万人，而在台东山籍同胞就有30多万人。在“唐山过台湾”的悲欢离合中，东山与台湾同胞拥有共同的记忆，走过共同的历史。一张张泛黄的“台批”轻飘飘，却穿越时空、见证历史，是两岸无法割舍的亲情纽带。

历时一年多　走遍全县61个行政村

近年来，为进一步抢救、保护包括两岸家书在内的涉台文献，东山县档案馆面向社会征集海峡两岸往来书信和办理两岸往来的文书材料，全力推进“台批”抢救工作，以“迁台记忆”档案申报《中国档案文献遗产名录》为契机，筹建迁台记忆——东山“台批”档案展示馆，构筑“一封信、一本书、一个展馆”的“台批”档案体系。截至目前，东山县档案馆已收藏“迁台记忆”档案500多件，其中“台批”400多封。

开拆远书何事喜，数行家信抵千金。为深入发掘“台批”档案背后的故事，东山县档案馆去年组建《台批故事》编委会，成立编印工作领导小组，聘请东山县委宣传部原副部长兼文联主席李鸿耀为执行主编，当地10余名作家、学者、文史研究员组成的编写工作组，研读400多封“台批”，从中发掘线索，采写故事，使“躺平”在档案里的闽台历史记忆“生动”起来。

一年多来，为了考证海量的文字以及沉重的迁台历史，编写工作组成员多次下乡调查，走遍了全县61个行政村，入户采访上百次，查阅各类文史资料，每周开两次编委会，每篇文稿审核校对不下30遍。“做调查研究就必须具备质疑的精神，有时候一个时间，一个数字，我们全体工作人员都要反复查阅各类文史资料，借助字画、田野调查等手段，反复斟酌推敲，相互验证，这个过程是极其耗时耗力，但也是极其重要的。”李鸿耀说。

纠正年龄误差　历史空白有了新填补

值得庆幸的是，鉴于编写工作组对历史事实高度负责任的态度，这次《台批故事》的调查研究采写不仅生动还原了历史，还取得几个新的突破，刷新了历史认知。

“1950年之前，国民党征兵相对‘人性化’，采取‘抽丁’的形式，家中单丁（也就是独子）一般不抽的原则，还分发军饷，带点自愿的成分。”谈起东山人去台当兵的情况，李鸿耀娓娓道来，1950年5月10日至11日，国民党在经历三大战役节节败退后，退到福建最南端东山岛时，急需扩充兵源，这次抓壮丁是真正意义上的强抓，打破“抽丁”形式，也打破年龄界限，两天的时间在东山共抓走3974人，造成了“旷世悲情”的人间悲剧，在此后长达半个多世纪海峡两岸隔绝中，让许多家庭承受着骨肉分离的痛苦、留下多少“活寡妇”。

“值得庆幸的是，我们找到了全县仅有的5名健在的‘活寡妇’，均是百岁老人，得益于党的好政策，这些‘活寡妇’个个生活幸福，子孙孝顺，安享晚年。”李鸿耀一边翻看百岁“寡妇”的照片，一边高兴地介绍道。

不仅如此，通过调查采访，编写工作组还挖掘出东山被抓壮丁中年龄最小是14岁，名为李定坤，东山县城垵村人，现年87岁，纠正了东山历史资料记载的最小年龄17岁的误差，刷新了

编写组考证海量的文字资料

人们对历史的认知。

一张张泛黄的纸片，勾勒出迁台历史的流变脉动。李鸿耀翻阅着手里的“台批”，越发觉得它是如此沉甸甸的。“它是海峡两岸同宗同源、血浓于水的有力佐证，更有望成为《中国档案文献遗产名录》的重要组成部分，这也是我们编委会不辞辛苦编写《台批故事》的意义所在。”李鸿耀说道。

原载《闽南日报》2023年8月3日

（作者简介：欧东茵，东山县委报道组组长。沈福山，东山县档案馆副馆长、东山县档案馆《跨越海峡的来信——闽台家书故事》编委会成员）

后记

东山县档案馆近几年来广开渠道，广泛宣传，征集闽台家书。构建“一封信、一本书、一个展馆”的“迁台记忆”档案体系。面对闽台家书档案，我们坚持与历史对话，对历史负责，与家国情怀同行，通过挖掘闽台家书故事，展现海峡两岸同属一个中国的历史事实。

《跨越海峡的来信——闽台家书故事集》全书共收录48篇闽台家书故事和相关媒体的报道，分为《骨肉情深》《闽台姻缘》《家风家训》和《附录》四部分。作者们以纪实的题材，采用记叙、口述历史，加之场景描写、人物刻画、心理描写等写作手法，真实地再现海峡两岸之间的历史故事。诸如夫妻生离死别之情，兄弟姐妹骨肉之情，晚辈对长辈思念之情，叶落归根的浓浓乡情，维护两岸统一的款款衷情等等，情真意切，感人至深。

2023年12月，国家档案局副局长魏洪涛专程到东山调研，对东山县“迁台记忆”档案的开发与利用工作做出批示：东山县“迁台记忆”档案工作的开发利用有特色、有亮点、有思路，做法扎实，值得肯定。2024年元月，全国政协委员、国家档案局原局长陆国强在东山调研时，也给予充分的肯定。

《跨越海峡的来信——闽台家书故事集》的付梓，福建省闽南文化研究会会长林晓峰先生拨冗为本故事集作序。中共东山县委、东山县人民政府、东山县人大、东山县政协等各级领导高度重视和支持。编委会全体成员、社会各界人士，东山籍的台湾同胞、台属，或深入采访、或提供重要线索、或捐赠家书，在此一并致以诚挚的谢忱！

由于首次编辑出版，加上工作经验和时间限制，不足和错漏之处在所难免，敬请社会各界及同行批评斧正。

编　者

2024年6月